btb

Bukarest in den Jahren vor und nach dem 1. Weltkrieg. Der Großvater des Erzählers war mit seiner Frau und den Kindern nach Rumänien übersiedelt, um die Direktion einer Fabrik zu übernehmen. Endlich konnte er ein standesgemäßes Leben führen in einem großen Haus, umgeben von einem schönen Garten.

Fast 20 Jahre nährte er die Illusion, zusammen mit seinen jüdischen Freunden und Verwandten eine bürgerliche Existenz in gesitteten Formen zu führen, während in Wien und Berlin das Europa der Zivilisation bereits unterging. In den zwanziger Jahren dann verliert die Familie ihr rumänisches Paradies, sie muß, eine Folge der Weltwirtschaftskrise, zurück in die Schweiz. Ein letztes Mal reist man mit dem Schiff die Donau hinauf, erinnert sich an den glänzenden Corso auf der Calea Victoriei, an die süßen Pasteten und den schweren Geruch des türkischen Kaffees.

Jahrzehnte später begibt der Erzähler sich auf die Spuren dieser Familie; er beschwört die Gerüche und Farben eines fernen Landes, das paradiesische Erinnerungen birgt, aber auch alle Schrecken des 20. Jahrhunderts. Gleich hinter dem idyllischen großelterlichen Gartenanwesen entdeckt er den Schlachthof von Bukarest, den Ort der absoluten Finsternis. Die Zeiten zwischen heute, gestern und vorgestern verschwimmen, und aus dem Vergessen werden vielfach gebrochene Lebensläufe einer Familie geborgen.

CHRISTIAN HALLER wurde 1943 in Brugg, Schweiz geboren, studierte Biologie und gehörte der Leitung des Gottlieb Duttweiler-Instituts bei Zürich an. Er wurde u. a. mit dem Aargauer Literaturpreis (2006), dem Schillerpreis (2007) und dem Kunstpreis des Kantons Aargau (2015) ausgezeichnet. Zuletzt sind von ihm die letzten beiden Teile seiner autobiographischen Trilogie erschienen: »Das unaufhaltsame Fließen« sowie »Flussabwärts gegen den Strom«. Er lebt als Schriftsteller in Laufenburg.

Christian Haller

Die verschluckte Musik

Roman

btb

Sollte diese Publikation Links auf Webseiten Dritter enthalten, so übernehmen wir für deren Inhalte keine Haftung, da wir uns diese nicht zu eigen machen, sondern lediglich auf deren Stand zum Zeitpunkt der Erstveröffentlichung verweisen.

MIX
Papier aus verantwortungsvollen Quellen
FSC® C014496

Penguin Random House Verlagsgruppe FSC® N001967

1. Auflage
Genehmigte Taschenbuchausgabe Dezember 2020
btb Verlag in der Penguin Random House Verlagsgruppe GmbH,
Neumarkter Str. 28, 81673 München

Das Buch ist 2001 erstmals im Luchterhand Literaturverlag erschienen.
Covergestaltung: buxdesign, München
Covermotiv: Gerald J. Trageiser Privatarchiv
Druck und Einband: GGP Media GmbH, Pößneck
cb · Herstellung: sc
Printed in Germany
ISBN 978-3-442-77033-5

www.btb-verlag.de
www.facebook.com/btbverlag

Die verschluckte Musik

Die Gegenwart ist unser Leben.
falsch daher jedes Streben
und Warten auf die goldene Zeit,
die keinem Menschen je erscheint.

Wappenspruch der S. zu Köln, an den sich keiner der Familie auch nur einen Moment lang gehalten hat.

Für meine Mutter

I

ICH SEHE SIE NICHT …

– Es schwankt, sagte Madame S., stand wie festgewurzelt am oberen Ende des Stegs, die Hand auf das Bruststück des Leinenkostüms gelegt, den Schatten des breitkrempigen Hutes über den Augen. Ihr Blick war hart und starr, als hätte sich Großmama in ebendem Moment trotzig gegen jegliche Bewegung entschieden, ein Protest gegen die unsicheren, schwankenden Lebensumstände, die zu Schiffsreisen führten, einem »Geschaukel«, wie sie vorausgesagt hatte, und jetzt durch das Scheuern des Schiffbords am Holz der Landungsstelle bestätigt sah.

– Ja, es schwankt, sagte der Herr im schattendunklen Anzug, den Hut steif auf das schmale Gesicht gesetzt, das mit der Spitze seines Kinns auf den Flügeln des Vatermörders balancierte. Ja, es schwankt, sagt der Herr, der mein Großpapa werden würde, doch das wird sich geben. Und er sagte es leise, wie es seine Art war, ohne die weichen, sinnlichen Lippen, die ein blonder Schnauzbart vermännlichte, allzu sehr zu bewegen, doch in einem Ton, der erst fein und zögerlich einen Faden Resignation mitspann. Er neigte sich vor, fasste den Griff des Koffers, der aus einem dicken Rindsleder genäht war und zwei Messingschlösser besaß, ein breiter, aber nicht allzu großer Koffer, und Großpapa hob ihn vermutlich in dieser ergebenen und entschlossenen Art auf, die ich später – sehr viel später – noch oft sehen sollte.

Als hätte man Gelbfolie vor die Scheinwerfer geklemmt, um nostalgische Gefühle zu wecken und mich in eine Epoche zu versetzen, die Jahrzehnte zurückliegt: Vielleicht habe ich deshalb bei meinem Besuch im Hafengebäude von Dhaka das Empfinden gehabt, mich in einer verfilmten Vergangenheit zu bewegen. Der Widerschein der Sonnenflecken, die hellgeschnittenen Flussbilder der Ausgänge, die hallenden Geräusche erfüllten den Raum mit einer Atmosphäre, die mir das Einschiffen der Familie S. so unerwartet vergegenwärtigte, als wäre ich unversehens zu deren Begleiter geworden, wobei ich gestehen muss, zu diesem Zeitpunkt noch nie in Rumänien gewesen zu sein. Doch dieses Licht in Sadarghatt, dem Flusshafen an der Buriganga, erinnerte mich so sehr an die Erzählungen meiner Mutter, dass ich die Gebäulichkeit ganz selbstverständlich in meine eigenen Vorstellungen übernahm und sie mir – wie bei Filmen üblich – von dem sehr viel südlicheren Lande auslieh, von Bangladesh, um genau zu sein, und die gesamte Anlage nach Giurgiu an die Donau verlegte. Ich tat es mit der plötzlichen Gewissheit eines Wiedererkennens: So muss der Moment damals gewesen sein, als meine Mutter Rumänien, in dem sie aufgewachsen war, für immer verließ.

Das Hafengebäude lag langgestreckt am Ufer, durch die Straße von den Lagerschuppen und den Geschäften der Händler getrennt, ein geradliniger, schnörkelloser Bau, der in der Sonne leuchtete, wie die endlosen Kornfelder, durch die meine Großeltern mit Tochter und Sohn von Bukarest nach Giurgiu gefahren waren. Drei Stufen führten aus dem Gedränge der Straße zu den Zugängen der Halle, vor denen Drehkreuze angebracht waren und Zutrittskarten verkauft wurden. Gierig schluckten die Hände das Geld von den speckigen Tischplatten, schoben einen Kupon hin, der zum Aufenthalt im Hafengebäude berechtigte, und ein weiterer Passant rückte in der Reihe wartender Händler und Reisender vor.

Großpapa legte den Geldschein für sich und seine Familie mit der ihm eigenen Langsamkeit und Sorgfalt vor den Kontrolleur hin, durch nichts würde er sich hetzen lassen, was nur zu unbedachter Fahrigkeit führen konnte und seiner innersten Lebensform, der Vornehmheit, widersprach.

Nachdem er sein Portefeuille in die Bauchbinde zurückgeschoben hatte, trat er einen Schritt beiseite, ließ zuerst Ruth, dann Curt und Großmama passieren, nahm den Koffer auf, schob ihn unter dem Gestänge durch, und nachdem er sich aufgerichtet, den

Zwicker mit dieser kurzen, doch energischen Geste festgedrückt hatte, legte er die Hand auf den eisernen Balken des Drehkreuzes, schob ihn ein Viertel der Umdrehung – besiegelt vom vertieften Wappen seines Rings – weiter: Man schrieb das Jahr 1926, die Familie S. verließ Rumänien endgültig, keiner von ihnen sollte es je wiedersehen, und Großpapa hatte beschlossen, diesmal die Reise gemächlich, in der entsprechenden gesellschaftlichen Ambience und auch mit Vergnügen zu tun, zu Schiff nämlich, von Giurgiu auf der Donau bis Wien. Bedachtsam wollte man sich der Schweiz nähern und in einer Art, die, bei aller künftigen Ungewissheit, keinen Zweifel an der gesellschaftlichen Zugehörigkeit offenließ.

Und in der verfilmten Vergangenheit, durch die ich selbst mich bewege, betritt die Familie S. das Hafengebäude, einen zum Dach hin offenen, fensterlosen Raum, in dem sich auf Seite des Stroms ein Gitter aus Mauerwerk entlang der Decke zieht, rautenförmige Öffnungen, durch die das Sonnenlicht einfällt, gleißende, flüssige Flecken auf den Steinboden und die Wand wirft und die staubige Luft mit blauen Bändern schraffiert. Nach dem Lärm der Straße ist es in der Halle beinahe still. Einzelne Klangbrocken hallen von den Wänden, was dem Raum eine ungerechtfertigte Würde gibt. In der Mittelachse sind Bänke in regelmäßigen Abständen angebracht, die von nur wenigen Reisenden besetzt sind, während auf ausgebreiteten Decken Gruppen von Menschen kauern, die Frauen mit Kopftüchern, die Männer in Pluderhosen, umgeben von Körben. Diese Leute reisen, so wenigstens ist anzunehmen, weil die Umstände, die Not und Armut, sie weitertreiben, und der Herr, der in dunklem Anzug, den Strohhut auf dem Kopf, eben an einer der Gruppen ausgemergelter Gesichter vorbeigeht, ohne sie zu beachten, könnte durchaus etwas über das Zwiespältige des Reisens beitragen, wäre er nicht fest entschlossen, es diesmal einseitig und fraglos als Vergnügen zu sehen, obschon auch er nicht freiwillig fährt. Er schreitet, den Koffer in der Hand, seitlich hinter Großmama und den Kindern her durch die Halle, an deren Ende der Ausgang zum Steg leuchtet, der hinunter zur Anlegestelle führt, ein helles Viereck Tag.

Der Strom zog gemächlich in die Ebene hinein, und das dunstige Nachmittagslicht legte einen Schimmer aufs Wasser, der die Oberfläche beruhigte, beinahe verfestigte und eine metallische Drohung in die erdige Umgebung legte, als träte etwas Unerbittliches zutage, ein Stück fettigen Stahls, das an den Winter siebzehn erinnerte. Doch diese Sicht entsprach eher der Wahrnehmung des Herrn S., der seinen goldenen Zwicker zwischen Daumen und Zeigfinger sich panoramisch umzusehen beliebte, während Großmama das nahe Aufquellen der Wassermassen beargwöhnte, die gegenläufigen Strömungen, denen entlang Ketten von Wirbeln sich öffneten; diese unsteten Muster, die sich verändernd, in einem unaufhaltsamen Rhythmus, kurzatmige Wellen ausschickten. Und auch sie empfand eine Unerbittlichkeit, als sie unter der Krempe ihres mit Blumen und einem Schleier geschmückten Conotiers auf den Strom sah. Das Wasser bewegte sich von rechts nach links, von rechts nach links, und sie spürte diese ziehende Strömung in ihrem Kopf, merkte, wie ein Rad unter dem hochgesteckten Haar in Schwung geriet, die sie aufrecht haltende Transmissionsstange in Drehung versetzte und den Magen unter dem Korsett sich heben ließ: Sie bekäme ihre berüchtigten Schwindel, die Schwindel, die eine Gewissheit bestätigten, der sie sich bereits vor der Abreise sicher gewesen war:

– Wir hätten die Eisenbahn nehmen sollen, wie die anderen Male auch.

Doch der Herr, der mein Großpapa werden würde, hatte den Koffer bereits in der Hand und schickte sich eben an, mit den beiden Kindern den Steg zum Schiff hinunterzugehen.

Ich sehe meine Mutter als ein kleines Mädchen in einem weißen Kleid, eine Schlaufe im strohblonden Haar, sie läuft neben ihren Eltern her, die Beine nackt und gebräunt, die Füße in Sandalen. Sie wird in wenigen Schritten durch den Ausgang hinaus ins diesige Licht des Nachmittags treten, wird für immer und auf eine mir rätselhafte Weise verschwinden, mich in Vermutungen zurücklassen, den Steg – wie ich annehmen muss – hinuntergehen und das sehen, was sie mir so oft erzählt hat: Der Strom, der breit in die Landschaft hineinglitt, die Donau, von der sie gehört hatte, war nicht blau, sie war sandgelb. Und vielleicht ist es wegen dieser naiven Erwartung, die so sehr enttäuscht worden war, dass ich sie als ein Mädchen von fünf oder sechs Jahren sehe, obschon sie damals bei der Abreise aus Rumänien bereits siebzehn und eine junge Dame gewesen ist.

Doch die Fluten waren sandgelb, und Großmama sah unter ihrem Conotier hervor nach dem Schiff, das unter Dampf stand und trotz seiner Größe schwankte, während meine Mutter über das von vielen Händen blanke Geländer aufs Wasser schaute, ihr Bruder Curt die Schritte beschleunigte, getrieben vom Wunsch, in den Maschinenraum hinabzusteigen, dorthin, wo es nach Ruß und öligen Stahlstangen stank, der Feuerschein aufblakte und die Flamme aus dem Ofenloch schoss, wenn der Heizer die Tür aufriss, um die Kohlenbrocken einzuschaufeln. Die Sirene heulte, ein Erzittern und Erschauern lief durch den Schiffsrumpf, Wellen schlugen an die Ufermauer, und Großmama fasste oben am Steg, vor dem schattenhaften Viereck des Ausgangs, den einsamen Entschluss, sogleich, nachdem ihr eleganter Schuh das Deck betreten haben würde, sich in die Kabine zu begeben, um sich hinzulegen und sich für die Dauer der Reise nicht wieder zu erheben. Großpapa, der auf dem Fallreep einen Blick zwischen Mauer und Bordwand auf das Wasser warf und das Gefühl eines schicksalhaften, einzigartigen Momentes hatte, dachte bereits an die Zahlmeisterei und die Fahrkarten. Mit einer Spur Unwillen sagte er zu der schlanken, weißgekleideten Gestalt seiner Tochter, die zögernd ihre Hand aufs Geländer legte:

– Wir sind in Rumänien. Blau ist sie in Wien. Dort ist die Donau blau, nicht in Rumänien.

Blau ist der zweite der pigmentlosen Farbeffekte. Während Weiß von sämtlichen Zellen einer Feder erzeugt werden kann, ist Blau streng begrenzt: Nur die Federäste vermögen diese besondere Strahlenauslese im weißen auffallenden Licht. Dieses Blau ist eines der Wunder des Alltags, vom gleichen Ursprung wie das des Himmels.

Die Farben, die ich benutzt habe, um den Ort der endgültigen Abreise meiner Großeltern zu kolorieren, erinnern mich an meinen alten Universitätslehrer. Sein Büro im ehemaligen Hauptgebäude der Universität, das ich oftmals betreten hatte, lag im zweiten Stockwerk, die Fenster mit Blick auf die Altstadt, und er setzte sich jeweils an den Schreibtisch, vor die Regale mit den Nachschlage- und Standardwerken, der schier endlosen Reihe der Traités zoologiques.

Die Kopfform des Professors hatte mich stets ein wenig überrascht. Der Schädel war langgezogen, knochig und erinnerte mich an eine frühe Menschenspezies. Seine Augen blickten konzentriert in stetig witternder Beobachtung. Er hatte auf den verschiedenen Gebieten der Morphologie gearbeitet, der Gestaltlehre, wie er sie nannte, seine Liebe jedoch gehörte der Feder, diesem »Hautgebilde« der Vögel, das so viel Wunderbares, Widersprüchliches und Unerklärliches ausdrückt: Die Feder war für ihn das sichtbare Zeugnis, dass sich die Lebenserscheinungen nie ganz erklären lassen, aller Forschung zum Trotz.

Und es war während eines unserer Gespräche gewesen, als er den Satz sagte, der mich zu dem Beruf führen sollte, die längst umgefallenen Lebewesen wieder aufzustellen, ihnen Fleisch auf ihre versteinerten Skelette zu dichten und sie in Lebensräume aus Schachtelhalmwäldern zu setzen, die längst als Kohle gebrochen und verfeuert sind: in Fabrikanlagen mit Stahlöfen und Schloten, die ihrerseits unter den Bombenteppichen des Jahrhunderts zur Schuttnagelfluh sedimentierten.

Er sagte:

– Dem Paläontologen ist vertraut, ausgehend von fossilierten Resten – einzelnen Knochenstücken beispielsweise –, das gesamte Skelett und damit die Gestalt zu rekonstruieren. Die Analogie, wie auch die Formverwandtschaft, die eine Entsprechung in der Entstehung hat – was als Homologie bezeichnet wird –, verhelfen ihm zur Anschauung, und es ist eine wunderbare Fähigkeit des menschlichen Geistes, vergleichend, ergänzend und Einzelheiten verknüpfend zu einem Bild von einem Ganzen zu kommen, das selbst so nicht mehr existiert, vielleicht auch nie existiert hat.

Und vor dem Fenster seines Arbeitszimmers flog eine Möwe vorbei, hell aus dem Hintergrund geschnitten durch ihr Weiß, dem ersten der pigmentlosen Farbeffekte: *Feinste Luftbläschen, in der Hornsubstanz der Federzellen eingeschlossen, haben die Wirkung, dass alle Strahlenarten des Lichts gleichmäßig vermischt ins Auge gelangen. Besonders rein begegnet uns das Weiß vor allem bei Vögeln, die die Wasserfläche beleben …*

Sind deshalb auch die Dampfschiffe weiß und heben sich klar von der Wasserfläche und den vorbeiziehenden Ufern ab, weil sie sich geschützt vom Strom die Auffälligkeit leisten können? – Aus dem dunstigen Licht tauchte rechts von den Bündeln aufgeschichteter Rundhölzer, weiß und breitausladend, der Dampfer auf der Buriganga auf, den ich für die Abreise meiner Familie aus Rumänien zu benutzen gedenke: Er war 1921 gebaut worden, ein in England konstruiertes Schiff für ferne indische Kolonien. Doch gänzlich verschieden von einem Donaudampfer in Giurgiu konnte das Schiff wohl nicht sein, schließlich war es ebenfalls für die Flussschifffahrt bestimmt gewesen und somit, wie ich fand, für meinen Zweck verwendbar. Nachdem der Dampfer am Landungssteg verankert lag, ließ ich mir das Innere zeigen, den Maschinenraum, die Kombüse, in der mit Zweigen eingefeuert wurde, das Zwischendeck, auf dem sich Familien auf Decken und Matten drängten, um schließlich hinauf in die 1. Klasse zu gelangen, in deren Räumen noch immer ein verblichener Glanz spürbar war …

Und Großpapa zog die Kabinentür, die direkt auf den Salon ging, hinter sich ins Schloss, sah kurz über die Tafel hin, die den langgestreckten Raum beherrschte, an deren Ende der Kapitänstisch vor den Fenstern zum vorderen Deck stand. Dann schritt er in entgegengesetzter Richtung, um sich beim Dressoir unter der Schiffsuhr, die halb vier zeigte, einen Kaffee beim Kellner zu bestellen, blieb überrascht stehen, rückte an seinem Zwicker und trat entschlossen auf einen Herrn zu, der leicht gelangweilt mit zwei Damen beim Kaffee saß.

– Was für eine Überraschung, sagte Großpapa, ohne seiner Freude mehr als einen andeutenden Ausdruck zu gestatten, wir scheinen uns auf Reisen immer wieder zu sehen.

– Oder die Zeit zwingt uns zu reisen, sodass man sich notwendigerweise auf Reisen trifft. Sehr angenehm, Herr S.

Die beiden Herren – denn das waren sie, ganz ohne Zweifel – begrüßten sich mit einem angedeuteten Lächeln und einer ganz leichten, eigentlich nur innerlich, in Gedanken vollzogenen Verbeugung.

– Sie haben recht, Herr Silberling, unruhiger ist es geworden. Man bleibt davon nicht verschont.

Großpapa wurde den beiden Damen vorgestellt, einer Reisebekanntschaft, Mutter und Tochter aus Cernowitz, und er setzte sich zu ihnen, winkte die Bedienung herbei und bestellte einen türkischen Kaffee und einen Ţuică.

Er hatte »Onkel Mendel«, wie Mutter Herrn Silberling nannte, 1917 während der Bahnfahrt nach Wien kennengelernt, als ein weiteres Verbleiben in Rumänien wegen des Krieges unmöglich schien, man war zusammen für Wochen im Lager von Linz gewesen, ein kleiner, agiler Mann, der ein rundes und auffallend abgeflachtes Gesicht besaß, das durch das straff nach hinten brillantierte Haar noch auffälliger wurde. Er hatte die unruhigsten Augen, die man sich nur denken kann, dunkel, mit einem fiebrigen Glanz, denen nichts entging: Als ich Onkel Mendel 1947 im Elsass das erste Mal getroffen habe, da glaubte ich, er brauche den Goldrand seiner Brille, damit ihm die Augen nicht entlaufen würden. Ich ahnte ja nicht, dass sie es gerne täten, weil sie gesehen hatten, und wieder in Träumen sehen mussten, unauslöschlich, was an Furchtbarem keine Worte nennen können.

– Sie müssen mir recht geben, Herr S., und der Dampfer querte die Donau nach Bulgarien, lange noch vor jenem Tag, an dem für Onkel Mendel beginnen würde, unauslöschlich, was kein Ende mehr finden konnte, Sie müssen mir recht geben, die guten alten Zeiten, die auch nicht nur gut waren, sind vorbei, die Unruhe wird größer, und die Geschäfte werden schwieriger werden.

– Es wird sich auch wieder bessern, sagte Großpapa in der Überzeugung, die ihn noch immer einen Zwicker tragen ließ. Unsere Firma, die Bumbac-Weberei – ich gebe das gerne zu –, hat sich seit Kriegsende allerdings nicht so vergrößert, wie wir uns das wünschten.

– Was sag ich Ihnen, und Sie reisen zurück. Obschon, in Wien ist es nicht besser, nun ja, vielleicht in der Schweiz. Aber ich glaube nicht, dass es irgendwo leichter werden wird.

Die Stühle, auf denen sie saßen, hatten hohe Lehnen, waren cremefarbig gestrichen, die Rahmen und Armstützen von einer Goldlinie verziert. Die Polster waren mit einer rosagemusterten Seide bezogen, und sowohl bei den Mahlzeiten wie beim Kaffee schien die Atmosphäre des Salons Großpapa in seinen Ansichten zu bestätigen: Auf dem Schiff, das gegen den Strom stampfte, war noch alles so wie »immer damals«.

– Warum also gehen Sie? Bukarest hat doch dank des Öls so etwas wie seine beste Zeit, vielleicht ein Jahrzehnt noch, vielleicht zwei, wer kann das sagen? Und es lebt sich dort sehr angenehm, geben Sie zu.

– Weißman in Wien, wo er selber noch eine Fabrik betreibt, hat Söhne, die ins berufstätige Leben treten und mit der gesetzlich vorgeschriebenen Rumänisierung der Direktion, was lässt sich dagegen einwenden?

Onkel Mendel und mein Großpapa liebten es, sich an die gleiche Tischkante zu setzen, die Stühle einander zugewandt, sodass sich die Beine noch bequem übereinanderschlagen ließen und der Tisch als Lehne benutzt werden konnte. Großpapa rauchte eine ovale Zigarette, trank, falls sie sich nachmittags trafen, Kaffee und einen Ţuică, während Onkel Mendel Selterswasser vorzog.

– Ich habe dafür Verständnis, sagte Großpapa, seine Söhne werden später die Firma übernehmen, die Betriebe in Ploeşti, in der Türkei und natürlich das Stammhaus in Wien. Sie brauchen Erfahrung, und so übernimmt der eine jetzt meine Direktion der Bumbac.

– Warum schickt er seinen Sohn nicht nach London? Oder Lyon? Hätte ihn Weißman vor dem Krieg nach Bukarest geschickt?

Und ich sehe, wie Onkel Mendel dieses Lächeln lächelt, das angenehm war und ihn gleichzeitig versteckte, als wäre sein Gesicht ein zurückgelassenes Erinnerungsstück aus dem Familienbesitz, kostbar ja, aber vereinzelt und durch die Umstände in fremde Hände gekommen.

– Man könnte wissen, was geschieht, sagte er, doch wer hat ein Interesse? Man hat diese Verträge gemacht, in Versailles, und man hat sie gemacht, damit sich die Konflikte fortsetzen, glauben Sie nicht? Schauen Sie, Herr S., man will ein nationales Deutschland als Bollwerk gegen den Internationalismus. Nun begreifen Sie, weshalb die Ökonomie ist, wie sie ist, eigentlich schwach – und Weißman schickt seinen Sohn nach Rumänien, wo es wenigstens noch einen König gibt.

Und während der Dampfer flussaufwärts stampfte, in Budapest und Bratislava anlegte, führten Großpapa und Onkel Mendel Gespräche, lag Großmama von Schwindel befallen in der Kabine, trieb sich Curt im Maschinenraum und auf der Brücke herum, nur meine Mutter sehe ich nicht. Was hatte sie unternommen, wie sich amüsiert, Ruth, eine siebzehnjährige Dame, schlank, das Gesicht blass? Sie würde nicht in einem der Korbstühle auf dem Sonnendeck gesessen haben, sie, die stets die Sonne mied. Hatte sie sich Onkel Mendels Reisegesellschaft angeschlossen, der Dame mit Tochter, denen Großpapa vorgestellt worden war? Leistete sie Mama in der Kabine Gesellschaft? – Ich weiß es nicht, und doch muss sie am Ende der Reise, in Wien, aufs Wasser geschaut haben, auf die Donau, und diese war grau:

– Es brauchte sehr viel guten Willen, einen Schimmer Blau zu sehen.

II

FOTOGRAFIEN

Das Hotelzimmer hinter dem Bahnhof war trist. Es roch nach Flüchtigkeit, und das grünlich sirrende Neonlicht machte den Raum kalt, illusionslos. Der letzte Zug war eine Viertelstunde vor meiner Ankunft weggefahren. Ich hatte die Ausgrabung am Monte San Giorgio erst spät und nach der Übergabe an meinen Assistenten verlassen können. Im Dämmer der Bettlampe las ich über die Triasfunde des Chicagoers The Field Museum in Nevada, zappte mich durchs Spätprogramm. Um halb drei löschte ich das Licht. Obschon ich die Jalousien vorgezogen hatte, drang der Schein der Straßenleuchte herein, jodfarbig wie Tinktur auf einer Schürfwunde. Ich lag da, die Arme hinter dem Kopf verschränkt, nahm den Lärm vor dem Fenster hin, er war wie ein unförmig sich windender Körper, gepierct von Polizeisirenen. Ich sah zur Wand am Bettende. Über sie lief ein Lichtstreifen. Der Umriss einer Ständerlampe drückte sich ins Halbdunkel ein. Ich dachte an den Telefonanruf bei meiner Mutter am Nachmittag, und diese Helle und die schattige Figur an der Wand lösten eine Schicht über den Erinnerungen ab, brachten einen schwarzglänzenden Abdruck meiner Kindheit zum Vorschein, die nachmittäglichen Spiele, die ich als Junge während der Ruhezeit an der Zimmerdecke und an den Wänden gespielt hatte. Und während sich die Erinnerung aus dem Kinderzimmer ausstülpte, Kreise um das Haus und durch die Zeit zog, ich mir Mutters Stimme im Telefonhörer vergegenwärtigte, wurde mir die bange Dringlichkeit bewusst: Ich hatte seit jenem Tag in Sadarghatt, als mir die junge Dame, die meine Mutter einstmals gewesen war, durch den Ausgang zu dem schwankenden Flussdampfer entschwand, immer wieder nachfragen wollen. Jetzt bliebe nicht mehr viel Zeit, sie in ihrer Vergangenheit zu finden, Ruth S. aus den Überschichtungen der Jahre zu lösen, vielleicht ihr eigenes Zeugnis zu hören, den Grund zu erfahren, weshalb sie in ihrer eigenen Lebenszeit ausstarb wie eine Spezies des Erdaltertums ... und dennoch meine Mutter war, eine selbstverständliche und lebenslang vertraute Gestalt.

Ich hatte sie angerufen, während einer Pause am Nachmittag, sie lebte allein in ihrem Haus, außerhalb des Städtchens L., an einem ehemaligen Rebhang, und es dauerte eine Weile, ehe sie abhob.

Ihre Stimme klang flach, sie flüsterte gehetzt und atemlos, redete, ohne mich zu begrüßen oder sich zu erkundigen, von wo ich anriefe, redete in einem sich endlos fortsetzenden Monolog, und die Wörter balancierten auf einem brüchigen Ton der Kopfstimme:

– … sie sind alle da weißt du alle und sie machen Musik unaufhörlich und immer wieder spielen sie das gleiche di da da dum und dann nochmals und nochmals di da da dum es sind die Jenseitigen man darf das nicht sagen aber ich sage ihnen so die Jenseitigen und sie spielen Musik unaufhörlich di da da dum aber du verrätst mich nicht du behältst es für dich sonst sagen die Leute ich bin verrückt ich bin nicht verrückt doch sie sind da die Jenseitigen ein Chor ganz aus Licht aus strahlendem Licht blau und grün und sie machen Musik …

Sie redete ohne Rhythmus und Pause, und ihre Stimme war dünnes Glas. In der unglaublichen Langsamkeit, mit der die Zeitlupe das Aufprallen eines Tropfens auf der Wasserfläche sichtbar macht, eine flüssige Krone aufstreben und wieder zerfallen lässt (ich hatte die Bilder zum ersten Mal im Kino, in der Sonntagsmatinee mit Vater gesehen), lief ein Riss durch dieses Glas, ein Sprung, der eine scharfe Kante einzog, an der sich das Licht brechen würde und diese glatte, ungetrübte Fläche zerstörte.

Ich regelte die Arbeit auf der Ausgrabung für den folgenden Tag, stopfte Zahnbürste und Unterwäsche in die Tasche, dann ließ ich mich in der Dämmerung hinunter ins Tal und zum Zug bringen. Als ich nach der schlaflosen Nacht im Hotel am Morgen den Taxifahrer bezahlte, wusste ich nicht, was mich erwarten würde. Ich stand vor dem Haus, das ich selbst zwar nie für längere Zeit bewohnt hatte, das aber doch mein Elternhaus war, Ergebnis und bauliches Gerüst ihrer Lebensform.

Die Azaleen blühten, der Durchgang zum Garten, so oft ausgehauen, war wieder zugewachsen. Moospolster bedeckten das zur Einfahrt hin tiefgezogene Dach, hinter der Giebellinie ragten die drei Masten des japanischen Ahorns auf: Seine Kronen standen wie grün flirrende Segel vor dem Himmel. Zur Eingangstür führten beidseits Stufen hinab, das Haus war in den Abhang hineingebaut, die Fassade mit dem Küchenfenster und den nach oben versetzten Fenstern des Bads hatte die Farbe verwaschenen Graus, feine Risse durchzogen den Verputz. – Es bewegt sich, dagegen lässt sich nichts tun, hatte Vater jeweils gesagt, ein Hanghaus eben, das rutscht unvermeidlich – nichts war gemacht worden, kein Anstrich, kein Ausbessern der Sprünge. Es sah nicht schäbig oder baufällig aus, das nicht, es war nur eben dünn und wie unter einer fein lasierten Patina durchsichtig geworden, die hölzerne Eingangstür hatte wieder einen rohen, ungeschützten Zustand erreicht, und die Azaleen, der Ahorn, die wild gewachsenen Büsche hinter der Garage hielten ihre Zweige über den Schorf der Flechten.

Befremdlich an jenem Morgen war, während ich – die Reisetasche in der Hand – auf dem überwucherten Vorplatz verhielt und die gewohnte Ansicht in mir aufnahm, das Haus mehr und mehr in der Zeit zurückbleiben zu sehen, von einer wachsenden Vergangenheit überwältigt, als wäre die Kontinuität meiner Wahrnehmung eben gerissen: Ich sah das Haus wie auf einer Fotografie abgelichtet, schwarzweiß, ein Albumblatt, und mich erfasste eine Ratlosigkeit wie vor allen Erinnerungsfotos.

Mutter würde nicht hören, wenn ich das Türschloss aufsperrte, meinen Besuch hatte ich auch nicht angekündigt, so öffnete ich die Tür vorsichtig und langsam, um sie nicht zu erschrecken. Durch den Flur spähte ich in den um drei Stufen nach unten versetzten Wohnraum, der im Gegenlicht der großen, nach Süden gerichteten Fenster lag. Hinter kahlen Büschen breiteten sich unter Nässe und Nebel die Felder aus, von den Gehöften zog Rauch über den Weg hin zu den Obstbäumen, und obschon das jahreszeitlich nicht stimmen konnte, es war damals Frühsommer, ist mir ein graues, einförmiges Licht in der Erinnerung geblieben, das den Wald verwischte, die Erde voll Wasser sog, das Gras welk und die Bäume kahl machte und die Gehöfte duckmäuserisch unter ihre Kamine drückte.

Vor diesem winterlichen Ensemble saß Mutter im hochlehnigen Lederfauteuil, saß unbeweglich in dem klobigen *meuble*, in dem vor zwanzig Jahren mein Vater gestorben war und das sie seither »besaß«, kleiner und leichter werdend.

Im Haus herrschte eine tiefe Stille, eine Reglosigkeit auch. Es roch nach den abgetretenen Teppichen, nach versteckter Feuchtigkeit, und eine Wärme wie von einer schlottrigen Strickjacke umgab mich. Mutter, dem Fenster abgewandt, blickte gegen den Kamin, die Arme auf die Lehnen gelegt. Vorgeneigt hielt sie den Kopf ins Genick gedrückt, sah geradeaus, sah etwas, das nicht nur das leere Cheminée mit den geschnitzten Steinfiguren und dem dreiarmigen Kerzenstock auf dem Marmorsims sein konnte. Und sie saß, dachte ich, schon eine geraume Weile so da, ummantelt von der Einsamkeit der vertrauten, aber zu großen Räume. Fädig und sehr gerade fiel ihr Haar herab, ein feines Gespinst, das ein Leben lang zu Wellen und Schlaufen gelegt gewesen war und in Farbe und Form an einen noch frischen, blasshäutigen Nusskern erinnert hatte. Ihr Gesicht, weiß, wie von Sprüngen einer Craquelé-Glasur durchzogen, wölbte sich nach innen, war ein Eindruck, in den sich Reste einsammelten, wie in eine Schale, gleichgültig, womit man sie füllt. Das Blau ihrer Augen wirkte wie von allzu häufigem Gebrauch verwaschen, Spuren von Pinselstrichen, über die sich die dünnen Bögen der Brauen wölbten. Ihre Scheitelpunkte drangen in einen Himmel voller Kondensstreifen – und diese hohe, durchfurchte Stirn stand im krassen Gegensatz zum Kinn, das spitz und brüchig geworden war, als hätte sich allmählich der Wille aus ihrem Leben gestohlen.

Langsam, ohne Erschrecken, ohne ein Zeichen der Überraschung, wandte sie mir das Gesicht zu, als ich unter die Wohnzimmertür trat, sagte, als hätte ich schon lange dort gestanden und sie nähme das Wort nur wieder auf:

– Es ist grün und blau, sehr hell, sehr strahlend, grün und blau, und sie spielen Musik, di da da dum, unaufhörlich, ein Chor von Jenseitigen …

Und ich hatte das Gefühl, in dem Moment müsste es dunkel in den großen, nach Süden gerichteten Fenstern geworden sein.

– *Was wissen wir denn?*, meldete sich mein Professor im weißen Labormantel, die weinrote Krawatte zwischen den Revers. *Angesichts des gestaltlichen Reichtums und des sinnvollen Baus der fertigen Feder zögern die Versuche des Denkens, eine Geschichte ihrer Entstehung zu ersinnen, wo kein Lichtschimmer der Vorstellungskraft wenigstens ungefähr den Weg weisen kann.*

Ich würde meine Mutter nicht allein lassen können. Ich rief den Arzt an, der sie seit vielen Jahren behandelte und kannte, bat ihn herzukommen, ich sei sehr beunruhigt, Mutter höre unablässig Musik in ihrem Bauch spielen, eine sie quälende, von Visionen begleitete Musik, die auch nachts nicht verstumme; meldete mich bei der Ausgrabung für den nächsten Tag ab, ich müsste zuwarten, wie sich der Zustand meiner Mutter entwickle und was der Arzt empfehle; sah in der Küche nach, was an Lebensmitteln noch im Haus war, öffnete den Kühlschrank, und im Licht der eingebauten Lampe zeigte sich mir Mutters schmal gewordenes, bedürfnisarmes Leben. Ein Glas Konfitüre, ein Bällchen Anken, eingeschweißter Aufschnitt, ein halber Salatkopf, das Kännchen mit Milch und ein Knuchelchen mit den Resten einer Mahlzeit. Dies Wenige lag auf den Gitterrosten wie die Waren in einem leeren Kaufgeschäft in Bukarest – damals, als während der Revolution die ersten Bilder im Fernsehen zu sehen waren.

Ich fuhr zum Supermarkt einkaufen, brachte auch einen »Russenzopf« mit, ein Gebäck, das sie besonders liebte. Ich kochte Tee und suchte im Schrank mit den Aperitifs und Schnäpsen nach der Flasche Rum: *Ceai cu rom*, den wir an den Winternachmittagen vor dem Eindunkeln getrunken hatten, aus dem gleichen Herend-Teeservice von Großmama, wie ich es auch jetzt hervorholte, und dieser »Tee mit Rum« musste eines der verborgenen Rituale gewesen sein, das sie, für sich und ohne dass wir anderen seine Bedeutung kannten, von Bukarest her weiterführte. »Machen wir einen Tschaigorum«, das war für den Jungen, der ich damals gewesen bin, ein schweigendes Zusammensitzen im Wohnzimmer, vor den dünnwandigen, mit Blumen bemalten Tassen, zurückgelehnt in die Polster des Kanapees, während die Fenster sich tintenblau füllten. Eine Wärme durchdrang mich, und unsere damalige Wohnung am Dorfausgang von S., inmitten der Molasse, wurde noch einsamer, die Felder, von Schneeresten durchsetzt, dehnten sich zur Ebene, weiteten sich zu einer scheinbar endlosen Tiefe des Landes.

Und jetzt war ich es, der den Tee einschenkte, den Löffel Rum zusammen mit dem Zucker einrührte, während Mutter weiter und weiter erzählte, dass die Jenseitigen Musik machten: Di da da dum, immer gleich, unaufhörlich wie ein Radio. Dann, als sie zittrig, tief gebeugt über der Tasse den Duft einsog und einen Schluck nahm, lächelte sie, und ihre Stimme hatte wieder den Klang, den ich kannte, ruhig für einen Moment.

– Alle Häuser besaßen einen Lattenzaun vom Hof zur Straße hin, und der Schnee lag am Morgen, nachdem es geschneit hatte, bis zu meinem Fenster hoch. Ich sah aus dem Eckzimmer auf eine gleißende Fläche, auf der vom Zaun zur Strada Morilor nur noch eine Reihe von Häubchen zu erkennen war, Brioches aus Schnee.

Großpapa besaß 1912 eine Fotokamera, er liebte Bilder, und das Gerät war noch immer, obschon seit einem Vierteljahrhundert verbreitet, das Merkmal eines gesellschaftlichen, die Zeit charakterisierenden Typs. Das dunkle Gehäuse auf den hölzernen Stelzen des Stativs entsprach der steifen, schwarzberockten Gestalt, die daneben stand und über ein Kabel den Auslöser betätigte: Man besaß den kühlen objektivierenden Blick, der festhalten und bewahren würde, emotionslos. Denn bei aller Brüchigkeit der Epoche, der Apparat bestätigte anschaulich das Vertrauen, wie sehr man mit den technischen Einrichtungen gleichwohl die Zeit, das Licht und das Arrangement der Dinge in der Hand hatte. Großpapa war Ingenieur.

Er besaß eine Vorliebe für die »nature morte«, das Stillleben. Selbst wo Menschen auf seinen sorgfältig abgezirkelten Fotografien zu sehen sind, wirken sie in ihrer Reglosigkeit wie abgebrochene, zurechtgelegte Früchte in der Schale ihrer Umgebung. Seine Bilder sind so präzise komponiert, dass sich bei längerer Betrachtung darin verborgene geometrische Linien zeigen, die an Koordinaten eines morphogenetischen Feldes erinnern, aus denen sich Rückschlüsse auf deren Entstehung ziehen lassen.

Es könnte also gewesen sein, dass im Oktober 1912 – ein paar Tage nach Ankunft seiner Frau und der Kinder in Bukarest – Großpapa das Lattentor zur Strada Morilor geöffnet und das »Trottoir«, wie man damals den Gehsteig in Bukarest bezeichnete, betreten hat. Er blickte kurz nach dem dunstig blassen Himmel, wandte sich nach rechts, der tiefstehenden Sonne zu, die über den Baumkronen entlang der Dîmboviţa ein spätsommerliches Licht in die Straße und auf die Fassaden der Häuser warf. Im schwarzen Gehrock, das Stativ mit der festgeschraubten Kamera im Arm, betrat er nach einigen Schritten die

Fahrbahn, blickte zurück in die breitangelegte Strada Morilor, die bis auf eine Droschke, dort, wo die Straße leicht anstieg, verlassen lag. Er schätzte die Distanz, klappte die Stützen aus, versuchte die Eisenspitzen zwischen den Feldsteinen, die als ein holpriger Belag in die Erde gedrückt waren, zu verankern. Er blickte durchs Objektiv, verschob den Standort, schraubte an den Stützen: Die Aufnahme zeigt deutlich seine Absicht, das Haus derart abzulichten, dass auf dem Bild so viel wie nur möglich von der Stirn- und Seitenfront zu sehen sein würde, jedoch nichts von den Nachbarhäusern erschiene. Er löste »die kleine Villa« bewusst aus der Reihe herrschaftlicher Bauten, die bereits das Serielle, das Vervielfältigte selbst vornehmer Häuser verriet. Er hätte sich gewünscht, dass das Haus allein dastünde, dass er und seine Familie ein Jahrhundert früher lebten und die hohen Fenster beidseits der Nische mit der Statue einer lichtbringenden Botin auf einen Park blickten. Doch bei der optischen Korrektur der Wirklichkeit unterlief Großpapa ein Fehler. Einer, den außer ihm niemand bemerkte, auch meine Mutter nicht, der aber auf dem Bild festgehalten war. Ich entdeckte ihn an dem Tag, als ich nach Hause kam, weil die Musik im Bauch meiner Mutter spielte.

– Immer wieder verschwanden Kinder, und Mama hatte Angst um uns. Wir durften unbegleitet nie ausgehen, auch nicht auf die Straße vor unserem Haus.

Wir wohnten im Süden Bukarests, hinter der Fabrik begannen die Felder und lag das Schlachthaus. Die Straße entlang der Dîmboviţa führte zwischen Obstbäumen ins Unbekannte, wohin wir nicht gehen durften: Dort wohnten die Zigeuner und begann für mich, damals als Kind, das Ende der Welt. Dagegen fuhren wir oft ins Zentrum der Stadt, wo ein Bäcker seinen Laden hatte, der die besten Fleischpasteten Bukarests machte, und es gehörte zum guten Ton, bei diesem Bäcker Pasteten zu kaufen. Sie waren sehr begehrt, schon weil es sie nicht jeden Tag gab, und die besseren Kreise holten sich in ihren Cabriolets diese feinen, leicht süßlichen Stücke. Und immer wieder verschwanden Kinder. Und wir alle hatten von den Pasteten gegessen …

Am Abend, nachdem ich meine Mutter zu Bett gebracht hatte – das Neuroleptikum würde ich erst am nächsten Tag abholen können –, trug ich die kleine Biedermeiertruhe, die einst im Salon in Bukarest gestanden hatte, als Großpapa das Haus fotografierte, ins Wohnzimmer. Sie enthielt jetzt die Alben und Umschläge mit Fotos, die Bilder eines ganzen Lebens, ungeordnet und lückenhaft, wie die Erinnerungen meiner Mutter heute. In ein Etui aus Krokoleder hatte Großpapa kohlefarbene, löschblattartige Seiten von Halbkarton mit einer Kordel zu einem Album gebunden und auf die Seiten seine Fotos geklebt. In weißer Tusche bezeichnete er die Aufnahmen, und seine Schrift ist mir als Kind, das noch nicht lesen konnte, selbst wie ein Bild oder ein dazugehöriges Ornament erschienen: *București 1912*, *Unser Haus*, *Strada Morilor* 7: Der Schriftzug bedeutete für mich ein Stück gusseisernes Geländer an der Dîmbovița, von dem aus man das Haus sah.

Ich bin lange am Tisch vor diesem ersten Bild des Albums gesessen, das in meiner Kindheit so wichtig und mir so vertraut gewesen ist. Es gehörte zu Mutters »geheimer Galerie« – einer Handvoll Fotografien, die ich mir immer wieder ansehen durfte –, zu deren einzelnen Bildern Mutter manchmal eine Geschichte erzählte, wie die von den Kindern, die verschwunden waren, und von dem Bäcker, der wunderbare Fleischpasteten backte.

Die Bilder dieser kleinen inneren Seelenausstellung wurden in der obersten Schublade der Kommode gehütet, und sie bezeugten, »wie man damals gelebt hat« – ein Zeugnis, das eine unausgesprochene Kritik der Gegenwart beinhaltete.

Die Aufnahme von 1912 ist mir so vertraut, als kennte ich die hohen Fenster, ihre verzierte Laibung und die figuren- und wappengeschmückten Stürze, das Giebelband mit den gemalten Ornamenttafeln, das kleine Lichthaus und den wie einen Keil in den Himmel ragenden Dachaufbau mit seinen zwei Wetterspitzen aus eigener Anschauung. Als besäße ich eine Erinnerung, die über das Bild hinaus und zurück ginge, und so betrachtete ich an jenem Abend erneut das Foto, untersuchte es mit der Lupe, den Kopf so tief gebeugt, dass ich den säuerlich-staubigen Geruch der Blätter riechen konnte …

Und in den Baumwollgardinen des Salons verfing sich das blasse Licht der Sonne, drang in den hohen Raum, wo Großmama und ihre Schwester Anna, die sie auf der Reise nach Bukarest begleitet hatte, noch beim »Tschaigorum« saßen und von den Kuchen naschten, die sie bei Wienert am Ende der Straße hatten holen lassen. Auf dem ovalen Tisch mit der gehäkelten Decke stand das Herend-Service, Curt lehnte sich in einem der Stühle zurück, deren dunkles Holz einen Bogen um das Geflecht spannte, in deren achteckige Löcher ich drei Jahrzehnte später meine Finger stecken würde.

– Wo ist Ruth?

– Ich denke, Ernst hat sie mit sich vors Haus genommen.

– Doch nicht auf die Straße? Curt, sieh bitte nach.

Sie trat ans Fenster, schlug die Gardine zurück, blickte in den Garten hinaus, auf das Oval von Rosenstöcken und auf die Zweige des kahlen Flieders.

– Er möchte sowieso, dass wir für die Aufnahme vors Haus treten.

– Ahba, sie wandte sich ab, du weißt, wie lange er an seinem Apparat herumschraubelt.

Großmama machte es »nervös«, wie rückhaltlos ihr Mann sich mit Stativ und Kamera beschäftigen konnte, die Einstellung der Höhe mehrmals veränderte, endlich die Eisenspitzen festdrückte, um im nächsten Moment die spreizige Stütze doch wieder hochzuheben, sie ein paar Ellen zu verschieben und erneut mit Zurechtrücken, Schrauben, durchs Objektiv spähen zu beginnen. Die Bügelfalte knickte ein über das andere Mal ein, wenn er gebeugt an den Flügelmuttern drehte.

Curt und Anna hatten noch nicht das Gartentor erreicht, da war der Auslöser gedrückt, die Aufnahme gemacht, und Großpapa bemerkte sein Missgeschick. Wie um es gutzumachen, stellte er Curt neben den jungen Alleebaum, und der Sechsjährige stand da, so offensichtlich herbefohlen und ausharrend, bis Großpapa seine Kamera neu eingerichtet hatte, dass mir an dem Abend, während ich mit der Lupe die Aufnahmen untersuchte, klar geworden ist, dass gerade dieses zweite Bild, das die Strada Morilor in der Zentralperspektive zeigt, das Eingeständnis eines Fehlers bei seinem ersten Bild war. Großpapa hatte beabsichtigt, das Haus so vorteilhaft wie möglich abzulichten. Doch durch das dauernde Herumrücken, Abzirkeln und Korrigieren der Wirklichkeit war die kleine Ruth, die er neben dem Lattentor aufgestellt hatte, perspektivisch hinter das Stämmchen und die Haltestange des Alleebaums geraten: Sie war von dem Bild, das sie ein Leben lang bewunderte, verschluckt worden, bis auf eine Haarschleife, die hervorschaute.

Mutter hatte an die Zeit vor Bukarest nur eine einzige Erinnerung, ihre erste Erinnerung überhaupt, das Geschehnis hat sich möglicherweise im süddeutschen Murg zugetragen, wo mein Urgroßvater, bevor er in der Schweiz zwei Textilfirmen kaufte, eine Weberei leitete und nahe der Fabrik ein stattliches Haus hatte bauen lassen. Es muss eine geräumige Küche gewesen sein, die Wände waren gekachelt, der steinerne Fußboden zeigte ein dunkleres, von einem roten Band umfasstes Karree. Durchs Fenster fiel das nüchterne Licht eines Frühjahrnachmittags, lag kalt auf den Wänden und den wenigen Einrichtungsgegenständen.

Großmama hatte die kleine Ruth, in einem gestärkten Leinenröckchen, auf den Küchentisch beim Fenster gesetzt, um ihr einen Schmetterling zu zeigen, der an der geklöppelten Jalousie krabbelte und in regelmäßigen Abständen die Flügel spreizte: Zwischen schwarzen Arkaden offenbarte er einen dunklen Purpur, samtig, und er hatte gegen die Spitze hin einen blauen Punkt, als wäre dort eine bloße Stelle, durch die der Himmel schimmerte. Doch es war nicht der Himmel, es war kein Blau, und noch während Mutter den Schmetterling betrachtete, sah sie, dass er inmitten lohender Flammen saß, die das Fenster mit einem reißenden Glutstrom ausfüllten, scheinend und strahlend, als wäre die Sonne herabgestürzt und vor dem Küchenfenster in einen Feuerball zerplatzt. Die Fabrik brannte. Die Fabrik! – und der Flammenschein verwandelte den Schmetterling, ließ ihn wie ein dürres Blatt aussehen, hängen geblieben im geklöppelten Netz der Jalousie.

III

POSTKARTEN

– Wer weiß, sagte der Professor, ob wir etwas über die Frühzeit der Vögel wüssten, hätte nicht Alois Senefelder 1796 in München den Steindruck erfunden.

Die Luft im Büro war trocken, bestaubt von einem leimigen Geruch, der aus Ritzen und Fugen drang. Man vermeinte im Dämmer einen grünen Linoleumbelag wahrzunehmen, Tresen mit metallverstärkten Kanten, doch die Nüchternheit wurde gemildert durch einen Lichtkegel, der geometrisch im Raum stand, ein Stück geborgener Stille: Die Lampe warf ihren Schein zwischen die Stapel von Büchern und Skizzen, auf das Mikroskop und eine Abbildung des Archaeopteryx lithographica, dessen Original im Museum für Naturkunde in Berlin aufbewahrt wird: die besterhaltene Versteinerung des Urvogels, 1877 bei Eichstätt gefunden.

– Welch ein Zusammentreffen von Zufällen!, sagte der Professor. Ein Vogel, der allem Anschein nach Gebüsch und Wald bewohnt hat, findet am Meeresstrand den Tod. Sein Körper wird im Schlamm derart eingebettet, dass die ausgebreiteten Fittiche mit einzelnen sichtbaren Fingern und Zehen uns erhalten bleiben. Feinste Spuren bezeugen die Federstruktur recht zuverlässig.

Was mich am Archaeopteryx lithographica immer zutiefst berührt hat, ist das Schriftzeichen, das die Form des versteinerten Skeletts für mich bedeutet, ein Piktogramm, unmissverständlich und vor aller Zeit geprägt. Der Kopf – ins Profil gedreht – ist zurückgeworfen, als wäre er auf das Undurchdringliche, Undeutbare geprallt und dadurch sofort und endgültig verwandelt worden, zu einer seltsam gelösten Nutzlosigkeit. Die Schwingen und Beine sind ausgebreitet zu einer ungewollten Ergebenheit, dem Annehmen des Unausweichlichen, und ich lese das versteinerte Skelett, es heißt »Vergänglichkeit«, ist ein Dunkel und auch eine Leere.

– Der versteinerte Archaeopteryx besaß echte Schwungfedern, der Professor fixierte mich, und sein Blick war von belustigter Boshaftigkeit. Wir aber wollen wissen, wie gerade dieses Außerordentlichste am Vogel, die Feder, geworden ist. Dieses Geheimnis jedoch verrät keiner der Funde.

»Sfîntu Gheorghe/Lipscani: Dies ist der Centralpunkt, nach welchem man von uns aus per Tram fährt, um nach den verkehrsreichen Plätzen zu fahren.« – So schrieb Großpapa am 30. 6. 1912 auf die Rückseite einer Postkarte. Da die Linien nicht ausreichten, überschrieb er im rechten Winkel seine schwung-

volle Schrift, sodass ein Gewebe altdeutscher Schriftzeichen entstand, leicht und locker wie das Baumwolltuch, das die Societatea română pentru Industria de Bumbac unter Großpapas Leitung herstellte.

Die Postkarte ist koloriert, als einzige eines Bündels, das er in jener Zeit geschrieben hat und das ich bei den Alben in der handlichen Biedermeiertruhe gefunden habe. Großpapa hatte sie in einem Schreibwarengeschäft an der Strada Lipscani gekauft, von dem ich annehme, dass es ein schlauchartig tiefer Raum gewesen sein muss, abgedunkelt durch die rotgestreiften Storen vor der Auslage, und Großpapa beugte sich über die Postkarten, stieß die eine oder andere auf dem Tresen mit seinen behandschuhten Fingern an, rückte den Zwicker auf der Höckernase zurecht und murmelte: *Bun o iau.* Die glanzbezogene Ansicht des Platzes und der zu den Kuppeln am Horizont verlaufenden Geschäftsstraße sollte seiner Frau ein Bild von dem Ort vermitteln, der seine Gefühle so sehr bewegte: Spross einer alten, großbürgerlichen Familie, hatte er endlich, nach Jahren der Unentschiedenheit, seinen »Centralpunkt« doch noch gefunden, und es war am Platz Sfîntu Gheorghe, eingangs der Strada Lipscani, wo der vornehme Herr, der mein Großpapa war, zur Überzeugung gelangte, dass ein schon lang währender Verlust endlich und für immer seinen Ausgleich finden würde.

Er war nach Rumänien vorausgereist – Großmama und die beiden Kinder sollten in drei, vier Monaten nachkommen –, und nach dem zweitägigen Aufenthalt in Wien, bei seinem Schwager Alfred, der an der Mariahilfer-Straße Federn für Hüte färbte, stand Großpapa vor dem Schlafwagenabteil am Fenster, blickte auf die größer werdenden Häuser, deren Fassaden im Licht wie Marmor schimmerten, als der Zug in Bukarest einfuhr. Der Rauch der Lokomotive wurde von der Bahnhofsbedachung herabgedrückt, zog wie Nebelfetzen vor der Scheibe vorbei und drang als teeriger Geruch in den Waggon. Auf dem Bahnsteig tauchten einzelne Reisende und Paare aus den Rauchschwaden auf, auch Gruppen in orientalischer Kleidung, eine dichter werdende Menge harrender Menschen, die vorbeiglitt, bis nach einem langanhaltenden Pfiff die Bremsen griffen, sich festfraßen, und der Zug mit einem Ruck zum Stehen kam. Als wäre etwas von der Energie auf die Umgebung übertragen worden, entstand eine Bewegung unter den Wartenden, Stimmen und Rufe wurden hörbar, der Gang füllte sich mit Reisenden, die ihre Gepäckstücke aus den Schlafabteilen zogen, Träger stiegen zu, boten ihre Dienste an, Männer in abgenutzten Röcken, Mützen auf den Köpfen, und es war Großpapas Bedächtigkeit, die einen fetten Mann zugreifen ließ: Mit fleischigen Händen packte er den geflochtenen Koffer und die beiden Schnürpakete, die Großpapa ordentlich bereitgestellt hatte, schleppte sie durch den Gang, während der Herr in Cut und gestreifter Hose, mein Großpapa, den Zylinder aufsetzte und mit einiger Beunruhigung den Stock aus der Ablage holte.

Gara de Nord Bucureşti.

Er stand an der Waggontür, bereit die Stufen hinabzusteigen, blickte in die Gesichter unter ihm, fremde Gesichter – ein Gemisch unter der glasigen Hitze des Mittags –, und einen Moment lang umfing ihn eine Stille, an der er sich wie eine Fatamorgana gespiegelt fühlte: Eine überschlanke, hochgezogene Gestalt, im Ausschnitt der Weste die Krawatte mit Brillantnadel, den Stock unter den Arm geklemmt, einen Anflug von Grau an den Schläfen, die Augen hinter dem Zwicker vorstehend und stechend, von einem hellen, wässrigen Blau. Und Großpapa begriff, dass die Blicke der drängenden, meist einfachen Menschen ihn künftig auf den Stufen oben festhalten würden, Blicke, die scheinbar gleichgültig waren – aus dunklen, staubigen Augen eines unbekannten Herkommens – und die ihn doch auf unerklärliche Weise bedeutend machten und ausgezeichnet erscheinen ließen.

Dieser Moment einer Erhöhung überraschte Großpapa, als er sich anschickte, die Stufen des Waggons hinunterzusteigen, und über der harrenden Menge schwebte, wie er mich überraschte, als ich bei meiner Ankunft in Dhaka die Halle des Flughafens verließ, durch die verglaste Tür aus der klimatisierten Blutbahn der Industrienationen in eine heiße, staubige Luft trat.

Ich denke, die damalige Zugsfahrt nach Bukarest entspricht heute einer Reise nach Bangladesh. Die Postkarte der Gara de Nord, die ich im Bündel gefunden habe, eine Außenansicht des Bahnhofgebäudes, zeigt allerdings einen gewichtigen Unterschied zu meiner Erinnerung an die Ankunft in Dhaka, Bangladesh: nichts von Überfüllung, von unabsehbarer Masse an Menschen, Fahrzeugen, Handlungen. Hell und offen liegt der Platz in der Hitze des Junivormittags. Reisende streben dem Seiteneingang des winkelförmigen Gebäudes zu, sie tragen Koffer auf den Schultern und in den Händen, gemächlich schreiten sie aus, während die Schatten kürzer werden. Vor dem Haupttrakt und den mit offenen Loggien gekrönten Türmen stehen die Mietkutschen, reihen sich entlang der Überdachung unter den Bogenfenstern, und dort hatte auch Herr Leo Schachter, Generaldirektor der Bumbac, seinen Landauer warten lassen, um Großpapa am Zug abzuholen.

In den Tagen nach seiner Ankunft fühlte sich Großpapa beflügelt und hochgestimmt, als wäre durch die Ankunft in Bukarest etwas in Ordnung geraten, das nicht allein ihn betraf, sondern die Zeit, die Epoche – und was anfänglich ein mit Eindrücken durchmischtes, undeutliches Gefühl gewesen war, begann zu einer Gewissheit zu werden, nachdem er bei der

Kirche Sfîntu Gheorghe über den eisernen Tritt der Equipage hinab aufs Pflaster getreten war, den Stock leicht aufgesetzt hatte und unter den Bäumen, in deren Schatten Bauern neben Packen und Körben lagerten, gemessen zum Boulevard vorging, den flachen Strohhut auf dem Kopf: Endlich würde sich das Leben zu einer ihm gemäßen und lange entbehrten Form bequemen, einem sittlich geordneten und von Wohlstand und Vornehmheit geprägten Dasein. Zigeunerinnen verkauften Blumen, riefen ihn an *(Domnu! Domnu!)*, den Arm voll Margeriten, deren Blüten über den krautigen Stielen leuchteten: Es war heiß, ein weiter, wolkenloser Himmel spannte sich über die Stadt, die Luft stand reglos, es roch nach ausgegossenem Wasser und Staub der von weither in die Strada Lipscani und ihrer Märkte gekarrten Waren. Großpapa blieb stehen, den Stock leicht abgewinkelt. Die mit Eisenreifen beschlagenen Räder der Karren ratterten hinter den Hufschlägen über das Pflaster, das in konzentrischen Kreisen um den »Centralpunkt« gesetzt war, ein Rondell, in dessen Mitte, auf wappengeschmücktem Sockel, die Lupa Capitolina gestanden hat, die Wölfin, die Romulus und Remus säugt, zwei lustvoll sich windende Kinder. Drei ältere Damen, in schwarzen geschnürten Kostümen, halten ihre Schirme gegen die Sonne aufgespannt, eine junge Frau in luftiger Bluse und sommerlich weitem Rock wartet auf die Pferdetrambahn, sie sieht einem Händel vor der Kirche Sfîntu Gheorghe zu, während der Mann, der eben seinen Hut von der schweißnassen Stirn gezogen hat, nach Kleingeld für eine Bettlerin in der Rocktasche sucht.

Hinter diesem hell aus der kolorierten Postkarte herausdrängenden Rondell zieht sich die Strada Lipscani gerade in die Häuserflucht hinein, gegen die pralle Sonne sind die rotgestreiften Storen des Schreibwarengeschäftes ausgeklappt, gegenüber räumen die Händler in weißen Schürzen ihre Waren auf das Trottoir, und Herr S., der sich eben anschickt, den Platz zu queren, um nach einer Postkarte für seine Frau Ausschau zu halten, wird einen Blick zu den vierschrötigen Gesellen werfen, die niedergebeugt zusammenstehen, als wäre dort eben ein Tier geschlachtet worden und hätte Neugierige angezogen. Doch auch vor La Papagal drängen sich die Leute, weichen zur Straße hin aus, wo die Kutschen an abgestellten Gespannen vorbeizirkeln. Ein Schild preist in roten Lettern die Anfertigung von Röcken. Danach verengt sich die Strada Lipscani zwischen den Fassaden und nackten Brandmauern, läuft in einen Fluchtpunkt unter den Kuppeln eines Prunkgebäudes, und sie ist warm und gelb wie Mais, erfüllt von einer Gemächlichkeit und sommerlichen Nonchalance, vielleicht ein kleines Paris, doch eines – so wenigstens auf Großpapas Postkarte –, in dem die Wölfin in die Straße schaut.

Und ich stehe auf den Tag genau fünfundachtzig Jahre später an der Stelle, an der Großpapa gestanden hat, und spüre in meinen Mundwinkeln sein Lächeln unter dem gezwirbelten Schnurrbart, dieses leicht versteckte Verziehen der Lippen, und ein Glanz muss damals in seine Augen gekommen sein, ein helles Leuchten, wie ich es gesehen habe, als Onkel Mendel ihn besuchte, kurz bevor er starb.

Das Sitzpolster war heiß von der Sonne, ein rotgefärbtes Leder, durch Knöpfe gespannt, deren Vertiefungen ein rautenförmiges Muster suggerierten, doch in seiner dünnen Auflage wenig gegen die Schläge der Räder auf der Steinpflasterung vermochte. Großpapa lehnte sich in die Ecke des Landauers zurück, die Beine übereinandergeschlagen, den Stock gegen die Leiste der gegenüberliegenden Sitzbank gestellt, blickte, halb zugewandt, am scharfen Profil Herrn Schachters vorbei auf die Fassaden, deren Säulen, Karyatiden, girlandengeschmückte Gesimse in der Sonne blendend leuchteten, als wären sie aus einem durchscheinenden Material gefertigt. Die Geschäfte waren geschlossen, eiserne Rouleaus schützten die Eingänge, wenige Passanten, ihre Sonnenhüte ins Gesicht gezogen, schritten während der Mittagszeit auf den hitzeflimmernden Trottoirs aus. Sie nutzten die schmalen, harten Schatten, die wie Reste eines Schnittbogens entlang von Kanten und unter Absätzen lagen. Doch man saß erhöht, bequem in die Ecke gelehnt. Als der Landauer in die weiße Flucht des Boulevards einbog, brachte ein leichter

Luftzug Kühlung, einen Anhauch aus den Gärten und aus hinter Linden verborgenen Fensterreihen, einen Anhauch feucht erdigen Geruchs.

– Sie werden sehen, Herr S., in Bukarest lässt es sich ausgezeichnet leben ...

Und Leo Schachter erinnerte in seiner untersetzten, wohlgenährten Statur, seinem gepflegten Äußeren, dem blanken, freundlichen Gesicht, der Krawatte mit Goldnadel und einer Uhrkette, an der zwei Medaillons über den englischen Westenstoff scheuerten, Herr Schachter erinnerte in seiner selbstgewissen, der eigenen Stellung bewussten Art, an Gustav Wilhelm S., der seit alters her aus dem Rahmen seines Porträts in das Wohnzimmer meines Elternhauses blickte.

Das Pflaster der kurzen Allee, durch die ich nach Ankunft in Bukarest im Taxi gefahren bin, um zu dem Haus zu gelangen, in dem ich wohnen sollte, war in der Mitte aufgerissen. Die grob behauenen Steine lagen gehäuft und von Kot und Abfall bedeckt entlang des zugeschütteten Grabens. Der Gehsteig, notdürftig ausgebessert, mündete auf einen Platz, ein durch die Verzweigung der Allee weites, ungleichschenkliges Dreieck, von Zäunen und Mauern begrenzt. Die zerfallenden Häuser hielten sich in dünnen Schatten kranker Bäume, deren Äste und Zweige weichere Risse zwischen die wirklichen legten und deren Blätter blasse Flecken auf den abgeblätterten Putz warfen. Klassizistisch-orientalische Portale, Säulen, Stuckornamente drängten sich zwischen Büsche und Verschläge; matt, von Staub und Rost verkrustet, wucherten Autowracks unter Wicken, trotteten Hunde in den Gartenkorridoren zwischen Haustür und Gartenportal oder lagen, die Zitzen rot und prall, auf den zerbrochenen Platten, hechelnd in der Hitze des Nachmittags. Leer und verstummt lag der Platz in der Sonne, ein vergilbendes Licht, das eine Nuance heller und härter war als das Mais- und Tabakgelb der Fassaden: Diese unvergleichliche Farbe, die ich ein Leben lang kannte, ohne sie bis zu meiner Ankunft in Bukarest an diesem Nachmittag wirklich gesehen zu haben. Sie war der sichtbare Niederschlag eines Duftes, den das Wort »Rumänien« für mich ausströmte, warm und süß, und rief Muster einer vergangenen Ornamentik wach, die sich kratzig anfühlten wie das bestickte Baumwolltuch, das Mutter im Schrank, in Seidenpapier eingeschlagen, aufbewahrte.

An diesem Platz, unter den vor fünfundachtzig Jahren noch jungen Bäumen, ließ Leo Schachter den Landauer vor einem Gartenportal halten. Er wies den Kutscher an, die Gepäckstücke hineinzubringen, stieß das Tor, das tagsüber unverschlossen blieb, auf und bat Großpapa um den Vortritt: Die kürzlich erst mit Wasser besprengten Platten des Gehweges führten an einem Rosenbeet unter der Grundstücksmauer entlang zum seitlichen Eingang des großzügigen, von Elementen des Wiener Jugendstils geprägten Hauses.

Sie betraten die Eingangshalle.

– Ich lasse Ihr Gepäck in Ihre Räume schaffen, Sie werden von der Reise ermüdet sein, sagte Leo Schachter, während sie die drei Stufen zum Vorraum hochstiegen, wo sie Hut und Stock auf der Garderobe ablegen würden. Doch bis alles hergerichtet ist, wollen wir – wenn es Ihnen recht ist – Kaffee trinken. Bitte!

Er wies zur Tür des Empfangssalons, und Großpapa ließ sich in ein schattiges, hohes Zimmer bitten, unter einen reich mit Stuck verzierten Plafond, in dem ein Heris, über den andere kleinere Teppiche gelegt waren, die Schritte und Stimmen dämpfte. Die Wände waren von Stichen, die eher spärlichen Möbel von Sammelstücken, auch Nippes, bedeckt, und den Salon beherrschte eine gelassene, doch auch träge Atmosphäre, die – verstärkt durch den Rauchtisch und die niederen Sessel – orientalisch wirkte.

– Von den Geschäften wollen wir nicht reden, dafür haben wir noch genügend Zeit.

Großpapa verbeugte sich leicht, nahm auf der Ottomane, nachdem sich Herr Schachter gesetzt hatte, Platz, wobei er die Bügelfalten seiner gestreiften Hose hochzog, und legte den Arm angewinkelt auf die Lehne.

Er hoffe, Großpapa werde sich wohl fühlen,

selbstverständlich sei vieles anders als in den europäischen Städten, und an einiges müsse man sich gewöhnen, doch sei das Leben hier im Ganzen genommen – wie schon gesagt – angenehm:

– Gute alte Zeiten! Gute alte Zeiten! Ein wenig wie die Belle Epoque damals. Obschon die Regierung immer mehr Restriktionen uns Ausländern gegenüber erlässt, was den Investitionen nicht eben bekommt. Aber sie brauchen uns, sehen Sie, sie brauchen uns. Und so ist die Parole der Liberalen, ihr *prin noi înşine*, »durch uns selbst«, auch nur ein Wunsch.

In dem helleren Speisezimmer, das durch einen offenen Zugang verbunden war, bauschte die Zugluft sich in den weißen Vorhängen der Terrassentür.

Herr Schachter bot Zigaretten in einer silbernen Dose an, er selbst entnahm einem Etui eine Zigarre, deren Kopf er mit einem kleinen Messer einschnitt.

– Es wird geredet und geredet, und es entstehen Gerüchte, fürchterliche, manchmal kitschige. Tragisch sind sie immer. Stets gibt es Verwicklungen, Vermutungen, Befürchtungen. Lassen Sie sich nicht irremachen. Das gehört zu Bukarest: Es ist seine Würze und sein Gift – und ein wenig wird man süchtig davon.

Und Leo Schachter, zurückgelehnt, den Embonpoint über den gespreizten Schenkeln, sah auf den Rauchfaden seiner Zigarre, und sein Gesicht hatte den Ausdruck eines Menschen, dem Gott die Gabe verliehen hat, die Dinge klar und einfach zu sehen, wie sie nun einmal sind, nützlich und verwendbar.

– Ein feines Gewebe, leicht, duftig, nicht ganz zu fassen: Nichts scheint so, wie es ist. Alle denken sich, es müsste ein Dahinter geben, versteckte Kräfte, die man nicht genau kennen kann, die aber überall und jederzeit hervorbrechen und die Welt verändern können.

Doch gar nichts werde geschehen, vor allem nicht hier in Rumänien. Ja, die Spannungen zum Wiener Hof wegen des magyarischen Siebenbürgen, die territorialen Ansprüche der Bulgaren an das Osmanische Reich, doch das alles sei nicht ernst zu nehmen, so wenig wie das Säbelrasseln des Kaisers.

– Was braucht er in Marokko auch die Engländer zu ärgern. Die Deutschen sind nun mal keine Kolonialmacht – werden es auch nie sein. Es reicht auch, wenn sie ihre Hand über Jerusalem und uns Juden halten.

Und Leo Schachter hob seine buschigen Brauen, dass sich die Stirn unter dem tiefen Haaransatz runzelte und er den Ausdruck eines Mannes bekam, dessen helle, wässrige Augen eine Freude am unveränderlichen Erhalt angenehmer Umstände verrieten.

– Schließlich, nicht wahr, sind die europäischen Mächte zivilisierte Nationen. Und Sie werden mir als Ingenieur recht geben, dass die Wissenschaften uns in den letzten Jahrzehnten eine Technik beschert haben, mit der die meisten Probleme zu lösen sind.

Großpapa beugte sich vor, nickte, als wäre es ein persönliches Kompliment.

– Ich bin ganz Ihrer Meinung, sagte er fest.

Das Mädchen brachte türkischen Kaffee, dazu Ţuică, und Herr Schachter ließ Madame in den Salon bitten.

Gelb ist als echte Farbe in der Feder enthalten. Wir sondern ein mehr gelbbraunes bis rötliches »Phäomelanin« von einem schwärzeren »Eumelanin«. Diese Melanine werden durch besondere Farbzellen an die Federanlage abgegeben und dort in verschieden dichter Ablagerung in die Hornsubstanz der Federanlage eingeschlossen. Die vielen Abstufungen der Färbung werden durch die Dichte der Verteilung in den Federstrahlen bewirkt. – Alles Gelb der Vogelfeder entsteht auf diese Art, und nur die Vögel haben das Reptilienerbe besonders gelber und roter Pigmente bewahrt.

Madame Schachter betrat den Salon, mit der Linken die angedeutete Schleppe des langen, anliegenden Kleides zum Schein gerafft, und die beiden Herren erhoben sich.

– Mascha, darf ich dir Herrn S. vorstellen, unseren neuen Direktor …

Großpapa klappte unhörbar die Hacken zusammen, beugte sich über die ihm dargebotene blasse und kühle Hand, blickte in das nicht sehr ebenmäßige, zu charaktervolle Gesicht, irritiert durch die dunklen, freundlichen Augen. Madame Schachter war eine selbstbewusste, elegante Frau, jünger als ihr Mann, schlank, doch nicht sehr groß gewachsen. Sie besaß eine natürlich ruhige Art, sich zu geben, und Großpapa staunte, weil ihre vornehme Ausstrahlung so sehr dem Rang entsprach, den er sich im gesellschaftlichen Umgang erhofft hatte, dass er sich auf das Angenehmste bestätigt sah.

Er entspannte sich, hielt den Arm nicht mehr ganz so steif angewinkelt und schlug die Beine übereinander.

Madame erkundigte sich nach Herrn S. Familie, wann seine Frau und die beiden Kinder nachzukommen gedächten und in welchem Teil der Stadt sie zu wohnen beabsichtigten. Darüber habe er sich noch keine Gedanken gemacht, es bleibe genügend Zeit, in Ruhe einen Ort zum Wohnen zu finden. Seine Familie werde erst nach der Hitze, gegen Ende September herreisen, seine Tochter Ruth wäre dann drei Jahre alt und somit in einem Alter, in dem sie die Reise unbeschadet bestünde. Großpapa versäumte nicht, bei der Gelegenheit zu danken, dass er vorübergehend im Schachterschen Hause wohnen dürfe.

– Man lebt in Bukarest eben in allem ein wenig zu groß, sagte Madame, und so bereite es keine Schwierigkeiten, ihm einen Salon und ein Zimmer abzutreten.

– Dazu also kein Wort. Erzählen Sie uns lieber von Ihrer Reise. Sie waren in Wien?

– Ein kurzer Aufenthalt bei meinem Schwager, der an der Mariahilfer-Straße ein Atelier für modische Accessoires betreibt und als Hoflieferant einen weltweiten Handel mit Federn führt.

Und Großpapa wählte am nächsten Tag im Ladengeschäft an der Strada Lipscani, wo er schon einmal unter den rotweißen Storen eine Ansicht für seine Frau gekauft hatte, eine weitere Postkarte aus. *An Fredi geht heute ein Brief ab*, schrieb er an Großmama. *Kannst Du bei demselben eine Feder für Frau Schachter bestellen, tue es bitte rasch. Ich habe eben im Salon davon Erwähnung getan.*

– Ich muss Ihnen allerdings gestehen, sagte Großpapa eben im Schachterschen Salon, obschon, wie Sie sehen werden, mein Schwager exzellente Stücke herstellt, dass es mir stets ein wenig wunderlich erschienen ist, die Gebilde, welche die Natur am reichsten und farbigsten ausgestattet hat, auch noch färben zu wollen.

– Du musst zugeben, Leo, sagte Madame Schachter, nachdem Großpapa durch einen engen Flur in seine Räumlichkeiten geführt worden war, Herr S. ist zwar außerordentlich sympathisch, aber doch auch sehr deutsch. Da möchte er alles in seiner Natürlichkeit belassen und ist selbst auf strengste Förmlichkeit bedacht. Und ich denke nicht, dass er weiß, auf was für einen künstlichen und romantisch eingefärbten

Alltag er sich hier einlässt. Denn dazu hat das europäische Parkett doch den federgeschmückten Orient gemacht.

Sie lachte dieses unnachahmliche Lachen, das ihr später, als von zivilisierten Nationen keine Rede mehr sein konnte, so manches Mal helfen sollte: dieses helle Lachen, das eine arglose Freude am Erkennen ausdrückte.

Zu Großpapa jedoch sagte sie:

– Ich habe große Sympathien für das Handwerk Ihres Schwagers, Herr S. Wir färben doch immer die Federn, wenn Sie mir gestatten, so salopp daherzureden. Wir Menschen können gar nicht anders. Stets müssen wir verändern, wollen entsprechend unseren Wünschen umgestalten, wenn auch – leider Gottes – meistens zum Nachteil: Doch wo sich unser Drang zur Veredelung auf einen Schmuck am Hute einer Frau richtet, finde ich ihn sehr liebenswert.

Und Großpapa, dem ihr Schalk, so nehme ich an, entgangen war, setzte anderntags seinen Stock auf das grobe Pflaster, ging gemessen unter den Bäumen zum Boulevard vor und von da in die Strada Lipscani, beugte sich im Ladengeschäft mit den rotweißen Storen über die Auswahl der Karten und entschied sich für das Bildnis der Principesa Maria: eine stolze, schöne Frau, die im Schnitt der Augen entfernt an Großmama erinnerte. Sie trug einen breitrandig ausladenden Hut.

IV

DAGUERREOTYPIEN

Gelb. Dieses Gelb, das ich ein Leben lang kannte und an jenem Nachmittag, nach Ankunft in Bukarest, das erste Mal sah, berührte mich, als glitte ein Gewebe durch die Finger, und ich spürte kratzig die feinen Widerhaken darin. Ein Muster ist in dieses Gewebe hineingearbeitet: Knäuel schwarzer Wolle, die glatte, den Fingern angenehme Inseln bilden, doch versetzt sind mit tückisch scharfschnittigen Pailletten. Neben roten und gelben Linien aus Garn sind leuchtende Glasperlen in die knäueligen Inseln gestickt, als wären Körner der Phäomelanine und Eumelanine in das Gewebe eingewandert, hätten sich verdichtet zu einem Labyrinth mit vielen Irrgängen.

Und dieser bestickte Stoff ist durchtränkt von Alterung. Eine versteckte Brüchigkeit verbirgt sich in den Fasern und Fäden, ein Staub auch von Ereignissen, von längst vergessenem Gebrauch, von Wetter und Ungeschicklichkeit der Dienstboten und einem Wind, der den Sand von der Straße hochwirbelte. Eine Textur des Hörensagens steckt in dem kratzigen Stück – vielleicht gewoben in der Societatea română pentru Industria de Bumbac –, es ist dicht und gleichzeitig so undurchdringlich nah vor Augen, als beugte ich mich unablässig darüber. Und auf die leuchtende, durch das Schwarz noch verstärkte Farbe, hat sich das Vergilben wie eine Trübung geschlagen, stumpf, zu bräunlichen Tönen neigend: Es nimmt dem Stoff das Klare und gibt ihm eine Wärme, wie sie nachmittags aus Wänden und Mauern dringt, wenn die Sonne einen trägen, tiefliegenden Schein in die Straße wirft.

Rumänien war für mich ein südliches Land.

In der Eingangshalle des Hauses, in dem ich eine Woche lang in Bukarest wohnen sollte, platzten Wasserflecken aus dem Plafond. Sie sickerten braun gerändert über die Kante ins Ornament, lösten stellenweise die Jugendstiltapete, blähten sie zu buckligen Blasen über den drei Stufen, die zu dem hohen Vorraum führten, in dem sich die marmorne Ablage für Hüte und Stöcke ungenutzt erhalten hatte. Die Tür lag zurückversetzt, den Blicken verborgen, seitlich des Treppenaufgangs und dem Empfangssalon gegenüber, unter einer von farbigen Gläsern eingefassten Scheibe, die ein gebrochenes Licht in den Flur warf, den wir eben im Begriff waren zu betreten.

Monsieur Uricariu, emeritierter Professor für Biologie an der Bukarester Universität, bat mich, ihm zu folgen, und er bückte sich leicht unter der sehr hohen Tür, schwenkte seinen Kopf mit dem kurzgeschnittenen, ergrauten Haar, schritt zielstrebig, die Arme schlenkernd, voraus. Der Flur glich einem Schacht, verstellt von Pappkartons und einem monströsen Kühlschrank, dessen Farbe abgegriffen und zerkratzt war und dessen Tür mit Klebeband verschlossen gehalten wurde.

– Ich werde Sie nicht stören, aber ein-, zweimal am Tag muss ich im Kühlschrank etwas holen. Woher haben Sie eigentlich meine Adresse?

Die Frage war mit eisiger Schärfe gestellt, und ich erklärte ihm, dass ich bei der Fakultät angerufen hätte, ob sie mir ein Gastzimmer im Museum überlassen könnten, selbstverständlich gegen Bezahlung. Da es solche Gastzimmer aber offensichtlich nicht gäbe, habe man mir seine, Monsieur Uricarius, Adresse genannt.

– Ich vermiete nur gelegentlich. Meine Tochter bewohnt die Räume. Doch das Haus ist sehr groß, es gibt genügend Zimmer im ersten Stock. Ich habe Ihnen ein Fach im Kühlschrank freigemacht.

Er zog das Klebeband weg, die Tür schwang auf, zeigte rostige Gestelle und eine zerbrochene Lampe, der Motor sprang an, versetzte den Schrank in hüpfende, brummende Schwingungen.

– Und Sie arbeiten an der Universität? Mit wem werden Sie sich treffen?

Ich sei nicht aus beruflichen Gründen hierhergekommen, erklärte ich, meine Mutter habe in Bukarest ihre Jugend verbracht, heute sei sie eine alte Dame, außerdem krank und nicht mehr fähig zu reisen. Ich wollte an ihrer Stelle zurückkehren und nach den Orten suchen, wo sie gelebt habe …

– So? Und wo hat sie gewohnt?

– An der Strada Morilor, Nummer 7.

Seine Fragen behielten die eindringliche Schärfe, und nicht zufällig erinnerten sie mich an die Präparationsschnitte eines Skalpells. In ihnen verbarg sich nicht so sehr Neugier als der Zwang, hinter jeder Äußerung eine verheimlichte Absicht zu wittern, die es aufzudecken galt. Entstammte dieser Argwohn von Monsieur Uricariu der Vergangenheit, der Zeit vor der Revolution, als das Land mit meinem »Rumänien« nichts gemeinsam hatte, es den Eisernen Vorhang gab, der für mich aus Rumänien einen blinden Fleck machte, eine Landschaft mit Städten und Menschen, die fiktiver waren als die Bruchstücke, die ich aus Erzähltem gesammelt hatte? Vom Schnee im Garten, der den Zaun zudeckte, vom Bäcker, der süßliche Pasteten backte, und von Großpapa, der den Stock stets sorgfältig aufs Pflaster setzte, weil dieses Zubehör ein Erbstück und aus *Cöln* war und jenem Gustav Wilhelm gehört hatte, dessen Daguerreotypie im Wohnzimmer hing.

Monsieur Uricariu dagegen zeigte nicht einmal ein höfliches Interesse an meiner familiären Vergangenheit. Ihm genügte es zu wissen, dass ich keine Kontakte zur Fakultät besaß und suchte. Sein Gesicht, blass mit sommersprossigen Altersflecken, nahm den Ausdruck gepflegter Unverbindlichkeit an.

– Strada Morilor, sagen Sie? Die ist im Süden der Stadt. Große Blocksiedlungen. *Sie* – und er machte eine kurze, mir unverständliche Zäsur – haben dort viel gebaut.

Mutters »Hausaltar« hing in allen Wohnungen, an die ich mich erinnern kann, an einem schattigen, wenig beachteten Ort, zuletzt im Wohnraum mit den großen nach Süden gerichteten Fenstern. Obschon er halb verdeckt war – falls die Tür aufstand, und das tat sie meistens –, ging von ihm eine Wirkung aus, die mich nachhaltig beeinflusst hat, vielleicht sogar meine Berufswahl mitbestimmte. Selbst heute noch taucht bei meiner Beschäftigung mit den Fragen einer Spezies und ihrer Abstammung dieser einfache Stammbaum in meinem Gedächtnis auf, wie er sich mir in der Folge von Ahnenbildern, von Mutter in ihrem »Hausaltar« symmetrisch gehängt, in der Form einer zwiebelförmingen Kirchturmspitze zeigte. Zuoberst, als point d'origine, hing das Brustbild Johann Wilhelms im messingnen Oval, ein Scherenschnitt, die Linien des hohen Capotkragens eingeritzt. Darunter weitete sich seine Nachfolge en famille, der älteste Sohn, zwei Kinder und Madame in bändergeschmückter Frisur als tuschgezeichnete Schattenrisse, um danach zu den Stützsäulen der Familie überzugehen, zwei Ölgemälden – wenn auch nur in fotografischer Reproduktion –, Porträts des Gold- und Silberminenbesitzers Johann

Christian und seiner Frau Maria Carolina, geborene Bockhacker, vor Vorhängen und rheinischer Tiefebene. Der Sockel wurde von drei Daguerreotypien gebildet: von Mutters Urgroßvater, im Garten des Stammhauses zu Cöln, von seiner Frau mit »Affchen« (einem verkrüppelten Kind) sowie von Sohn Gustav, dem älteren Bruder jenes Ernst August, der von einer seiner vielen Reisen durch Russland krank zurückkam und starb, als Großpapa eben ins Gymnasium eintrat.

Wie der nachmittägliche »Tschaigorum« gehörte auch der Hausaltar zu Mutters gehüteter Welt, an der ich manchmal teilhaben durfte, wie einige wenige Besucher auch, die, allerdings ohne es zu ahnen, für würdig befunden wurden, den Tee, statt aus der geblümten Herend-, aus der Zinnkanne eingeschenkt zu erhalten, die für gewöhnlich mit dem Krug für die Milch und der Zuckerdose als »Messgeräte« unter der kleinen Galerie der Ahnen auf der Biedermeierkommode standen: Das »Ensemble« war »noch von Cöln« – und alles, was von daher kam, besaß einen eigenen, unanfechtbaren Rang. Die Teekanne war übrigens von wirklicher Eleganz, besaß eine Vollendung der Form, die einen leicht überhöhten, fast schon manieristischen Charakter hatte, wie er an Leitfossilien zu beobachten ist: Sie war bauchig, mit spiraligen Rippen, die sich zu dem schlanken Hals hochwanden, im Deckel ihre Fortsetzung fanden und sich bündelten, um eine Knospe hervorzubringen, auf der zwei Finger der gastgebenden Dame beim Nachgießen zu ruhen hatten. Der Griff war mit Rohr umwickelt, und sie stand auf drei geschwungenen Füßen, die an ein Schokoladekonfekt erinnerten, das unter anderem zum Tee gereicht gehörte.

»Von Cöln« war die Chiffre für ein einstöckiges Stadtpalais, zweiflügelig, mit je acht Fenstern, zweimal vier übereinander, und einem vorgewölbten Mittelbau, zu dessen Portal eine Rundtreppe führte. So zumindest hatte ich mir das »Stammhaus« vorgestellt, in Anlehnung an das Wildt'sche Haus in Basel, einem vornehmen Bürgerhaus des 18. Jahrhunderts, an dem mein Weg während der Studienzeit täglich vorbeiführte. Das Haus verkörpert ein für uns heute fast unfassbares Selbstverständnis, wie es auch jener Johann Wilhelm S. besessen haben muss, der Handels- und Bergwerkgeschäfte noch mit künstlerischer Beschäftigung verband, nicht alles Tun der Nützlichkeit unterwarf und nicht jeder Lebensäußerung einen Zweck unterstellte. Ein knappes Jahrhundert lang gestand sich ein aufgeklärtes Bürgertum den Luxus unprofitabler Tätigkeiten zu: Man schürfte zwar die Erze, doch man zeichnete auch die Versteinerungen ab, verbesserte den Bergbau und beschrieb den Zwischenkieferknochen. *Eine Verbindung* – wie mein Professor in einer seiner kurzen Betrachtungen schrieb –, *die im Goetheschen Zeitalter ihren reinsten Ausdruck fand und mit dem Scheitern der Farbenlehre und dem Einschwenken auf die helmholtzsche Theorie der Farbe zu*

Ende war. Ein Wandel, der zu einem Weltbild führte, in dem alles Entstehen und Überleben durch konkurrierende Nützlichkeit bestimmt wird und das der Professor – bedeckt wie Mutter ihre Teezeremonien ausrichtete – durch das Studium der Vogelfeder zu widerlegen suchte.

An jenem Abend, nachdem ich Mutter zu Bett gebracht und im Wohnzimmer die Fotoalben angesehen hatte, blieb ich auch eine Weile vor dem »Hausaltar« stehen. Es war spät geworden, draußen heulte ein Sturm, doch in mir hatte sich eine Landschaft verstreut aufgestellter Fotos ausgebreitet, gelblich braune Bilder, die wie Plakatwände rechteckige Löcher in den Horizont stießen, illusionäre Ausschnitte, reglos, stumm. Und ich besah den Stammbaum, der neben der Abfolge der Generationen auch eine Entwicklung in den Mitteln der Abbildung zeigte – von Scherenschnitt, Schattenriss und Gemälden zur Daguerreotypie –, und war verwirrt von der Entdeckung, dass die nächstfolgende Möglichkeit der Ablichtung fehlte. Fiel es mir deshalb erstmalig auf, weil ich den ganzen Abend Fotografien betrachtet hatte?

Gustav Wilhelm, Mutters Urgroßvater, war als Letzter 1847 auf einer Silberplatte festgehalten worden, die ihn in mittleren Jahren zeigte. Dann gab es noch die Daguerreotypie seiner Frau mit der verkrüppelten Bertha, und eine weitere des Urgroßvaters mit seinem ältesten Sohn Gustav, einem Jüngling, vielleicht vierzehnjährig, sein Nachfolger. Und dieser hätte als Erwachsener mit seinem Bruder Ernst Rudolf und seiner Frau Anna, Mutters Großeltern, eine nächste Reihe bilden sollen, doch die Fotografien fehlten, die ovalen Porträts, die damals in Mode waren.

An diese Entdeckung eines »missing-link« zu Großpapa dachte ich, als Monsieur Uricariu mich verlassen hatte und ich mich müde von der Reise, genervt auch vom Verhör meines Gastgebers, auf das Doppelbett fallen ließ, auf den seidenen Überwurf in Vieux-rosé, zwischen die Bettladen imitierten Empires. Es war dunkel in den hohen Fenstern geworden, das Licht brannte im angrenzenden Salon, wo meine Taschen und Gepäckstücke geöffnet standen, und ich sah, die Arme unter den Kopf geschoben, zu dem schadhaften und mehrmals übermalten Stuck des Plafonds hoch, folgte Rissen, die herbstlich in die goldgestreifte Tapete rannen, und verweilte dann auf der vierflügeligen Falttür, die das Schlafzimmer vom Salon trennte. Sie hatte die Höhe des Raums, nahm dessen ganze Breite ein und war geschwungen wie ein Barockgiebel. Und in die hundert Vierungen waren geschliffene Kristallgläser eingesetzt, in denen sich das Licht des Lüsters brach: Gelb fiel sein Schein auf die Seidentapete und den gekachelten Rundofen, draußen heulten Hunde, und während ich dalag, unter schweren Lidern hervor hinaufsah, hellte sich der Plafond des Salons auf, die Risse füllten sich, die umlaufenden Girlanden, die hervorbrechenden Frucht- und Blumenornamente wurden gestochen klar, und in das Geheul der Hunde mischten sich die Schläge von Pferdehufen. Großpapa hatte damals, als er bei »Herrn Schachters« wohnte, und sie ihm für die Dauer, bis seine Familie nachgekommen wäre, zwei Zimmer überließen, ebenso wie ich jetzt auf dem Bett gelegen. Er hatte durch diese Glastür zum Lüster geblickt und sich glücklich bei dem Gedanken gefühlt, den ich noch in mir nachwirken spürte: Er würde fotografieren. Von ihm gäbe es die Fotos, die von seinem Vater fehlten. Er würde sie an die Verwandtschaft schicken, sorgfältig abgezirkelte Bilder, Kompositionen, die den herrschaftlichen Charakter seines jetzigen Lebens zur Geltung brächten und dem Betrachter vor Augen führten, dass die Cölner Verhältnisse wiederhergestellt wären mit repräsentativem Haus, Garten und Blumenrondellen um Fliederbüsche.

Der Sturm heulte die ganze Nacht. Ich hörte den Wind in den Ästen des Ahornbaums, es war Jahre her, dass ich in dem Zimmer in L. geschlafen hatte, und doch war mir das Rütteln der Fensterläden, die Laute, wenn der Dachboden sich mit regenfrischer Luft füllte und die Balken dehnte, vertraut, als wäre ich nie fortgewesen. Dabei hatte ich nur die letzten Monate vor dem Studium noch in dem Haus verbracht, das dennoch mein »Elternhaus« geworden war und an dem ich hing, ohne eine genaue Vorstellung zu haben, weshalb.

Ich lag wach, dachte an die vergangene Nacht im Hotel, an die nackte, triste Atmosphäre des Zimmers, in dem eine dunkle Leere offenbar gemacht hatte, dass ich keine Erinnerung besaß und Mutter in meinem Gedächtnis fehlte, als hätte es sie in meiner Kindheit nicht wirklich gegeben, ich meine als einen Menschen, den man umarmen und halten kann und der nicht nur verstreut in Gegenständen und Verrichtungen existiert. Ich hatte nach ihr in den alten Fotos zu suchen begonnen und sie hinter einem Alleebaum entdeckt, durch Großpapas Ehrgeiz zum Verschwinden gebracht, die künftige Familienikone »Unser Haus, Strada Morilor No. 7« zurechtzuschraubeln und -zurücken. Auch ihm war die kleine Ruth abhandengekommen, war im Moment, da der Auslöser klickte, die Blende sich öffnete und schloss, bis auf ein Seidenband von der Perspektive verschluckt worden, die das Haus herrschaftlicher präsentierte, als es war.

Als ich am Morgen nach kurzem Schlaf erwachte, saß Mutter am Bettrand, das Licht eines reingewaschenen Tags fiel durch die halb zugezogenen Gardinen, porzellanweiß war das Nachthemd, bedruckt mit kleinen blauen Blumen. Ihre Lippen bewegten sich, faltige, verblasste Säume, und erinnerten an den verschossenen Velours ihrer Abendrobe:

Mutter flüsterte ihre hektisch gehetzten Worte, und dabei blickte sie mich aus geweiteten, klaren Augen an, ein ungetrübter Blick, der durch mich hindurch in eine Unbegrenztheit gehen musste, wo es Licht, aber keine Zeit gab – und dieses Licht widerspiegelte sich leuchtend und gläsern in ihren Augen. Einer dieser todesnahen Blicke, wie ich ihn als Kind bei Großpapa gesehen hatte, als Onkel Mendel ihn zum letzten Mal besuchte.

Ihr Gesicht war blass, das Kinn klein und schmal geworden, doch ihre Stirn besaß Großzügigkeit, war der rechteckig entworfene Platz eines Großstadtquartiers, belebt durch ein Geflecht des Handelns; Linien über Linien durchzogen ihn, brachen die möglichen Beschränkungen und Beengungen auf, und doch blieb ein fester Horizont klassizistischer Fassaden. Viele Generationen hatten darin ihre Spur hinterlassen: Es war ein »altes« Gesicht, in das ich an diesem Morgen sah, eines, das unterschiedliche Epochen geschaut hatte – und jetzt zerfiel.

– Ich habe versucht die Musik zu ertränken ich habe versucht sie zu verbrühen ich wollte sie erbrechen doch sie spielt in meinem Bauch – di da da dum – immer gleich wie eine Maschine die dreht – di da da dum – und das Zimmer wird hell und es ist ein Chor von vielen hundert Leuten und sie alle sehen mich von der Zimmerwand herab an grünleuchtend sind ihre Köpfe und ihre Augen blaue Lichter sie singen immer wieder dasselbe wie eine Maschine die dreht – di da da dum – di da da dum – und ich kann nicht in ein anderes Zimmer umziehen ich nehme die Stimmen mit die Musik spielt spielt da unten in meinem Bauch …

Und ihre Schultern waren nach vorne gefallen, rundeten den Rücken, aus dem sich ihr Kopf heraufbog, ins Weiß der Haare gehüllt, und das blaugemusterte Porzellan des Nachthemdes ließ einen Ausschnitt faltiger Haut über der eingesunkenen Brust frei, Haut eines Körpers, den ich nie gesehen hatte.

– Ich bin doch normal. Ich kann Sätze sagen. Man kann mit mir reden wie jetzt –

Sie war in der Nacht aufgestanden, als ich schlief. Sie versuchte die Musik zu erbrechen, würgte über der Schüssel. Sie versuchte die Musik zu ertränken, trank kaltes Wasser im Bad. Sie versuchte die Musik zu verbrühen, trank heißes Wasser in der Küche.

– Doch die Musik macht im Bauch di da da dum – di da da dum –

Im Garten lag ein großer abgebrochener Ast. Ich sah auf ihn hinunter, als ich die Gardinen zurückschlug. Mutter saß noch immer auf der Bettkante, nackt unter dem Nachthemd, und der Ast lag im welken, vom Regen niedergedrückten Rasen, so nutzlos.

Zu den beiden Zimmern, die mir Monsieur Uricariu überlassen hatte, gehörte auch eine Küche. Als ich sie das erste Mal betrat, empfand ich eine nicht genau zu beschreibende Vertrautheit, als kennte ich sie seit langer Zeit, jedoch nur als eine Erinnerung, ohne wirkliche Vergangenheit. Lag es an den weiß und dunkelblau gekachelten Wänden, der Palme, die in einem Kübel auf dem Tisch und vor dem Fenster zum Garten stand, dem Keramikschüttstein oder dem Gasherd? Karg war diese Küche, eine Couch, bedeckt von einem verschlissenen Überwurf, stand an der rückwärtigen Wand, ein nüchterner, kühler Geruch erfüllte den hohen Raum, und vielleicht war gerade er es, der mich an Süden, an Italien nach dem Krieg, wohin wir damals in Urlaub gefahren sind – meine erste große Reise –, denken ließ.

Ich kochte Kaffee in einem langstieligen Töpfchen, wie ihn Mutter gekocht hatte, manchmal, wenn wir allein waren, die Wohnung noch warm von der Mahlzeit roch und wir schweigend vor den Tässchen »Türkischen« sitzen blieben, rauchten und eine schützende Atmosphäre gegen das neblige Licht des Nachmittags, die Viehweide vor dem Fenster, den Kohlgarten des Nachbarn zu erhalten suchten.

– Was werden Sie heute tun?

Ich hatte durch den Hinterausgang das Töpfchen und eine Tasse in den Garten getragen, einen wackligen, von zerrissenem Plastik bedeckten Tisch ins Gras gestellt, mich hingesetzt.

– Nichts.

Es versprach ein heißer Tag zu werden, Wolken zogen hinter Dächern und Wipfeln hervor, kamen aus den Bergen, waren über die Ebenen gezogen, hatten die Pappelspitzen gestreift – und waren dabei ein wenig fremdartig geworden.

– Sie gehen nicht zur Universität?

Monsieur Uricariu war neben dem Haus aufgetaucht, hatte getan, als sähe er mich nicht, die Hände auf dem Rücken gefaltet, das Gesicht leicht schräg und abgewandt, blass, ohne scharfe Züge, eine angenehme Verschliffenheit, wie sie Menschen zu eigen ist, denen das Ansehen und ihre Stellung erlaubt, den Egoismus wie ein Privileg zu pflegen.

– Ich habe mich mit anderen Dingen zu beschäftigen, sagte ich.

Mit einer Flucht von Fenstern über der angrenzenden Mauer zum Beispiel. Mit Großpapas Garten. Mit einem Blick auf eine steingewordene Verwirrung –

Ja, und mit Mutters »Musik«, von ihr fand ich mich überrascht, während ich auf dem wackligen Hocker am Tisch saß und in eine surreale Biologie von Trümmern blickte. Unter Pflanzenschutt war die ehemalige Anlage des Gartens noch zu erahnen, die Gehwege und Buchshäge, die Beete und Rondelle; schief wuchsen zwei Nussbaumstämme, einstmals die Pfeiler des schattigen Bogens vor der Sitzbank im gewalzten Karree, auf dem nun ein metallisierter Wagen der gehobenen Mittelklasse rostete, radlos – und die Rinde war schwarz, schwarz die Schnittflächen der Äste, zersägt zu Rümpfen, von denen Zweige mit schütterem Laub wegstaksten in dünnen, hilflosen Fluchtversuchen. Sie bildeten den verzerrten Rahmen, in dem sich aus verdrängendem Grün eine Spirale von Mauern, Wänden, Fassaden, Platten und Pfeilern wand, sich öffnend und weitend wie die degenerative Form der Ammoniten am Ende der Kreidezeit: Zuinnerst ein Holzhaus, bucklig geduckt, mit Blech bedeckt, aus dem zwei Wände, nackt und kahl, wie ein Keil durch die Wucherung hochdrängten; auf ihrer Spitze balancierte ein halbes Haus, wie durchschnitten, dessen Vorderseite die verzierte Fassade einer Villa um die Jahrhundertwende vorwies, rundbogige Fenster, die seitlich und nach hinten wegzurutschen drohten, wo ein Raster aus Beton und Eisen, Platten auf stelzigen Pfeilern, schwarze Löcher dazwischen, aufragte, ein leerer Rohbau, der sich unfertig in den Himmel extrapolierte … Und wie um das Bild zwischen den Nussbaumstümpfen zu vervollkommnen, ragte ein Audi Quattro Jahrgang 90 aus dem Gewuchere von Wicken, Wein und Hibiskusstauden. Und während ich schaute, den Kaffee nach vielen Jahren wieder einmal so zubereitet trank, wie ihn Mutter an nebligen Nachmittagen manchmal gekocht hatte, hörte ich einen Betonmischer, der gleichmäßig leierte – di da da dum, di da da dum, di da da dum –, und ich erinnerte mich an jenen Morgen, als sie auf meinem Bett saß und sagte:

– Man weiß ja nie, was auf einen zukommt. Ich habe es nicht gewusst. Die Nachbarn haben es nicht gewusst. Hast du es gewusst?

V

MUSTER

Die Platten im Garten an der Strada Morilor waren gemustert, erzählte Mutter, und sie erzählte davon so, als erinnerte sie sich plötzlich, doch ohne erkennbaren Zusammenhang mit den uns umgebenden Dingen, ein losgelöstes Stück Erinnerung, wie die anderen Stücke es auch waren, die ich im Gedächtnis bewahrt habe. Die Platten im Garten waren also gemustert:

– Kreuzchen wie Kreuzstiche, und dieses Muster fand sich ähnlich an den Gardinen im Salon und im Speisezimmer, an Mamas Blusen, die sie seit Ankunft in Bukarest trug, an den Bordüren der Kopftücher. Und auch mein Sonntagskleid war damit umsäumt, Kreuzchen wie Kreuzstiche. Es war seltsam, plötzlich Kleider zu tragen, die so anders waren als die Kleider, die ich bisher getragen hatte, leichter und aus einem luftigen Stoff, gesäumt von gestickten Bändern oder mit einem Besatz feiner Spitzen. An dem glockigen Kleid, das ich trug, als Papa die Bilder im Garten machte, war am Kragen und am Saum ein Muster – Kreuzchen wie Kreuzstiche – aus jeweils vier im rechten Winkel gegeneinander gerichteten Schlitzen, umsäumt von einem grauen Faden, und diese »Kreuzchen« glichen denen in den Platten unseres Gartens, nur bestanden diese aus stäbchenlangen Rillen, meist gefüllt mit Sand und so breit, wie damals mein Zeigefinger war. Fuhr ich auf den rötlichen, ins gelbliche und gewitterwolkige spielenden Klinkerplatten den sandgefüllten Rillen nach, sah es für mich aus, als könnte ich schreiben und die Platten wären aus weichem Ton. Der Sand war hell, und wenn ich ihn ausschabte, kam darunter ein Rot hervor oder ein Rauchgrau, und es war von einem Rest Feuchtigkeit dunkel und leuchtender als die übrige Platte. Ich half mit Spucke nach, denn ich wollte gern schreiben, Muster in die Muster schreiben, und sie waren wie Wörter für das, was alles so andersartig war, Wörter für Rumänien. War es jedoch sehr heiß und trocken und das Hausmädchen hatte den Garten noch nicht gegossen, dann war der Sand in den Rillen festgebacken, weiße Kreuze auf rötlichem Grund, und ich konnte sie verschwinden machen, indem ich sie auskratzte. Es war wie ein umgekehrtes Schreiben. Ich konnte auslöschen, was mir drohte. Nämlich, dass ich den Garten, das Haus, die neuen Kleider und die Eltern verlassen müsste. Zurückkehren, wieder in die Schweiz zurückkehren müsste, mit Anna, Mamas Schwester, die uns auf der Reise begleitet hatte und ein paar Monate bleiben wollte. Da mich mein Bruder Curt, der drei Jahre älter war als ich und schon Buchstaben lesen konnte, auslachte, wenn er mich schreiben oder auslöschen sah, begann ich die Muster nur noch im Kopf zu machen. Ich setzte mich auf die Stufen, die zum Salon führten, und wenn ich dann ganz lange auf die Platten starrte, mich konzentrierte und durch die Kreuzchen hindurchzublicken versuchte, dann changierten sie plötzlich, und das anfängliche Muster ergab ein neues. Es verwandelte sich, bestand nicht mehr aus Kreuzchen, sondern aus Sternen, deren Mittelpunkte sich durch die Ecken der aneinanderstoßenden Platten ergaben. Und wenn ich nur lange genug hinsah, dann begannen die Farbunterschiede in die Muster hineinzuwirken, verbanden sich die Kreuzchen und die Sterne zu neuen Figuren, die wiederum größere Muster ergaben, so große, dass ich sie nur mit Mühe überblicken konnte. Und dann entdeckte ich eines Tages, dass der Plattenbelag als Ganzes ebenfalls ein Muster bildete: Wie alle Häuser in Rumänien stand auch das unsere mit der Schmalseite zur Straße hin. Von der anschließenden Lattentür, gleich unter meinem Fenster, bedeckten die Platten den Gehweg entlang der Hausfront zum Garten hin, ein Streifen, von einem Bordstein abgeschlossen. Dieser Streifen weitete sich nach einigen Schritten, bildete einen rechteckigen Vorsprung, der wieder zurückgenommen wurde, dann vor dem Salon sein Gegenstück fand, den Streifen verschmälernd, um sich beim Kücheneingang wieder vorspringend zu weiten, sodass die Schlusssteine eine mäandrierende Linie bildeten wie bei den Stickmustern. Auch das Haus hatte eine Bordüre wie die Kopftücher, Hemden und Blusen, und ich entdeckte plötzlich diese Muster in den Bäumen, in den Blumenbeeten, zwischen den Kübelpflanzen. Ich stieß auf sie in den Straßen, sah die Muster an den Menschen und an den Fassaden der Häuser, ich entdeckte sie in den Spiegelungen des Lichts und in der Empfindung der Wärme. Drückte ich auf meine Augenlider, dann sah ich gelbe und rote Bänder und Kreuze, manchmal waren sie auch von sattem Grün. Muster, wie sie auf die locker luftigen Stoffe gestickt waren, die vor den Fenstern hingen, sich bauschten und immer auch etwas verbargen.

Einmal, als Mutter wieder von den Mustern auf den Platten im Garten des Hauses an der Strada Morilor erzählte, spürte ich, damals noch ein Kind von vielleicht acht oder neun Jahren, wie sie sich in Gedanken hinter diese bestickten Stoffe zurückzog, in die Vergangenheit entschwand und mich zurückließ in dem Haus am Ausgang des Dorfes S., inmitten der Molasse, umgeben von Rasen und Apfelbäumen, mit Gehwegen von gesichtslosen, grauen Betonplatten.

– Diese Muster, sagte sie schon aus großer Ferne und ohne noch eine körperliche Gegenwart zu haben, ordneten das Verwirrende. Sie gaben den Eindrücken eine Form, die sie anschaulich machten, und waren gleichzeitig ein Schmuck, der verzierte und wiederum Gefühle und Stimmungen fasste: Ein Schriftzug ohne Worte, den ich mit meinen Augen neu in die noch unbekannten Dinge schrieb.

Großpapa ließ im Schachterschen Haus, wo er vorerst einen Schlafraum und einen Salon bezogen hatte, den Tisch nach draußen tragen und hieß ihn im Schatten der Nussbäume aufstellen. *Komme soeben per Fuhrwerk »Landauer« von der anderen Weberei her und bin in der Stadt zum Mittagstisch gewesen.* Er liebte es, nach der Ruhestunde noch eine Weile im Freien zu sitzen, sich den Kaffee bringen zu lassen und das Bukarester Tageblatt zu lesen. *Soeben sind Herr Schachters für sechs Tage verreist und haushalte ich nun allein mit dem Dienstmädchen im freien Haus.* Das Wetter war seit seiner Ankunft gleichmäßig schön und heiß gewesen, *während ihr Brände und Bergstürze habt*, und er bat das Dienstmädchen, sie möge um einen Zugänger besorgt sein, der nach Mittag die Wege entlang der Rosenbeete und die Flächen bei den Rondellen besprenge, um den Staub zu binden. Doch in Wirklichkeit liebte er den feucht erdigen Geruch, durch den der Schatten unter den vier, im Quadrat stehenden Bäumen tiefer wurde und das Grün leuchtender. Selbst die Blumenfarben der Beete erschienen in der befeuchteten Luft klarer – so wenigstens glaubte er.

Großpapa trank den Kaffee in kleinen Schlucken, vorsichtig schlürfend, und blickte nach einem letzten, schon rauen *goût* in das Porzellanrund, wo sich nassglänzend der Kaffeesatz zurückzog. *Diese Woche hatte ich schon Besuch und habe denselben per Equipage in der Stadt herumgeführt.* Bei der Glut, die um die Bäume lag, mit gleißenden Bändern in die Schatten drang, Muster auf die besprengten Flächen warf, grüngelbe Muster, erlaubte sich Großpapa den Rock abzulegen und lediglich in Weste und Hemd auf der Gartenbank zu sitzen, auch wenn ihm nicht entgangen war, dass aus dem Nachbarhaus, das mit hohen Fenstern über die Umfassungsmauer ragte, ein Blick ihn streifte und manchmal eine schlanke Gestalt an einem der Fenster wie zufällig erschien. *Herr Schachter hat mir das Fuhrwerk für eventuell abends in die Stadt zu fahren zur Verfügung gestellt, was ich benutzen werde.* Er zog aus der Hosentasche das silberne Etui, entnahm ihm eine der ovalen Zigaretten und klopfte sie ausgiebiger als sonst auf dem Deckel, bevor er das Mundstück seitlich zwischen die Lippen klemmte. Es war ihm nicht unangenehm, sich vor diesem Hintergrund französischen Impressionismus beobachtet zu fühlen. Im Gegenteil empfand er, im rechten Licht und dem ihm angemessenen Bild zu sitzen. *Morgen bin ich zu einem Besuch bei den Suters eingeladen und werde die Equipage erneut benutzen.* Während er rauchte, sah er auf das Blumenrondell, das, umfasst von Buchsbaum, wie ein Bukett von Rosen, Rittersporn, Phlox und Lupinen war – ein Bukett, aus der Hand gelegt, auf eine Tischdecke von Licht und Schatten: Ein grüngelbes Muster, das er einmal malen würde, später, als keine Ordnung mehr war und Großpapa die stürzende Zeit in Stillleben zwingen wollte.

Doch an diesem Mittag im Juni 1912 bestand das Muster noch, war der Garten, nach französischer Manier symmetrisch angelegt, ein wirklicher Garten, und der Ablauf des Tages bestimmte unabänderlich, dass im nächsten Augenblick das Mädchen aus der Tür treten würde, Großpapas Rock überm Arm, Hut und Stock in ihren geröteten Händen, weil es jetzt und für alle Zeiten so bleiben würde: *Ich werde jeden Morgen und Mittag abgeholt.*

Die Zeichnungen des Vogelkleides, ihre farbliche Vielfalt, den Formenreichtum von unscheinbarster Sprenkelung zur prunkvollen Ausstattung, hat die Forschung durch bestimmte Zwecke zu erklären versucht. Das Problem jedoch ist, dass selbst eine klar umrissene Funktion wie der Signalgehalt einer Zeichnung noch nicht erklärt, warum ein bestimmtes Muster so und nicht ganz anders ist: Es könnte in einer veränderten Ausgestaltung nicht weniger gut die eine oder andere Funktion ausüben, was besagt, dass sich in den Zeichnungen der Feder und des Vogelkleides insgesamt noch etwas ausdrückt, das um seiner selbst willen wahrgenommen werden soll: Doch den Lebensphänomenen einen unerklärlichen Teil zweckfreier »Selbstdarstellung« zuzugestehen, widerspricht zutiefst unserem Zweck- und Nützlichkeitsdenken.

Sieht so der Schachtersche Garten am Ende des Jahrhunderts aus?

Ich blickte auf die zwischen den Nussbäumen sich zum Himmel weitende Spirale von Gebäuden, die mir wie Trümmer aus Mutters Kopf vorkamen, hierhergesetzt ans Ende des Gartens, in dem ich an einem Tisch saß, mich noch ein wenig dumpf von der gestrigen Ankunft in Bukarest fühlte und Kaffee trank.

In meinem Rücken erhob sich die Gartenmauer, über die das obere Drittel des Nachbarhauses ragte, hohe Fenster, die Jalousien halb vorgezogen, darüber, in engerer Folge gedrängt, die ehemaligen Dienstbotenkammern in dem von Zinkblech verkleideten Dach. Und während ich flüchtig über die Schulter zu der verwitterten, vom Erdbeben 1977 gezeichneten, ansonsten aber intakten Fassade vom Anfang des Jahrhunderts emporsah, empfand ich – wie zuvor in der Küche – eine Vertrautheit, als kennte ich den Anblick schon lange, als wäre er ein Teil meiner eigenen Erinnerung.

Wie aber konnte eine Erinnerung über die eigene Lebenszeit hinaus zurückgehen? Gibt es vielleicht doch einen Lamarckismus des Erinnerns, ein Vererben erworbener Bilder von der einen zur nächsten Generation? Das Weiterreichen eines geistigen Albums von weichen, filzigen Seiten, wie sie Großpapa in einen Umschlag aus Krokoleder gehüllt hatte?

Ich holte mein Notizbuch und begann den Pflanzenschutt genauer anzusehen. Dieser überwucherte den mittleren und rechten Teil des Gartens, türmte sich gegen das entferntere Ende auf, während im linken Teil bis zur Mauer hin die Wiese lag, auf der ich meinen Tisch aufgestellt hatte. Entlang der Mauer zog sich eine Fahrspur zu einer Garage, neben der ein Feigenbaum windende Äste ausstreckte, die an den Enden noch belaubt waren. *Eine tote Akazie*, notierte ich, *ein absterbender Pappelbaum*. Er streute jetzt schon seine Blätter aus, als wäre Urin aus den Stielen in die Zellen gesickert und hätte das Gewebe allmählich wie einen Beutel gefüllt. *Ein junger, gequälter Kirschbaum*. Die genauere Untersuchung der Garage ergab, dass sie aus einem Gartenhaus bestand, dessen Stufen, Bodenbretter, Bänke herausgerissen und für die grobgezimmerten Seitenwände, welche das ursprünglich quadratische Haus verlängern halfen, verwendet worden waren. Einzelne Umfassungssteine neben den Radspuren deuteten auf ein ehemaliges Blumenbeet hin, das an der Mauer entlang einen Kiesweg zum Gartenhaus gesäumt hatte. Ich drang zwischen hochgeschossenen Ruten gegen die Mitte vor, wo ich auf Reste von Buchsbaum stieß, von denen ich auch noch Kümmerlinge tiefer im Gewucher fand: die Überbleibsel – so vermutete ich – der Einfassung einer Blumenrotunde, wie sie in der französischen Gartenkunst angelegt wird. Die Erde musste ehemals bucklig aufgeschüttet gewesen sein, gekrönt von einem Fliederbusch, von dem ein Seitentrieb des umgesägten Hauptstammes noch existierte. *Rosen, Taubnesseln, Kümmel, Kamille, Holunderschößlinge …* Die Rosen dürften als Einzige auf die ehemalige Bepflanzung hinweisen, wobei ich denke, dass Rittersporn, dazu weiße Lupinen, vielleicht mit Phlox gemischt, das Sommerbukett hätten bilden können, das dem frühlingshaften Flieder folgte, während die Rosen bis tief in den Herbst hinein blühten. Die Bank stand heute unmittelbar vor der Kühlerhaube des Audi, schwammig geschwärztes Holz unter abplatzender Farbe. Hinter ihr und unter Brennnesseln verborgen, fanden sich die Strünke zweier weiterer Nussbäume. Und da ich rechts des verstümmelten Stammes ebenfalls noch einen verwilderten Rosenstock entdeckte, schloss ich auf eine symmetrische Anlage. Beidseits des Schattenkarrees aus vier Bäumen war je eine Blumenrotunde aufgeschüttet gewesen, in deren Mitte ein Fliederstock gepflanzt worden war. Die Bank hatte auch damals da gestanden, wo sie noch heute stand, nur dass der Platz zwischen den Bäumen nicht von Unkraut, sondern von gewalztem Sand bedeckt gewesen war.

Während ich mich durch Kürbispflanzen, Sonnenblumen, Hibiskus vorarbeitete und am entfernten Ende des Gartens eine verrostete, zerfallene Weinlaube entdeckte, von Ranken und Wicken und Windrosen niedergezerrt, spürte ich den Blick, wandte mich um, sah zum Haus. Im ersten Stock stand eine

Gestalt am offenen Fenster, halb verdeckt von der Jalousie. Es musste Monsieur Uricarius Tochter Michaela sein, die mir ihren Wohnanteil überlassen hatte. Sie mochte schon eine Weile dort am Fenster gestanden und mich beobachtet haben. Ich winkte, doch da war auch schon ihr heller Umriss verschwunden. Als hätte ich ihn mit der Hand weggewischt.

Ich hatte das Album mit den zwei Dutzend Fotos, auf filzige Seiten geklebt und in Krokoleder eingeschlagen, neben dem Notizbuch, der Lupe und einem Bündel von Großpapas Postkarten in die Reisetasche gesteckt.

– Du gehst zur schlimmsten Zeit, hatte meine Mutter beim Abschied gesagt. Die Hitze im Sommer ist unerträglich. Du solltest nach Mittag nicht ins Freie gehen.

Stets blieben während des Tages die Jalousien geschlossen, und ein schattiges Licht erfüllte Mutters Eckzimmer. Durch die geöffneten Fenster drangen die Geräusche der Straße – Schritte, die vorübergingen, das gleichmäßige Rollen der Fuhrwerke mit dem einsam beschwerlichen Stakkato der Hufe, später die Händler, von fern, näher kommend, gleichmäßig ihre Waren anpreisend, Ansätze von Melodien, die abbrachen, sich wiederholten – wie eine in der Rille hängen gebliebene Grammophon-Nadel –, sich wiederholten, abbrachen, lauter und eindringlicher wurden, bis sie unter Mutters Fenster angelangt waren:

– Ich konnte dann die Händler sehen, wie sie sich zur Dîmboviţa hin entfernten, immer nur von hinten, helle Gestalten in pludrigen Hosen, überfallenden Hemden, den Korb auf dem Kopf. Und die Rufe verebbten: Aaardeiradicidelunăcartofi … Und diese Rufe waren wie ein Fieber im Kopf, das ich jeden Sommer bekam. Hitzefieber, von der Feuchte und Hitze, die im Juni begann und sich in den Wochen steigerte, bis die Sonne glühende Beschläge ums Haus legte und mich einschloss. Ich lag im Bett. Ich sah zu, wie der bläuliche Schatten, an dem noch eine Spur Geruch von nächtlicher Feuchte haftete, farblos ausdörrte, um dann gelb und staubig zu werden, wenn ein erster, zweiter Glutstab schwimmenden Sonnenlichts auf dem Teppich erschien, es viele wurden, die näher und näher ans Bett rückten, mich bedrängten; das Fieber stieg. Mama machte essigsaure Wickel, wie Doktor Schlesinger anempfohlen hatte, ein kleiner spitzbärtiger Mann in dunklem Anzug, der jeden Abend auf Visite kam, den Rachen seiner Ledertasche aufsperrte und ein Geschling herauszog, dessen Bügel er sich hinter die Peikes klemmte, und ich konnte das kalte Mondrund auf meiner Brust schon spüren, ein schreckhaftes Zusammenzucken, noch bevor es aufgelegt wurde und der Doktor über mich hinweg auf die Tapete starrte: blasse Augen, vergrößert von einem randlosen Zwicker. – Nu, nu, nu, sagte er, nu, nu, nu. Viel Tee trinken und Wickel machen, Madame S. Es wird sich schon geben. Und Mama saß an meinem Bett, als es schon dunkel war und die Lampe brannte, wechselte die stechend riechenden Tücher, die sich feucht um meine Beine legten. Die Tür zum Salon durfte offen bleiben, und während ich der lauen Nässe um meine Waden nachspürte, hörte ich das Rascheln, wenn Papa die Zeitungsseite wendete, die er auf dem Tisch aufgeschlagen las. Ein tröstlich müder Luftzug wehte von dem weit geöffneten, mit Fliegengitter geschützten Fenster herein, der plötzlich süß von Papas Zigarette roch …

Es war nicht so sehr die nachmittägliche Wärme gewesen als Mutters Erinnerung, die mich nach einer kurzen Ruhe auf dem aufgedeckten Bett in den Salon gehen ließ. Ich wollte eine Einzelheit prüfen, die mir in Monsieur Uricarius Garten eingefallen war. Das Album in der Hand begab ich mich durch die hohe Tür mit den geschliffenen Gläsern zum Tisch beim Fenster. Die Läden waren angelehnt, durch die Spalten fiel ein staubiges Licht. Die Stühle, Empire-Imitation mit runden Lehnen, hatten Schutzbezüge aus gräulichem Leinen, verrutscht und zerknittert, und auf dem Rund des Tisches lag eine dicke, billige Decke. Ich stellte die Porzellanvase, in der Stoffblumen steckten, auf den Fenstersims, zog die Tischlampe näher, falls ich sie brauchen sollte, und schlug das Album auf.

Während ich Monsieur Uricarius Garten untersucht hatte und aufgrund der Reste unter den Pflanzentrümmern die Wege, Blumenbeete und Sitzplätze zu rekonstruieren versucht hatte, erinnerten mich die Strünke der Fliederbüsche vage an ein Foto des großelterlichen Gartens. Die Aufnahme, von den Eingangsstufen an der Strada Morilor aus gemacht, zeigte – wenn auch nur nebenher und als eine Einrahmung der abgebildeten Familie – ein ähnliches Grundmuster in der Anlage, wie ich sie eben draußen, unter dem Pflanzenschutt, in Monsieur Uricarius Garten, angedeutet gefunden hatte, nämlich Beete, die sich wie Hügel aus dem gewalzten Sand wölbten und von kleinen Fliederbüschen gekrönt gewesen waren. Vielleicht entsprach die Art der Anlage und Bepflanzung einer damaligen Mode, und doch faszinierte mich die Ähnlichkeit, ließ mich sogar für einen Augenblick erwägen, Großpapa könnte den Schachterschen Garten kopiert haben, und während ich mich mit der Lupe zu vergewissern suchte, ob es sich bei den abgebildeten Büschen tatsächlich um Flieder handelte, irrte ich ab, glitt mit vergrößerndem Blick über die Gesichter der Familie S., Bucureşti 1913, Strada Morilor număr şapte, und machte dabei eine Entdeckung. Die Fotografie, die ich da mit Vergrößerungsglas untersuchte und betrachtete, musste Großpapas repräsentative Darstellung von den wiederhergestellten Cölner Verhältnissen sein, die er nach Ankunft im Schachterschen

Haus herzustellen sich vorgenommen hatte. In all den Wochen, seit ich die Biedermeiertruhe ins Wohnzimmer meiner Mutter hinuntergetragen hatte und in denen ich die Bilder des Albums immer wieder betrachtet und untersucht hatte, war mir nie aufgefallen, dass unter all den rechteckigen, länglichen, breitformatigen und auch quadratischen Aufnahmen nur diese eine Fotografie oval war. Mit Genauigkeit zurechtgeschnitten, musste sie später hier ins Album eingeklebt worden sein, statt – wie ursprünglich wohl beabsichtigt – einem Rahmen aus Messing eingepasst zu werden, als würdige Nachfolge von Scherenschnitt und Daguerreotypie. Es war ein sorgfältig arrangiertes Stillleben: Herr S. in Cut und gestreifter Hose sitzt in einem hochlehnigen Gartenstuhl, den selbstbewussten Blick gerade zur Kamera gerichtet, als Requisit die gefaltete Zeitung auf den Knien: Vornehme Abkunft, ausgedehnt bis zu den locker auf die Schenkel gestützten Händen und der leicht verschobenen Beinstellung, die den linken Schuh um eine Länge vorstellt. Ganz Haltung, vollendet, prototypisch. Großmama in hochgeschlossener Bluse, das Medaillon umgelegt, ein Perlennetz im sorgfältig frisierten Haar, am Gartentisch auf der Bank sitzend, den rechten Unterarm leicht auf die Rücklehne gestützt; das bedruckte Tuch verdeckt die übergeschlagenen Beine, die sich in einer leichten Nachgiebigkeit des Körpers verraten und die ihrerseits wieder durch die sehr gerade Kopfhaltung über ihrem schlanken

Hals korrigiert wird: Stolz, auch ein lächelndes Erfülltsein. Man besaß, was man erreichen wollte, und die Kinder – Curt in seinem Matrosenkostüm, Mutter in ihrem glockigen Rock mit dem Muster aus Kreuzchen – waren kleine Abbilder der künftigen Nachfolge, Prinz und Prinzessin, auf dem »Bildnis einer herrschenden Familie im Garten«.

Was mich berührte, war die naive Überhebung, die in dem Bild ihren Ausdruck fand, das Antiquierte der Lebensform, das angesichts des aufziehenden Krieges, der sich abzeichnenden gesellschaftlichen Umwälzungen, keine Chance mehr haben würde. Es war die Darstellung verweigerter Anpassung, die Großpapa und seine Familie im rückständigen Rumänien zelebrierten. Beim Betrachten ihres Eigensinns streifte mich die Ahnung, weshalb eine Generation im Stammbaum des »Hausaltars« übersprungen worden war, man nahtlos bei Johann Wilhelm, 1850, anschloss und großzügig alles außer Acht ließ, was sich in der zweiten Hälfte des Jahrhunderts verändert hatte. Jenes »missing-link«, der unglückliche Gustav Lorenz S., war von der Zeitströmung weggespült worden. Über dem aufgeschlagenen Album an jenem Nachmittag in Bukarest schien mir zumindest der Gedanke nicht abwegig, dass dieser Gustav Lorenz in den siebziger und achtziger Jahren des letzten Jahrhunderts das getan haben musste, was alle vermögenden Bürger im Rausch der Gründerjahre, der globalen Märkte und rücksichtslosen Industrialisierung getan hatten. Er spekulierte und verlor. Und da sich die menschliche Würde auf Geld und Macht verkürzt hatte, setzte er auch das treuhänderische Vermögen seines Bruders Ernst ein, der auf einer Reise nach Russland erkrankt und in Köln gestorben war, als Großpapa noch zur Schule ging, setzte es ein, um den Verlust wettzumachen, und verspekulierte auch noch den Teil des Vermögens, der ihm nicht gehörte, bis nichts mehr blieb und es an Großpapa kam, die ehemaligen Verhältnisse wiederherzustellen – und das hatte er nicht ganz so großartig, aber dank »kolonialer« Verhältnisse doch ansehnlich geschafft, wie das ovale Bild bezeugen sollte, bestimmt für die Ahnengalerie, in die es dennoch keine Aufnahme mehr gefunden hat.

Die Familie S. blickte ahnungslos in die Zukunft, die sie verschlucken würde.

VI

STADTPLAN

Das Glas umschloss die Flüssigkeit, hielt sie aufrecht in der Luft, eine Säule Wasser, beschriftet mit Etikett und verschweißt mit einer Plastikkrone: In die Flasche eingeschlossen, sich nach oben verjüngend, war die Möglichkeit, den Durst zu löschen. Mutter konnte das Wasser durch das Glas betrachten, danach greifen, nochmals versuchen, den Verschluss zu öffnen. Doch eben an diesem Tag war ihr die Selbstverständlichkeit, eine Flasche zu öffnen, abhandengekommen, hatte sie eine so einfache Fertigkeit, die sie täglich ausführte, verloren. Sie sah auf diese Säule von Wasser vor ihr auf dem Tisch aus Cöln, spürte, gedemütigt von der eigenen Kraftlosigkeit, wie das Alltägliche und Selbstverständliche begann, sich unerreichbar zu machen, sich in ein Jenseits zurückzuziehen, wo all die Menschen lebten, die hunderterlei Griffe unbewusst taten, und wo man die Plastikkrone aufdrehte, wenn man ein Glas Wasser trinken wollte; sie jedoch bliebe in einem Diesseits trockener Luft zurück: Die Lippen waren rissig, die Musik leierte auch jetzt in ihrem Bauch – di da da dum – di da da dum – , und sie schaute in diese

jenseitige Klarheit, die vor ihr, eingeschlossen i
Glas, auf der Tischdecke aus Bukarest stand, un
war sich ein paar Zuckungen ihrer Halsschlagade
später sicher, gerade jetzt, nicht wirklich Durst zu haben, ja von dem Augenblick an den Durst nie mehr zu beachten und in ihrem Empfinden eine Lücke zu lassen wie im Hausaltar.

Vor wenigen Tagen, an einem Abend, hatte sie im Wohnzimmer gesessen, im Lederfauteuil meines Vaters, schmal zwischen den rissigen, abgegriffenen Armpolstern, den Wollschal um ihre nach vorn gerutschten Schultern gezogen. Das Oberlicht der Stehlampe brannte, ein dünnes Licht, das einen Kreis auf den Teppich warf, an dessen Peripherie glasige Bilder im Fernseher flackerten. Ein Blitz schoss aus der Röhre, zuckte grell durchs Zimmer, erhellte es weißflüssig, und das Haus flüsterte, redete, füllte sich mit Stimmen, die über Mutter, über die Familie sprachen, unausgesetzt und weitererzählten, während der Bildschirm mit einem Mal grau und tot war. Die Stimmen tönten von oben, aus den Schlafzimmern und aus Vaters Büro, kamen aus der angrenzenden Küche, drangen durch die Wand der Halle, deren Flügeltüren zum Garten gehen. Mutter rief die Nachbarn an. Ob sie diese Störung auch hätten, eben jetzt, seit wenigen Minuten: Kein Bild, doch das Haus voll von Stimmen? Die »Herr Wincklers« hatten schon am Hügel gewohnt, als unser

Haus noch nicht gebaut war, sie kamen den Weg herauf und die Zufahrt entlang, Frau Winckler am Arm ihres Mannes, leicht einknickend bei jedem Schritt, während er sich steif und gerade hielt, kamen in ihren Mänteln auf das Haus zugegangen, um nachzusehen, was es mit der Störung und den Stimmen auf sich habe. Sie fanden Mutter im Lederfauteuil sitzen, vor laufendem Fernseher, dessen Ton ausgeschaltet war. Stille war im Haus, das Licht warf einen Kreis um den Fauteuil. Auf dem Beistelltisch stand ein Teller mit Krumen.

– Ich habe sie kommen sehen, auf unserer Straße. Sie haben nicht gemerkt, dass ich sie beobachtete. Doch als ich die »Herrn Wincklers« kommen sah, Frau Winckler am Arm ihres Mannes, wusste ich nicht genau, wer die Frau war, die mir auf der Straße entgegenkam, und ob nicht ich es sei, die auf mich zukäme. Und die Stimme in meinem Kopf sagte zu der Frau im Mantel, die beim Gehen leicht einknickte: Moaş'ta pe gheaţă! Sagte zu jedem ihrer Schritte, die meine eigenen waren:

Moaş'ta pe gheaţă! Schleif auf Eis zurück ins Loch, aus dem man dich gezogen hat.

Und Mutter glitt allmählich und sanft wie auf Eis in ihre Kindheit zurück, gab die Gegenwart auf, verließ die jüngste Vergangenheit, bald schon würde sie auch die Zeit meiner Jugend und Kindheit vergessen, in der sie mich diesen Fluch »Moaş'ta pe gheaţă« gelehrt hatte, obschon sie selbst nicht wusste, was er bedeutete.

Solange ich mich erinnern kann, lagen diese Wörter widerspenstig im Strom der Sprache: Ich durfte sie nicht brauchen, obschon Mutter sie mich gelehrt hatte.

Großpapa konnte zornig werden und aufgebracht sein, wie mir Mutter erzählte, doch seine Selbstachtung ließ nicht zu, sich gehen zu lassen, auch im Zorn nicht. Das Fluchen war Sache der Kutscher; sie schworen und verwünschten, schnitten dämonische Fratzen, während es seinem Stand entsprach, sich gesittet in einem Panorama zu bewegen, das dank Technik und Wissenschaft die Welt zu einer Promenade in der Abendsonne machte, in der die Bäume geordnet stehen, die Wege gerecht sind und die Bänke zum Verweilen einladen. Kraftausdrücke und Fratzen wären an einem solchen Ort höchst deplatziert.

Und doch war dieses unaussprechliche Wort – »die Hebamme auf dem Eis«, wie Mutter flüsternd übersetzte – von der Familie S. aus Rumänien mitgenommen und an mich weitergegeben worden. Mutter lehrte mich die Aussprache, obschon sie Großpapas Ansicht teilte und an seinem Lebensbild festhielt, selbst dann noch, als die Promenaden längst zu Abstellplätzen der Autos geworden waren und die dämonische Fratze sich als biederes Verbrechergesicht eines Flachmalers entlarvt hatte.

– Du musst die Silben anders aussprechen, nein, nein, hör genau zu: Mua-sch-tä-pè-gi-atze! Und ich wiederholte, bis Mutter mit meiner Aussprache zufrieden war.

– Es ist der schlimmste Fluch, den es in Rumänien gibt, sagte sie. Die Hebamme auf dem Eis!

Und es war dieser Widerspruch – das Schlimmste und gleichzeitig so harmlos und unverständlich zu sein –, das dem Fluch eine Kraft und Magie gab, seinem Laut etwas Absolutes verlieh, gegen das die Dorfjungen nichts mehr vermochten, wenn ich es ihnen in die verdutzten Gesichter schrie: Moaş'ta pe gheaţă! Die Hebamme auf dem Eis!

Ich konnte ja nicht ahnen, dass auch Mutter nicht verstand, was der Kraftausdruck hieß, nicht wusste, was er bedeutete, bis vielleicht an jenem Abend, da sie ihn sich selbst entgegenrief, als die Frau im Mantel, die beim Gehen leicht einknickte, am Arm ihres Mannes zum Haus kam, das voll von Stimmen war.

Als ich vom Einkaufen in der Stadt zurückkam, saß Mutter am Esstisch, vor sich eine Flasche Mineralwasser und ein unbenutztes Glas. Ich hatte in der Apotheke die Medikamente besorgt, die der Arzt ihr verschrieben hatte. Dann war ich zur Reisebuchhandlung gefahren und hatte einen Stadtplan von Bukarest gekauft.

– Du musst die Kapseln mit einem Schluck Wasser nehmen.

– Wirklich? Muss ich das?

Das becherförmige Glas gehörte zu einem Set, das sie vor Jahrzehnten »für den Garten« gekauft hatte – damals, als wir am Dorfausgang von S. wohnten, der Sitzplatz unter einem alten Apfelbaum lag und die Blumenbeete zur Viehweide hin voll Phlox, Lupinen und Rittersporn blühten.

– Ich brauche kaum noch Wasser, sagte sie, eigentlich fast nichts mehr. Ich habe Wasser nie gemocht. Es gibt blaue Därme.

Die Mittel wirkten zu meiner Erleichterung erstaunlich rasch. Ich würde am Abend losfahren können und wäre spätestens am folgenden Nachmittag von der Ausgrabung im Tessin zurück. Ich könnte dann mit gutem Gewissen ein paar Tage bei Mutter bleiben.

– Ich höre sie noch leise und sehr weit weg. Ich glaube, die Musik ist im Haus umhergeflogen, und ich habe sie aus Versehen verschluckt. Vielleicht als ich schlief, als ich mit offenem Mund schlief. Hältst du das für möglich?

Schon am Nachmittag verlor ihre Stimme das flüsternd fiepsige Stakkato, sank ab in die Normallage und sedimentierte im Ton der nachdenklichen Sprechweise, die sich während der Jahre ihrer Einsamkeit vertieft hatte.

– Es ist ein Tabu. Über die verschluckte Musik darf man nicht reden. Die Leute denken sonst, man spinnt. Ich habe »Herrn Winklers« nichts von der

Musik gesagt. Nur von der Störung des Fernsehers, und sie sind gekommen, und ich habe sie gesehen. Dumme, dumme Frau, hat die Stimme im Haus gesagt, dumme, dumme Frau. Moaş'ta pe gheaţă!

– Solange ich mich erinnern kann, lagen diese Wörter widerspenstig im Strom der Sprache, sagte ich zu Sorin Manea, den ich am zweiten Abend meines Aufenthalts in Bukarest getroffen hatte, überraschend und eigentlich nicht vorgesehen, ein Herpetologe, den ich früher einmal während eines Kongresses kennengelernt hatte.

– Ein Fluch, der sehr hässlich sein soll.

Wir saßen in der Lăptăria, einer Jazzbar im Nationaltheater, und nachdem Sorin Manea eine Weile nachgedacht hatte, das Wort im Mund herumgedreht, Aussprache und Betonung geändert hatte, lächelte er boshaft, beugte sich unvermittelt vor, schrie einen Tischnachbarn an, der einsam dahockte und an einer Suppe löffelte: – Moaş'ta pe gheaţă! Es war ein etwa fünfzigjähriger Mann, ein kalkgraues, müdes Gesicht, von wirren, ungepflegten Haaren umrahmt, und das Gesicht hob sich über dem Suppenlöffel, verblüfft und konsterniert. Dann schimpfte er los, stampfte auf, drohte. Sorin lehnte sich zurück, kniff die Augen zu, sagte sehr leise: – Moaş'ta pe gheaţă!, und der Mann fuchtelte, zappelte und war dann ganz plötzlich verschwunden.

– So ist das in unserem Land, sagte Sorin, schrei

ihn an, und er verschwindet. Es ist noch immer ein Reflex aus den Tagen, da man nie wusste, was jemand von einem wollte, und es besser war zu tun, was ein anderer von einem verlangte: Schleif auf Eis zurück ins Loch, aus dem man dich gezogen hat!

Wir alle haben schon erfahren, wie leicht sich die Federäste voneinander trennen lassen. Doch ein zartes Glätten in der »Strichrichtung« bringt alles wieder in Ordnung: Die Haken an den vorderen Strahlen greifen nach unten in besondere Krempen ein. Brechen allerdings die Haken, so bleibt ein Spalt in der Federfahne, der durch nichts, durch kein noch so liebevolles Glätten zu schließen ist.

Es war nach Mitternacht, vor dem Haus stand der Mietwagen, mit dem ich eben am Monte San Giorgio angekommen war. Ich spürte die Berge, die nebelfetzigen Hänge, und der Regen eines vorangegangenen Gewitters rauschte im offenen Fenster: Er vertiefte die Stille, verwandelte das Licht der Tischlampe zu einer hellen Geborgenheit, und in sie schob ich den Stadtplan von Bukarest, ein gelber Umschlag mit blauem Band.

Die Unterkunft befand sich unweit von der Ausgrabung entfernt, im morphogenetischen Feld meines Berufes sozusagen, und entsprechend funktionierte mein Kopf, geschult, auf Fakten bezogen. Ich faltete das Blatt auseinander, beugte mich vor, als wollte ich ein Präparat untersuchen:

1. Stadtplan von Bukarest. Der erste Gegenstand in meinen Händen, der die Wirklichkeit der heutigen Stadt bezeugt. Er ist quasi der Beleg ihrer Existenz, allerdings in einer abstrakten Übersetzung: Flächen, Linien, Farben, zweidimensional wie ein Mikroschnitt unterm Binokular, Muster einer Lebensanordnung.

2. Fleischfarbenes Muskelgewebe bebauter Areale, durchzogen vom Weiß der Venen und vom Gelb der dickeren Arterien, der Schlagadern. Eingebettet in die Muskelfaszikel sind einzelne Organe, Grünflächen, die eine oder mehrere wässrige Kavernen einschließen, bläulich gefärbt.

3. Beinahe der erste Blick trifft auf den Namen Strada Morilor, verblüffend früh und unerklärlich rasch für die Tatsache, dass ich von der Stadt und der Lage der Straße kaum eine Ahnung habe: Eine periphere Arterie am unteren Bildrand, im Bereich der Netzgefäße, in Unschärfen versickernd.

4. Es gibt sie. Es gibt sie tatsächlich. Es gibt sie tatsächlich noch.

5. Sie existiert, wenn vorerst auch nur als Name, nicht als Bezeichnetes: Kein Aufschluss darüber, wie sie aussieht. Ob sie noch diese gerade, in der Tiefe leicht ansteigende Chaussee ist, die Großpapa sich anschickte, 1912 aufnehmen zu wollen, dabei die Stützen seiner Kamera auf dem Pflaster ruckte, um das Haus Nummer 7 vorteilhaft in den Sucher zu bekommen.

Was mich jedoch wirklich verblüffte, war das Bild, das sogleich mit großer Eindringlichkeit in meinem Kopf entstand, räumlich wie bei diesen alten Guckgläsern, in die man Karten mit doppelten Fotografien steckt und die ein plastisches Sehen des Abgebildeten ermöglichen. Ich schaute von oben in einen Straßenzug, in einen Boulevard, vielleicht von Paris entliehen. Links lag eine breitangelegte Fahrbahn, rechts, hinter Bäumen und dem Gehsteig, paradierte eine Fassadenflucht klassizistischer Häuser, ausgerichtete Serien von Fenstern und Gesimse über Geschäften und hohen, säulenbewehrten Eingängen. Doch der Boulevard war seltsam leer: kein Vehikel, keine Menschen – bis auf eine verwischte Figur, in Weiß und lange Röcke gekleidet, die einen Sonnenschirm hielt. Die Unbelebtheit, die Storen vor einzelnen Auslagen und die mageren Schatten, dazu die Figur, die allein und unscheinbar vor der Fassadenflucht stand, lösten ein Gefühl in mir aus: Das erinnerte Gefühl von sommerlichem Nachmittag in einer Vorstadt, wo die Zeit durch brütende Hitze angehalten scheint, wo das gebrochene Licht der Sonnenstoren auf die zum Schutz leergeräumten Etageren einer Bäckerei fällt und sich bewegungslos im Spiegel hinter dem Verkaufstresen die Einrichtung nochmals wiederholt, glasig, entrückt in eine Vergangenheit, die vor meiner eigenen liegt …

– Habe ich dir die Geschichte von den Pasteten erzählt, die so berühmt in Bukarest waren, dass die bessere Gesellschaft hinfuhr, um sie zu kaufen, Fleischpasteten mit einem süßlichen Geschmack, wie es sie eben nirgends sonst gab, zart und fein, und dass immer wieder Kinder verschwanden?

Mutter saß am Tisch, sie hatte eine Lupe, das in Krokoleder gebundene Album und einen Bleistift auf der rumänischen Tischdecke zurechtgelegt.

– Wir werden spazieren gehen, hatte sie gesagt, als ich sie am Morgen vom Tessin aus anrief und von dem Stadtplan erzählte. Nein, die Musik sei nur noch tief innen, aber kaum noch zu hören. Das Hirn sei in Ordnung, habe Doktor Schlesinger gesagt, und das hat mich gewundert. Ich habe immer gedacht, alles hänge mit dem Hirn zusammen.

Sie hatte Tee gekocht und das Service hervorgeholt, dieses hauchdünne schneeige Porzellan mit den kleinen, handgemalten Bouquets, das sie bei Besuchen und besonderen Anlässen verwendet hatte, doch das seit längerer Zeit unbenutzt im Schrank stand. Sie hatte den Rest Russenzopf aufgeschnitten und die Kuchengabeln mit dem geschwungenen Monogramm ihres Papas bereitgelegt, dazu die Servietten mit den Kreuzchen, vier im rechten Winkel gegeneinander gerichtete Schlitze, von einem grauen Faden umsäumt.

– Ich freue mich, sagte sie, und nachdem ich kurz

von der Fahrt ins Tessin berichtet hatte, dass ich nun für ein paar Tage bei ihr bleiben könne, holte ich den Stadtplan hervor, breitete ihn auf der gestickten Decke vor Mutter aus.

– Ich freue mich, wieder durch Bukarest zu gehen.

Mutter reckte ihren schütteren Leib, sah auf diesen von weißen und gelben Linien durchzogenen Farbfleck. Ihre Augen zitterten leicht, der Blick glitt über das Netz der Straßen, suchte Halt, suchte und suchte, ihre Hand tastete dabei nach der Lupe neben dem Blatt, ließ diese über die Stadt schweben, eine gläserne Scheibe in verchromter Fassung, die im Zenit plötzlich herab ins Zentrum sackte.

– Oh je, ich sehe nichts. Ich brauche Licht. Ich kann nichts sehen.

Föhnige Luft, grell und klar, stand in den Fenstern, die Sonne durchschoss die Äste des Ahorns, brannte auf dem Rot des Teppichs, doch ich holte die Lampe, schloss sie an, schob ihren Lichtkreis aufs Blatt, eine leichte Gilbung.

Die Lupe wackelte so stark über Bukarest hin, dass ich Mutters Hand halten und führen musste.

Ich zeigte ihr die Strada Morilor.

– Das ist sie? Nun gut, dann kannst du der Dîmboviţa entlang zum Platz vor Lemaître gehen …

– Die Fabrik heißt jetzt Timpuri Noi.

– Das ist ein Druckfehler. Die Rumänen sind in

nichts sehr genau, sagte sie. Merk dir den Namen Lemaître. Dort kannst du die Pferdetrambahn nehmen, die Nummer eins zum Sfîntu Gheorghe.

– Es ist jetzt eine Métrostation.

Sie wackelte mit der Lupe stadteinwärts. Sie wollte zum Sfîntu Gheorghe, zum *Centralpunkt, nach welchem man von uns aus per Tram fährt*, suchte nach der Strada Lipscani, um in sie hineinzusehen, wie es Großpapa getan hatte, den Stock sorgfältig aufs Pflaster gesetzt und von der Gewissheit durchdrungen, ein schon lang währender Verlust gliche sich endlich und für immer aus. Doch Mutter fand sich nicht zurecht.

– Da sind ja keine Häuser mehr, sagte sie, nur Straßen. Aber ich kann die Namen nicht lesen.

Ich zeigte auf die Calea Victoriei, deren Namen ich seit meiner Kindheit kannte, von der die Großeltern, Mutter, Onkel Mendel erzählt hatten und deren Namen nach glänzendem, bewegtem Leben klang: Calea Victoriei, die Straße des Sieges.

– Die wirst du doch kennen, sagte ich.

– Die Calea Victoriei? Selbstverständlich. Ich bitte dich, die Calea Victoriei! Ist sie das? Sie hat sich sehr verändert.

Es half nichts zu erklären, dass die rosafarbenen Flächen für die Bebauungen stünden.

– Ich habe gedacht, man sähe die Häuser auf dem Plan. Ich würde sie sehen und sie wiedererkennen, wenn wir zusammen durch die Straßen gingen. Ich könnte dir die Gebäude zeigen, die Plätze, die Restaurants.

Und ihr Körper sank ein, der Blick ihrer hellen Augen glitt über den Plan und die Tischdecke hinweg, fing sich im Geflecht der gegenüberstehenden Stuhllehne, aus Cöln, Louis-Philippe – und vor dem Fenster wirbelten im föhnigen Licht die »Flügelnasen« des Ahorns, der sie gewaltig ein letztes Mal ausstreute.

VII

SÜSSIGKEITEN

Gelb, das ist auch ein Geruch, und er haftete nach den Mühen scheinbar endlosen Mahlens an den Händen, wenn ich Großmama die türkische Kaffeemühle wieder hinstreckte: Ein Minarett aus Messing, dessen Kuppel man abheben konnte, um die Kaffeebohnen einzufüllen; dann stülpte man über die Vierkantspitze den klappbaren Hebel, und die Litanei des Mittaggebetes konnte beginnen, ein an-abschwellendes Geräusch wie in einem Fiebertraum, schrallkörnerig splitternd zerreibend. Und dieser messingene Zylinder schwoll warm an, wurde feucht in der linken Hand, und ich presste ihn fester zwischen die Knie, während ein Schmerz von der Schulter durch den rechten Arm zu sickern begann. Langsamer, stockender wurde die Stimme des Muezzins, doch ein harziger Geruch stieg in langen, feinen Fäden auf, mischte sich in die Wärme der Gasflamme, die im Küchendämmer brannte, und ich war jedes Mal erleichtert, wenn die Kraft endlich ausschoss und der Hebel leer drehte, einen befreiten Lauf hinterherleiernd. Großmama klopfte auf den Zylinder der Kaffeemühle, drehte den unteren Teil auf und schob ihr Gesicht über den Becher voll pudrig gemahlenen Kaffees: Ein blasses, fleckiges Gesicht unter dem dünn gewordenen, noch immer hochfrisierten Haar. Steif machte sie nervöse Schritte zum Herd, wo das gezuckerte Wasser im Pfännchen kochte, spähte durch ihre Altersbrille vom Pulver im Messingbecher zum siedenden Wasser im Messingpfännchen, als würde sie blickweise bereits Kaffee und Wasser vermischen. Dann murmelte sie ihr »Sakerment«, weil ihr erst dann der Löffel einfiel, und das war kein beliebiger Löffel, sondern einer aus Rumänien, billig und aus Blech, der einen absurd langgezogenen Stiel besaß und den es hier nicht zu kaufen gab. Einzig mit ihm ließ sich das Pulver ins sprudelnde Wasser einrühren.

Es war damals Frühjahr, als ich Großmama während der Schulferien für ein paar Tage in ihrer Mietwohnung besuchte, draußen blieb es kühl und regnerisch, und ich lag für Stunden auf der Chaiselongue, um die »roten Verben« im Lateinbuch zu büffeln. Doch mittags, wenn Großmama mit dem Löffel den Kaffee behutsam einrührte, füllte sich die nüchterne Küche mit Hitze und Staub, die Küchenlampe warf ein Stück Sonnenschein auf die Wand, und Großmama lächelte. – *Caimac*, sagte sie, *caimac*, und schöpfte den aufquellenden Kaffeeschaum ab, dessen Blasen ölig schimmerten.

Neben Monsieur Uricarius Gartentür war am Mauerpfeiler ein Schild angebracht, auf dem der Straßenname in emaillierten Buchstaben stand, »Salcâmilor«, wie ihn Monsieur Uricariu am Telefon diktiert hatte, als er mir seine Adresse nannte. Am zweiten Abend meines Aufenthaltes trat ich aus der Gartenpforte, um ein Restaurant in der Nähe ausfindig zu machen, und während ich mich umblickte, fiel mein Blick auf das Schild am Gartenzaun gegenüber jenem am Mauerpfeiler, das als Straßennamen »Salcîmilor« nannte, und diese in sich asymmetrische Spiegelung schuf einen unscharfen, undefinierten Raum, in den ich unversehens geraten war. (Später erklärte mir Sorin Manea, die Schreibweise des rumänischen Lautes â sei von Ceauşescu in das phonetisch nähere î umgewandelt worden, was die Herkunft eines Wortes in vielen Fällen jedoch zur Unerkennbarkeit entstellt habe.) Während ich irritiert dastand, die kurze, im Zwielicht liegende Straße nach Fluchtpunkten absuchte, schlug ein hartes Gebell an. Von dem langgezogenen Platz, der durch die Einmündung der Allee und einer weiterführenden Straße gebildet wurde, schoss plötzlich ein Hund ums Eck, gehetzt von einer Meute von acht bis zehn schakalartigen Kötern. Sie hatten struppiges, im Nacken gesträubtes Haar, die Zunge hing schlapp und schlenkernd zwischen den Zähnen, die Lefzen begeifert, bellten sie scharfkantig, jagten in der Mitte der Straße vorbei, und die Krallen kratzten auf den Pflastersteinen.

Jemand rief, schimpfte, aus dem Haus gegenüber kam ein Mann, der seiner Frau abschätzig befahl, und sie bückte sich im Moment, da der Gehetzte sich durch den Biss seines Verfolgers überschlug, einen Augenblick freikam, zwei, drei Längen gewann und zurückfloh, dem Platz zu, die Meute hinter sich herziehend, die jede Abweichung von der Geraden nutzte, den Weg zu verkürzen, und die Frau, klein und beleibt, hob den Arm, schleuderte einen Stein, der stiebend aufschlug, über den Hund sprang und hellklingend an die Mauer prallte. Der Hund wich aus, überschlug sich erneut, doch diesmal war die Meute über ihm, heulende Bälger, aus denen ein spitzes Gewinsel schrie. Dann lag der Hund da, ein Fetzen seines schwarzen Fells hing an dem nackten, blutigen Fleisch, das handgroß auf seinem Rücken klaffte, bereit für die Fliegen, die es dunkel bedecken würden, und hellgelb sickerte der Urin zwischen den Läufen hervor, netzte die Steine, dass sie glänzten – für einen Moment glänzten, ehe der Staub die Flüssigkeit überzog, eindickte zu einem klebrigen Fleck. Winselnd hob sich der Hund auf die Vorderpfoten, rutschte, die Hinterläufe über die staubigen Steine schleppend, den Kötern hinterher, die gegen den Platz trotteten: Jeder für sich, leicht und mit glattem Fell, wie an den Nasen in die Dämmerung gezogen, die aus den Toreinfahrten, Gartenpforten, aus den Mauerschatten und Hauseingängen auf den Platz floss, eine wachsende Dunkelheit, in der die Köter verschwanden.

– Weißt du, sagte Großmama, indem sie über mein Lehrbuch hinweg zum Fenster sah, die Tasse Kaffee in der Hand, weißt du, dass »Stern« auf Rumänisch *astru* heißt, fast genauso wie auf Latein? Und casa *casă* und campus *câmp* … und Brot *pâine* und Hühner *găină*?

Und jedes der rumänischen Worte ließ auf ihrem Gesicht vergilbte und weit entfernte Umrisse wetterleuchten.

Ich kehrte um, öffnete die Gartenpforte, schritt den Plattenweg zurück zum Haus: Ich wollte nicht ziellos, wie beabsichtigt, durch die Straßen laufen, auf der Suche nach einem Restaurant. Dies konnte nicht die Art sein, mich der Stadt zu nähern, Bukarest, das bis zu dem Zeitpunkt – von der Fahrt vom Flughafen zu Monsieur Uricarius Haus einmal abgesehen – nicht mehr als ein freundlicher Klang aus meiner Jugend gewesen war. Doch die Hunde, ihr unerwarteter Einfall in die Straße mit den beiden Schildern, hatte mir klargemacht, dass sich jetzt der Name von einem Klang, der Vergangenes und Vorgestelltes beinhaltete, zu einer Stadt mit Boulevards, Plätzen und Plattenbauten vergegenständlichen würde, in der es, anstelle der Pferdetrambahnen und Kutschen, den Autoverkehr und eine Métro gab, unklare Straßenschilder und Rudel verwilderter Hunde.

Wir treten stets mit einer vergangenen, unvollkommenen Theorie an ein neues Fundstück, hörte ich meinen

Professor sagen, und ich erinnerte mich plötzlich seines Lächelns. *Der Urvogel scheint eindeutig zu sein – das endlich gefundene Link – doch schon beim zweiten Blick wird dieser wunderbare Archaeopteryx mehrdeutig, dann vieldeutig, zuletzt undeutbar, sodass man ihn heute in absolutem Dunkel verwahrt, aus Angst, er verblasse im Licht. Gewandelt hat sich lediglich das Dunkel, das ihn schon immer umgeben hat, von Schiefer zum lichtlosen Raum.*

Eine Weile saß ich an dem runden Tisch unter dem Lüster des Salons. Ich trank Tee, aß dazu ein Stück Brot, das vom Frühstück übrig geblieben war. Ich würde in der Woche, die ich in Bukarest bleiben konnte, nichts von dieser Stadt erfahren, außer einem flüchtigen, äußerlichen Anschein. Ich brachte nur Reste ferner, nicht einmal eigener Erinnerungen in meinem Kopf mit, Gehörtes, Hängengebliebenes, Angesammeltes. Doch von Bukarest, das da draußen so handgreiflich existierte, wie es sich Mutter vom Stadtplan gewünscht hatte, würden mir zum Schluss ein paar Bilder bleiben, die nicht viel mehr waren als die Fotografien eines Touristen, in ein neues Album geklebt.

Karlsbader Oblaten
Waffeln und Kokosnussbisquits
Mandel- und Teegebäck
Allbeliebte Margarethen-Bisquits
Plumpkakes und Nürenberger Lebkuchen

Erfurter Kranz
Fruchtcremewaffeln
Karlsbader Zwieback, ärztlich empfohlen
für Magenkranke und Diabethiker
TH. G. WIENERT, STRADA MORILOR, NO. 20
Weiteres Geschäft: Str. Coltei 17, Bukarest

Ich fand den Ausschnitt in einer flachen Holzschachtel, als ich das Haus räumte – ein paar Monate nach meiner Reise nach Bukarest, als feststand, dass Mutter nicht mehr zurückkehren könnte und der Lederfauteuil beim Südfenster leer bleiben würde.

Warum hatte sie eine Annonce aufgehoben? Warum gerade diese? Was für eine Wichtigkeit konnte eine so belanglose Anpreisung haben?

Ich zeigte ihr den Ausschnitt bei einem nächsten Besuch im Pflegeheim, legte ihn auf den Tisch vor sie hin, fragte und wunderte mich, dass sie ihn scheinbar nicht ansah. Und doch musste sie ihn wiedererkennen: Ihr Gesicht verjüngte sich wie von innen, straffte die Haut, als erinnerten sich auch die Gesichtszüge und die Muskeln nähmen eine frühe und kindliche Haltung ein, des vierjährigen Kindes, das sie damals gewesen war, und Mutter bekam einen schelmenhaften Ausdruck, den ich nie zuvor an ihr gesehen hatte, eine verschmitzte Durchtriebenheit, mit der sie sich vorbeugte und durch die Tischplatte hindurch auf die staubig gelbe Strada Morilor ihrer Kindheit hinabzublicken schien.

– Ja siehst du das nicht? So wie die Annonce war die damalige Zeit, mit Spezialitäten von überallher, und wenn Besuch kam – aber oftmals auch einfach für Mama zum Tee –, holten »das Mädchen« und ich Gebäck oder Kuchen bei Wienert an der Kreuzung: Es war ein langer Weg, und wir liefen auf der Straßenseite, die im Schatten der Häuser lag, die Bäume waren ja noch jung. Du musst dir vorstellen, die Häuser stehen direkt am Gehsteig, und zwar immer mit ihrer Schmalseite, die zwei oder drei Fenster hat, zur Straße hin, und dazwischen sind Holzzäune, die eine Toreinfahrt in den Hof haben, und man konnte durch die Ritzen in die Gärten spähen …

Und in der hofartigen Abgeschlossenheit des Gartens, im Holzpavillon unter dem Maulbeerbaum, sagte Herr Leo Schachter, als das Kuchenmesser durch einen Erfurter Kranz von Wienert fuhr und ein Stück abtrennte:

– Ich bitte Sie, vor zehn Tagen sagte Take Ionescu während eines Banketts in Caracal, Neutralität und Frieden hätten die größten Vorteile gebracht, und jetzt wird mobilisiert. Aber ändert sich etwas, außer dass in einer Woche alles ganz anders ist?

Innenminister Take Ionescu hatte die Tischrede am 23. Juni gehalten, und so nehme ich an, dass »Herr Schachters« am 4. Juli 1913 bei »Herrn S.« zum Tee eingeladen waren, ein Tag, der laut Bukarester Tageblatt bewölkt und heiß gewesen sein muss.

Großmama hatte im Pavillon aufdecken lassen und ihre Schwester Anna gebeten, mit den Kindern am Tisch bei der Gartenbank – wo für gewöhnlich der Kaffee eingenommen wurde – Platz zu nehmen, es wäre sonst im Gartenhaus mit der umlaufenden Bank und dem einen Tisch nicht »komfortabel« genug.

– Ist es nicht schon immer so gewesen?, fragte Herr Schachter, ohne Antwort zu erwarten. Die Konservativen machen dies, und die Liberalen machen das, die Regierung wechselt, Reformen werden angekündigt, doch alles bleibt beim Alten, wie es schon immer gewesen ist, nicht sonderlich gut, doch auch nicht so, dass unsereiner zu leiden hätte.

Neben ihm wirkte Großpapa schmal und in seiner bewusst geformten Haltung beinahe zerbrechlich. Leo Schachter sprühte von hitziger Tatkraft.

– Wir haben hier so etwas wie die Stabilität aus größtmöglicher Lethargie, sagte er und stieß ein glucksendes Lachen aus, das in einem Hustenanfall endete, der sein ohnehin gerötetes Gesicht noch tiefer verfärbte.

– Eine entzündliche Stelle ist der Balkan dennoch, wandte Madame Schachter ein, während sie Großmama dankend für das Stück Kuchen unter ihrem Hut hervor zunickte, dass die Federn aus der Wiener Mariahilfer-Straße wippten.

– Und nach diesem zweiten Krieg wird ein dritter kommen, bis der europäische da ist, mit dem der deutsche Kaiser jetzt schon droht. Ich weiß nicht, was von allem dann noch übrig bleibt.

Der freimütige Widerspruch der scharfgesichtigen, wachäugigen Mascha Schachter erinnerte Großmama an ihre Gastgeberrolle. Es schien ihr nicht ganz schicklich, wenn sich Gatten in Gesellschaft widersprachen. Und so versuchte sie, das Thema auf ein, wie sie glaubte, unverfänglicheres Gebiet zu lenken, zumal die Gerüchte um den Krieg gegen Bulgarien ihr ein Unbehagen bereiteten, als könnte sie dadurch etwas von der Lebensführung einbüßen, an die sie sich in Bukarest so leicht gewöhnt hatte.

– Haben Sie von der gestrigen Kundgebung in der Calea Victoriei gehört? wandte sie sich an Herrn Schachter, während sie ein Stück Erfurter Kranz von der Kuchenschaufel auf den Teller des Herrn schob, der mein Großpapa war und der seinen Scheitel, die gezwirbelten Bartspitzen und den Zwicker auf seiner Höckernase in sehr aufrechter Haltung zu balancieren schien.

– Es sollen sich Tausende von Menschen versammelt haben …

– Ein Volksfest, sagte Leo Schachter, richtete seinen gedrungenen Körper auf, dass die Weste sich füllte und die Goldkette das Medaillon in die Auffälligkeit hob. Monsieurs rundes, furchiges Gesicht straffte sich, und sein Lächeln ließ offen, ob es der Erinnerung an die Kundgebung oder dem Stück

Kuchen auf dem Teller mit den gemalten Blumenbouquets galt.

– Da rennen die Leute zusammen, man weiß nicht, wie und warum, und es wird geschrien, protestiert, gelacht, gesungen, gegafft, bis man genug hat und befriedigt auseinanderläuft, als wär's eine Unterhaltung im Theater gewesen. Da haben Sie diese Leute!

– Waren Sie da?, fragte Großpapa, indem er sich dem Kuchen zuwandte und die mit seinem Monogramm verzierte Gabel aufnahm. Haben Sie die Demonstration mitverfolgt?

– Nu ja zufällig und bequem von meinem Coupé aus.

Herr Schachter schob sich ein Stück Erfurter Kranz in den Mund und blinzelte von unten herauf seine Frau Mascha an, die ihm seinen Wunsch, sie möchte seine Leichtfertigkeit nicht durchgehen lassen, nur zu gern erfüllte:

– Immerhin hat die Polizei nicht gewagt, die Fahnen und Handzettel mit den Protesten gegen die österreichisch-ungarische Monarchie einzuziehen. So festlich kann es dann wohl nicht gewesen sein, wie es bequem von einem Coupé aus den Anschein haben mochte.

Großmama entging, wie befriedigt Herr Schachter über den erneuten Einspruch seiner Frau war. Da er sich in der Annahme bestätigt sah, seine kluge Mascha würde ihm widersprechen, musste er ihr gegenüber wohl auch recht in all den anderen Annahmen haben. Nämlich, dass nichts sich am gegenwärtigen Zustand ändere und bei der äußeren Unruhe die Annehmlichkeit seines Lebens von solider Beständigkeit wäre. Darin wusste er sich mit Madame S. einig, die ein wenig ungehalten sagte, wobei sie unvorsichtigerweise Madame Schachter mit einem Blick streifte, der Großpapa ärgerte:

– Wie kann man nur so protestieren wollen.

– Das typisch schweizerische Erbteil meiner Frau, wandte dieser sich entschuldigend an Madame Schachter, ohne in seinem etwas stechenden Blick die Bewunderung für die Frau verbergen zu können, die für ihn das Aristokratische verkörperte, auf eine ihm bis anhin unbekannte Art, ohne Titel und entsprechende Stellung, und eben doch so, wie er ein wenig unklar glaubte, das Aristokratische hätte sein müssen und bei seinen Vorfahren gewesen war.

– Der Schweizer Souverän geht nicht auf die Straße, man hält sich ruhig und äußert seinen Zorn mit einem Zettel, den man – jeder für sich und in strengster Diskretion – sonntäglich in einen Kasten steckt, der sich Urne nennt. Ein wenig langweilig mag das vielleicht sein, doch sehr tugendsam.

Und Großmama, die sich zugutehielt, eine große Sympathie für das rumänische Königshaus zu hegen, sah sich in ihrer bäuerlich-republikanischen Herkunft dennoch verletzt und genötigt, das Thema erneut zu wechseln.

– Und was haben die Leute gegen Österreich-Ungarn?

– Was schon sollen sie haben, sagte Herr Schachter jovial. Worum es immer geht. Die einen wollen dies, die anderen das, in jedem Fleck Land wohnt einer, der zu einem anderen Land gehören will, der eine andere Religion hat oder eine andere Sprache spricht, die sein Nachbar nicht versteht. Was wollen Sie? So ist das Leben. Und die Deutschen und Österreicher mag man hier nicht besonders, wie uns Juden auch nicht. Sollen wir deswegen klagen? Keiner wird umgebracht. Und das will etwas heißen, wenn man liest, was zurzeit mit den Juden in Polen geschieht. Haben Sie von Lodz gehört?

Und Großpapa war froh, ein Stichwort zu haben, um nach einem Bedauern über die Pogrome, die ihre Wurzeln, wie er anmerkte, auch in der mechanisierten Herstellung der Textilien hatten, endlich die Politik, die er verachtete und hasste, verlassen zu können. Nach einer angemessenen Pause sagte er:

– Die Einführung der neuesten dampfgetriebenen Webstühle hat zweifellos Elend geschaffen, das zu Streiks und Gewaltausbrüchen geführt hat. Andererseits konnte Aschkenasi, einer der Großen von Lodz, bis tief nach Russland expandieren, er liefert Tücher bis nach Sibirien, Kopftücher, wie sie die Frauen tragen. Und das kann er, weil diese Webstühle das rund Zehnfache produzieren. Ich habe die Maschinen von

Rieter, einer Firma, die mein Vater in Russland vertreten hat, studiert …

Die Abendsonne fiel doch noch in die Maulbeerzweige, und Großpapa neigte sich vor, um aus dem Etui eine Zigarette zu ziehen.

Der veränderte Ausdruck in Leo Schachters Gesicht erfüllte ihn mit Genugtuung und einer beinah familiären Vertrautheit: Die Züge waren hart und geschäftsmäßig geworden, interessiert und von dieser selbstgewissen Festigkeit, die Herrn S. so sehr an seinen Großvater Gustav Wilhelm erinnerte, den Großkaufmann zu Cöln.

Ein Fleck Sonnenlicht lag auf seinen Händen und der geöffneten Dose. Das Weiß der aufgereihten Zigaretten und der silberne Rand des Etuis leuchteten, als wären sie von kristallener Durchsichtigkeit, und Großpapa fühlte sich glücklich, als hätte ihm eben sein Vorfahre durch Herrn Schachter freundlich zugenickt.

Und doch erinnere ich mich heute nicht mehr an den Geruch von Messing und Kaffee, wie ich ihn von Großmamas Küche her kannte, ohne gleichzeitig nicht auch den Rauch der Zigaretten zu riechen, die Mutter und ich jeweils rauchten, wenn Vater mittags zurück ins Geschäft fuhr und die Blechdose mit den »Prince de Monaco« zurückließ. Im schneeweißen Karton im Innern fanden sich meist noch vier, fünf der kurzen, ovalen Zigaretten, die Vater bereits zu trocken waren: Sie besaßen ein filterloses Goldmundstück, ein zartgeripptes Papier und waren mit einem blonden Tabak gestopft, einer orientalischen Mischung, die beim Rauchen einen Duft verbreitete, der warm und in feinen Schwaden in unserem Wohnzimmer hing. Dieser süßlich sehnsüchtige Duft verband sich mit der Farbe des Deckelinneren der Dose, auf dessen lamettiertem Grund die Wappen von Königen abgebildet waren, an Höfe, Pyramiden und Weltreiche gemahnend, die es, bis auf die Pyramiden selbstverständlich, nicht mehr gab.

Dulceaţă, sagte meine Mutter vor sich hin, wiederholte es, wiegte den Kopf, während sie durch den Korridor zur Küche ging oder am Fenster stand und hinaus in den Garten sah: *Dulceaţă*. Als wäre das rumänische Wort für Süßigkeit eine Anrufung gegen die nüchterne, dörfliche Welt, in die es sie verschlagen hatte, gegen die Molassehügel und eine Viehweide unter Obstbäumen, gegen den Wald im Hintergrund, der wie eine dunkel hereinbrechende Woge war, zur immerwährenden Drohung erstarrt.

Vielleicht erinnerte sie das Wort *Dulceaţă* an das Inserat von Wienert im Bukarester Gemeindeblatt, und mit ihm tauchte auch die Straße wieder auf, gerade und leicht ansteigend, sie ging mit dem »Mädchen« auf der Schattenseite zur Bäckerei an der Kreuzung Appelle Minerale, wo man über drei Stufen den hellen, nach zwei Seiten mit Schaufenstern ausgestatteten Raum betrat. Auf den Etageren waren die Süßigkeiten ausgestellt, Kuchenstücke nach deutschem Rezept, Strudel aus Österreich, Lebkuchen und englischer Plumpcake, die Erinnerungen an »Europa« weckten und den Bäckerladen noch heller werden ließen; ein hoher Kubus von Hefegeruch und Vanille, eingefasst von goldenen Leisten an Paneelen, dem zuckrigen Stuck an der Decke und den Spiegeln hinter dem Verkaufstresen, in denen das Schaufenster und ein Rand der Storen die beschienene Straße, die Holzverschläge und Fassaden rahmte. Und in dem Haus, kurz bevor die Straße in die Allee entlang der Dîmbovița einmündete, ließ Großmama im Dämmer des Salons ihrer Nachbarin, Madame Megiesch, einen Kaffee servieren, mit den dazugehörigen zuckerbestäubten Schlehwürfeln, welche die ungarische Köchin aus dem Saft der weißen, sehr süßen Früchte des Maulbeerbaumes einkochte, des *dud*, der beim Gartenhaus an der Mauer wuchs. Der Kuchen würde gleich gebracht werden, sagte Großmama, sie habe eben das Mädchen und die kleine Ruth zu Wienert nach *cozonac* geschickt.

Und manchmal, an regnerischen Nachmittagen, wenn meine Mutter beschloss, von den Molassehügeln in die nahe Stadt zu fahren, stand sie im Bad vor dem Spiegel: *Dulceață*, sagte sie leise, während sie ihr blasses Gesicht aus hellen Augen betrachtete. Sie legte einen Hauch »rouge« auf, zog die Brauen mit einem Stift nach, sah verstohlen auf ihre Fingernägel, die sie mit einem klaren, farblosen Lack bedeckt hatte. In der dörflichen Enge zwischen den Molassehügeln schmierte man sich nicht »die Schnorre und Chralle« an, und wenn eine Frau rechtschaffen haushaltete, brauchte sie kein »Geschmier am Grind wie eine Hure«. Doch Großmamas Wangen damals, als Mutter Süßigkeiten bei Wienert holte, dufteten von Puder, Madame Megiesch hatte einen dunkelrot geschminkten Mund, und ihre großen, sinnlichen Augen waren mit bläulichen und glitzernden Schatten umrandet, damit sie größer und noch sinnlicher wurden. *Dulceaţă*, das hieß doch auch Liebreiz, und Mutter sah in den Spiegel, sah in ihr Gesicht, hinter dessen blassen, ebenmäßigen Zügen die Strada Morilor zwischen Fassaden und Holzverschlägen bis zur Allee an der Dîmboviţa vorging, und sie sagte zu sich ein Wort, von dem ich damals nur den Klang hatte, *dulceaţă*, einen Ton mehr in einer mir unbekannten Musik.

VIII

SCHLACHTHAUS

A*bator*. Als ich die Karte der Stadt Bukarest im Licht der Lampe studierte, damals in meiner Unterkunft am Monte San Giorgio, fand ich den Namen abgewandelt wieder, Bulevardul Abatorolui, unweit der Strada Morilor, und ich erinnerte mich: Das Wort Abator hatte für mich als Kind einen unheimlichen Klang, war Schwärze in den Farben.

Der Name weckt auch heute noch unangenehme Empfindungen, die sich wie einzelne Partikel – vielleicht durch Mutters Erzählungen – an den Wortlaut geheftet haben; Bilder stellen sich ein, hässliche Bilder, doch auch sie sind zerscherbt, genauso wie Mutters Erinnerungen heute, ich aber werde sie nicht los, während sie auch diese wenigen Bruchstücke noch verliert.

– Da, sagte ich und zeigte auf den Straßennamen, während Mutter hilflos mit der Lupe über dem Stadtplan wackelte, da muss das Abator sein …

– Das Schlachthaus, sagte sie und beugte sich über das Glas. Das Schlachthaus lag genau der Fabrik gegenüber.

– Diese Straße da ist der Bulevardul Abatorolui.

– Sie hieß früher Spleiul Abatorolui.

Doch außer an einen Komplex von Ziegelbauten, aus dem das Schlachthaus bestanden haben soll, erinnerte sie sich an nichts mehr:

– Das weiß ich nicht, sagte sie nur immer wieder, während ich erzählte und mich in die seltsame Lage versetzt sah, meiner Mutter aus ihrer eigenen Kindheit zu berichten, ihr die Eindrücke zu schildern, die sich bei mir als Junge eingestellt hatten und die ich jetzt mit meinen heutigen Wörtern nachzubilden versuchte.

– Am Abator endet die Stadt und beginnt die Wüste, eine dürre, versteppte Ebene, in die schnurgerade eine Straße hineinläuft, sich verjüngt, zur Linie wird und schließlich als Punkt zwischen Dürre und Gewölk endet.

Links der Straße steht ein Baum, ein einzelner Baum, jung, mit schlankem Stamm und aufstrebenden Ästen, und er ist in all den Jahren meines Erinnerns nicht gewachsen. Ein Ast ist gebogen und seine Krümmung gespannt, an ihm hängt ein Mensch, das Seil um den Hals, und der Hals hat unnatürliche Falten, ist zu lang und zu dünn, und aus dem stoppelbärtigen Gesicht hängt die Zunge.

Im Feld liegt – unverändert durch die Zeit, während der ich dieses Bild herumtragen musste – ein weißes Hemd zwischen gelben Halmen, schweißnass und prall gefüllt, an dem seitlich sich nackte Schenkel abspreizen, wulstige, blasse Schenkel, die in flachen Knien enden, deren Haut schorfig ist. Zwischen diesen Fleischzacken, unter dem hochgeschobenen Hemd hervor schwellt ein Arsch, feiste, drängende Backen, begrenzt durch den bestickten Gurt der Hose. Pranken zerren die bleichen Arme auseinander, dazwischen und neben einer Mütze ein abgewendetes Gesicht unter aufgelösten Haaren, der Mund offen, doch stumm.

Rechts der Straße, zwischen den Steilufern, fließt träge das Wasser der Dîmboviţa, es ist rot von Blut, das aus einer Röhre im Schlick wie aus einer gebrochenen Ader schießt. Auf dem Treidelpfad laufen die Hunde, traben auf und ab, spähen aufs Wasser, verbellen die Ratten. Sie schieben sich mit den Vorderläufen übers Bord hinab, lappen das blutige Wasser aus dem Schlachthaus, schnappen nach einem Fetzen Darm oder Magen, der weißlich in der Färbung treibt ...

»Abator« steht über dem Torbogen aus Ziegelstein, man sieht in einen Innenhof von festgetretener staubiger Erde, dahinter niedere Gebäude, rot auch sie, dann schließt sich das Tor, ein Bretterverschlag, verstrebt durch Balken. Aus dem Innern dringt das Schreien der Tiere, langgezogenes Brüllen, ängstlich und sehnsüchtig, und im Wind liegt ein süßlicher Geruch.

Ruthchen, Ruthchen gib schön acht
wo man unsere Kälbchen schacht'.

Ich hörte Monsieur Uricariu, wie er sich am Kühlschrank auf dem Flur zu schaffen machte, und er tat dies auf so absichtliche Weise, dazu ausgiebig lärmig, dass ich mich entschloss, über meinen Pyjama eine Hose zu ziehen und nachzusehen. Ich hatte zudem Lust auf einen Morgenkaffee.

– Sie haben also doch Kontakt zur Universität aufgenommen?

Die Neonröhre brannte, die Kühlschranktür stand auf, und Monsieur Uricariu blickte hoch, ein Lichtschimmer aus dem Kühlschrank lag auf seinem Gesicht: Bonjour, Monsieur, hatte er gesagt, Sie haben also doch Kontakt zur Universität aufgenommen, ein glattrasiertes Gesicht, der Blick freundlich, doch versteckt in der Tiefe seiner grünblauen Iris eine befremdliche Wachsamkeit. Das Telefon in meinem Schlafzimmer war mit demjenigen in seiner Wohnung verbunden, was ich nicht wissen konnte, als Monsieur Uricariu mir anerbot, den Apparat benützen zu dürfen. Er musste meinen Anruf gestern Abend mitgehört haben.

– Ich habe mit Sorin Manea gesprochen. Wie Sie wissen werden, lebt er von einer Rente.

Als ich gestern unterm Lüster im Salon an dem Stück Brot vom Frühstück kaute und mir überlegte, wie ich mich der Stadt nähern sollte, war mir Sorin Manea eingefallen.

– Er ist nicht mehr am Antipa?

– Seit einem halben Jahr nicht mehr.

– Er hat früher bei Griguresecu an der Fakultät gearbeitet. Ein Herpetologe, nicht wahr?

Ich hatte Sorin Manea vor rund zwei Jahren auf einem Kongress kennengelernt. Damals arbeitete er noch am Muzeul Antipa, dem Bukarester Naturkundemuseum, betreute eine Schriftenreihe und hatte früher über Anneliden geforscht. Ich erinnerte mich eines großgewachsenen Kerls um die vierzig, der eine Schwere ausstrahlte, die er durch Witz, Spott und Selbstironie neutralisierte. Er lachte ein eigenes meckerndes Lachen, und obschon er nichts und niemanden schonte, verletzte er nicht. Er war zu weit weg von aller Ernsthaftigkeit, zu fern schon von Einfluss und Protektion, und das machte ihn auch ein wenig närrisch. Die Leute unterhielten sich amüsiert und waren ahnungslos, wie genau und mitleidlos er hinsah.

Ich hatte damals während eines Nachtessens mit ihm gesprochen, und obschon ich das Gespräch geschätzt hatte und eine gegenseitige Sympathie spürbar gewesen war, gab es keinen Grund, weiteren Kontakt zu pflegen. Es ist einzig meinem Ordnungssinn zuzuschreiben, dass ich die am Ende des Essens hingeschobene Karte aufhob und die Adresse und die Telefonnummer später in mein Notizbuch übertragen habe: Şoseaua Cîmpia Libertăţii, Intr. Vislei, BL 3, App. 16, Sector 3. 285 9083.

Ich rief ihn an, und er erkannte mich sofort, erinnerte sich an unser Gespräch während des Kongresses in Zürich und lud mich zu sich nach Hause ein. Er werde mir ein Taxi schicken und vor dem Haus auf der Straße warten. Der Fahrer wüsste mit der Adresse Bescheid.

– Und haben Sie diesen Sorin Manea gestern Abend besucht?

Ja, sagte ich zu Monsieur Uricariu, und aus diesem Ja brach ein Boulevard von gewalttätiger Breite hervor, ich verspürte wieder das Schlagen der Reifen auf dem Belag, die Erschütterungen und scheppernden Vibrationen der Karosserie. Die Straßenleuchten stachen Ketten greller Lichter ins Dunkel, verödeten jodfarbig den Belag, und ihr Schein kroch an den Fassaden der Blöcke hoch, gleichförmige, erodierende Gebäude, und ich sah neben dem Gesicht des Fahrers vorbei auf diese Flucht einer endlosen Kasernierung von Menschen. Die graue Ärmlichkeit der vierziger Jahre war ins Monströse gesteigert, eine zu Beton gewordene Extrapolation des Zweiten Weltkriegs, und wir fuhren stadtauswärts zur Şoseaua Cîmpia Libertăţii, zur Chaussee des Freiheitsfeldes, wo Sorin Manea wohnte.

Dem Schlachthaus gegenüber öffnete sich die Einfahrt zum Werkplatz der Bumbac, »Alt Rumäniens größten Textilwerken«, wie Mutter die Weberei in einem Lebenslauf bezeichnet hatte, die jedoch nach dem Stadtplan von 1912 und der Fotografie in Mutters Album nicht größer gewesen sein konnten als die Fabrik im badischen Murg, die Großmamas Vater betrieben hatte. Zum Spleiul Abatorolui öffnete sich ein unregelmäßiges Eck gestampfter Erde, auf dem in Haufen gespaltenes Holz lag. Links standen ein- und mehrstöckige Betriebsgebäude, aus deren wechselnd zueinander gestellten Dächern drei Schlote ragten. Rechts war das Hauptgebäude, ein langgestreckter, zweigeschossiger Bau an der Uferstraße, helle Säle, in denen Großpapas neueste Webstühle einen betäubenden Lärm erzeugten, Zwirne von den Spulen liefen und die Maschinen einen metallischen Rhythmus schlugen.

Stadtwärts, wo die Direktionsvilla sich anschloss, zeigte das Hauptgebäude eine repräsentative Fassade, die mich stets an einen Buffetaufsatz erinnert hat und deren Anblick durch die kahlen Alleebäume die Vertrautheit eines Möbelstückes besaß. Vielleicht konnte ich als Kind die Größenverhältnisse aus der winterlichen Fotografie, die Mutter mir zeigte, nicht übertragen, doch die Fassade mit Giebelaufsatz, gedrechselten Türmchen und der Reliefschrift »*Sc. română p. Industria de Bumbac*« gehörte für mich zur Wohneinrichtung meiner Großeltern, hatte sich in meiner Vorstellung mit der Kredenz verbunden, die in Großmamas letzter Wohnung neben dem Fenster zur Straße hin stand, ein Möbel aus Rosenholz, auf dessen Ablagen sie noch Erinnerungsstücke aus Rumänien stehen hatte, Devotionalien ihres »Hausaltars«.

Im Gegensatz dazu lag der Werkplatz weit entfernt von großelterlichen Wohneinrichtungen an jenem Rand der Wüste, wo auch das Abator war und die Straße schnurgerade zum Horizont lief, durch eine Ebene, über die hinweg ein eisiger Wind blies, wie es in Russland gewesen sein musste, als Urgroßvater in seinem Schlitten todkrank zurückkam.

Es lag Schnee auf der festgefrorenen Erde des Werkplatzes, bildete längliche Krusten am kantig gespaltenen Holz, und die Schritte der mit Lappen und mit Stücken alten Treibriemens umwickelten Füße knirschten. Der Rândaş, der Knecht, sah zu den Schloten auf, zwischen denen am Horizont Pappeln standen: Seit Tagen war es eisig kalt, es würde auch so bleiben, der Himmel war bleiig. In der ehemaligen Färberei standen die Fenster auf. Rândaş hatte sie aufgestoßen und dann seinen Domnule gebeten, sich selbst zu überzeugen, die Ratten waren von der Dîmboviţa oder dem Abator gekommen, und sie kamen aus den Abläufen, liefen an den Wänden entlang, »Hunderte« hatte der Rândaş gesagt, der nicht zählen konnte, und es waren Hunderte, und sie hatten schäbige, struppige Felle. Großpapa trat drei Schritte vom Fenster zurück, stand da in seinem schwarzen Wintermantel, den Hut aufgesetzt, die Handschuhe in der Linken.

– Schieß!, sagte er. Schieß so viele du kannst.

Und er sah zu, wie der Rândaş, die Ellenbogen auf

das Sims gestützt, feuerte, lud, feuerte. Und er empfand dabei eine angenehme Befriedigung.

Ich wurde verfolgt, spürte hinter mir jemanden näher kommen, wich aus – und da! Im äußeren linken Augenwinkel tauchte ein Umriss auf, eine Hexe aus gräulichen Schatten, die eben im Begriff war, mich zu packen. Ich schlug einen Haken und lief, schlug einen nächsten Haken und lief weiter, sprang unerwartet zur Seite, doch die Hexe blieb mir auf den Fersen, wurde größer, wuchs mit meiner Angst, und ihre Bewegungen waren blitzschnell: Ich würde ihr nicht entrinnen können. Ich bückte mich, griff einen Stein, drehte mich, warf – die Hexe sank zusammen, verwandelte sich zu einem Berg von Schokolade, und ich aß und aß von der Schokolade, und sie schmeckte süß, und ich könnte immer weiteressen, solange ich nur wollte, denn der Haufen würde nicht kleiner werden.

Das war mein »großer Traum« von der Schokoladenhexe, und ich erzählte ihn beim Frühstück am ovalen Tisch, am Louis-Philippe-Tisch aus Cöln, der im Salon in Bukarest gestanden hatte, meiner Mutter. Ich war damals drei Jahre alt gewesen, und Mutter hatte den Unterarm auf die Tischkante gestützt, den Oberkörper über den Teller und die Tasse vorgeneigt, sie gab eine blasse Silhouette im morgendlichen Licht des Fensters ab und war durchscheinend wie feines Porzellan.

– Du wirst ihn vergessen, sagte sie, als ich meinen Traum zu Ende erzählt hatte, du wirst ihn vergessen.

– Madame Megiesch? Mutter sah mich groß und erstaunt an, sie war damals bereits im Spital, denn ich sehe ihren Kopf auf das Kissen gebettet, die Haare unordentlich um das eingefallene, sehr blasse Gesicht. Früher hätte sie sich nie gestattet, selbst mir gegenüber nicht, sich unfrisiert zu zeigen, und es rührte mich, sie jetzt mit zerdrückten, wirren Haaren zu sehen. Sie fuhr mit der zittrigen Hand über die Stirn und schob eine vermeintliche Haarwelle zur Seite, wie sie es früher so oft getan hatte, eine zärtliche Linie, die ihr Mittelfinger wacklig über der Braue zog.

– Madame Megiesch? Selbstverständlich erinnere ich mich. Sie war meine Schokoladenmama. Ihr Mann war Direktor des Abator, und die Megieschs wohnten an der Strada Morilor uns gegenüber in einem Haus, das ich sehr liebte. Zusammen mit den Sontags, die zwei Kinder hatten, waren sie die einzigen Bekannten an der Strada Morilor, die zu Besuch kamen und mit denen meine Eltern freundschaftlich verkehrten.

Ich hatte in meiner zweiten Nacht in Bukarest, nach dem Besuch bei Sorin Manea, als die Hunde im Morgengrauen heulten, rumänische Namen geträumt. Die meisten vergaß ich nach dem Erwachen sogleich wieder, andere – wie Săndulescu oder Lupescu – notierte ich in mein Notizbuch, ohne die leiseste Ahnung zu haben, wie ich zu ihnen kam. Der Name Megiesch jedoch war fest mit Schokoladenmama und Frau des Direktors des Abator verbunden, und ich schilderte meiner Mutter, wie ich sie mir vorgestellt hatte, in der Hoffnung, Mutters Erinnerungen anzuregen, auf die Art mehr über diese Nachbarin zu erfahren, als ich schon wusste und zu einem Bild zusammengetragen hatte. Mutter lag im Bett, die hellen Augen zur Decke gerichtet, lauschte, als würde ich ihr eine Gutenachtgeschichte erzählen und sie wäre das Mädchen von vier, fünf Jahren, das sie damals gewesen ist.

– Nachdem du auf der Treppe zum Salon gesessen bist, auf die gemusterten Platten gestarrt hast, bis die Kreuzchen in Sterne und die Sterne sich in die Bordüre ums Haus verwandelt hatten, bist du aufgesprungen, im bestickten Leinenröckchen durch den Salon ins Zimmer von Großmama gelaufen, dessen Fenster zur Straße hin und dem schmiedeeisernen Zaun von Madame Megieschs Haus sahen, und hast gerufen: Ist Madame Megiesch im Garten? Darf ich zu ihr gehen? Und Großmama hat unwillig den Kopf aus dem Kissen gehoben, sie legte sich jeden Nachmittag hin, sagte: Bitte lass die Jalousie in Ruhe, ich habe meine Schwindel und ertrage kein Licht. Und vor dem schattenreichen Heiligtum von Großmamas Schwindel hast du die Hände auf den Rücken gelegt und gesagt: Das Hausmädchen begleitet mich, und da hob sich im abgedunkelten Zimmer Großmamas blasse Hand, fiel zurück, und schon wirbelten deine nackten Beine durch den Salon und über die Treppe, die Gartenplatten und die Pflastersteine der Strada Morilor, sahst du durch die vergitterten Stäbe in Madame Megieschs Garten, und sie trat aus dem turmartigen Mittelbau auf die Eingangsstufen unter den Glasfächer des Vordachs, eine kräftige Frau in sehr gerader Haltung. Sie trug ein einfaches Kleid, das unter der Brust gegürtet war und glockig zu den Knöcheln fiel. Was für überraschend regelmäßige Gesichtszüge sie hatte! Die Proportionen von Stirn zu Wangen und Kinn, der Augen zu Nase und Mund waren wunderbar ausgewogen, erinnerten an die idealisierten Statuen einer späteren heroischen Bildhauerei. Doch Madame Megieschs Blick löste diese Assoziation an eine Zukunft, die sie selbst noch nicht kennen konnte, sogleich auf, er war warmherzig und intelligent, dabei von großem Selbstbewusstsein, und der Mund, die weichen, geschwungenen Lippen, ließen hinter der beherrschten Haltung ein leidenschaftliches, sinnliches Temperament erahnen, eine Vitalität auch, die keine Schwindel und abgedunkelte Zimmer kannte. Und Madame Megiesch hat dir die Gartenpforte aufgeschlossen, dich an der Hand genommen und auf dem Kiesweg durch den Garten geführt, sie hat sich gebückt bei den Rosenbeeten und dabei den Arm um deine Schultern gelegt, bog die Orangenblüten herab, damit du den Duft riechen konntest, führte dich ins Teehaus mit dem geschwungenen Dach, in dem es nach Holz roch, und ging dann zum Küchenanbau hinüber, um die Köchin anzuweisen, Schokolade zu kochen und ins Teehaus zu bringen. Schließlich war sie deine Schokoladenmama, und wenn ich auch weiß, dass sie selbst keine Kinder hatte, dass ihr Mann, der Direktor des Abator, ein schmächtiger, kränklicher Mensch war, mit gelblichem Teint und hageren Gesichtszügen, der Stechapfel-Zigaretten, die nach verbranntem Heu rochen, gegen sein chronisches Asthma rauchte, so bleibt mir doch unklar, wer Madame Megiesch wirklich war? Sie war so riesengroß, und ich vermute, dass sie nicht nur deine Schokoladenmama gewesen ist, weil sie dir jedes Mal eine Tasse Schokolade vorsetzen ließ, sondern weil sie dich an der Hand nahm, mit dir redete und Spiele machte, und weil sie dich hielt, in ihre kräftigen Arme nahm und etwas von ihrer Sinnlichkeit spüren ließ. War es nicht so?

Mutter lächelte, wandte mir langsam ihr Greisengesicht mit dem Haar wie eine zerzauste Feder zu und sagte, mit der leisen, brüchigen Stimme, die sie nach der Lungenembolie hatte:

– Selbstverständlich erinnere ich mich an Madame Megiesch. Sie wohnte gleich da, und Mutter tippte mit dem Zeigefinger auf die Bettdecke, doch Madame Megiesch war keine Frau, sie war eine Dame, eine wirkliche Dame, und ich roch ihren Puder und das Parfum so gern.

Das Taxi bog von der Ausfallstraße in einen Weg zwischen Plattenbauten ein, zweigte in eine Fahrspur ab, die sich schmal zwischen den abgestellten Wagen ins Niederholz wand, das vor blass beschienenen Fassaden wucherte: Heraufragende Wände, durchstanzt von Öffnungen, in denen vereinzelt Lichter brannten. Wir gerieten in einen blinden Gang, die Scheinwerfer stachen ins wuchernde Buschwerk, ließen Papierfetzen aufleuchten, und die Augen von Hunden glühten rötlich zwischen den Stämmchen. Der Fahrer setzte zurück, knipste die Leuchte über dem Rückspiegel an, sah lange auf den Zettel, auf dem nicht mehr als eine Hausnummer stand. Dann fuhr er weiter durch Wege, an Hauswänden entlang, die sich in nichts von den vorherigen Wegen und Wänden unterschieden, selbst die Zweige und Äste, die über die Karosserie schleiften, schienen die gleichen zu sein. Wieder endete der Weg, das Licht im Innenraum leuchtete auf, die Wände drängten heran, türmten Abfall vor sich auf, ließen ihn aus den Lücken rostender Karosserien quellen. Der Fahrer starrte auf den Zettel, besprach ihn wie einen zu beschwörenden Gegenstand, kurbelte das Wagenfenster herunter, schrie gegen die Wände, fluchte, als nichts und niemand sich regte, fuhr weiter in einen nächsten blinden Gang, wo er das ewige Licht anknipste, seine Lesung wiederholte. In der Frontscheibe tauchte eine Gestalt auf, groß, massig: Sorin Manea, er winkte, lärmte mit dem Fahrer, gab ihm, nachdem ich bezahlt hatte, doch eine Zigarette, streckte mir dann zwei kräftige Hände entgegen. Die Schirmmütze hatte er schon während des Kongresses in Zürich getragen.

– Darum warte ich unten auf der Straße. Ich sage ihm, dass es nach der vierten Abbiegung die erste Verzweigung ist. Aber schreibt er es auf? So ist unser Land.

Sorin ging neben mir her, schwerfällig, in Anzug und Krawatte, ein wuchtiges Gesicht unter dem Schirm der Mütze, fiebrige, von dunklen Rändern umzogene Augen, er redete gebrochen Französisch, und die Stimme hatte einen müden, auch beschwerten Klang.

– Es ist sehr schön hier, sehr sehr schön, und ich wohne gerne da draußen, sagte er, besonders jetzt, da die Büsche und Bäume grün sind, die Hitze ist hier weniger drückend als im Zentrum.

Er führte mich einen geteerten Gartenweg entlang durch drängendes, sich behinderndes Gesträuch, in das hinein Straßenleuchten ein blasses Licht auf die Erde warfen, die bloß lag, mit Löchern und aufgescharrten Stellen. Sorin blieb bei einer Krüppeleibe am Hauseingang stehen, zündete sein Feuerzeug an, spähte unter der Schirmmütze hervor ins Dunkel der Zweige.

– Da, sehen Sie?

Und in seiner vorgeneigten Haltung, der Hand, die behutsam einen Ast zur Seite schob, der anderen, die mit dem Feuerzeug in die Höhlung wies, lag eine rührende Zärtlichkeit.

– Ich schaue sie mir an, jedes Mal, wenn ich vorübergehe, schon den dritten Tag.

Kopfüber, an den nackten Beinchen, die Krallen um einen Ast geklammert, hing eine tote Amsel, den Kopf zurückgeworfen, an Archaeopteryx gemahnend, die Kehle nackt, die Augen stumpf, ein zerzaustes Bündel Nacht.

Wir betraten den Hauseingang, nüchterne, von Feuchtigkeit zerfressene Wände, eine Birne brannte an Drähten, streute ein gelbliches Licht auf den sandigen Betonboden. Es roch nach Verlassenheit, ein gleichgültiger, von nichts durchdrungener Geruch, und die Schritte hallten, während wir die Treppenstufen hochstiegen.

– Ich bin hier aufgewachsen, sagte Sorin. Die Wohnung gehört uns, meiner Mutter und mir. Vater ist früh gestorben, und seit meiner Scheidung lebe ich wieder daheim.

Sorin schloss die Tür zu seinem Apartment auf, hieß mich eintreten und schob mich zum nächstgelegenen Zimmer, das offen stand, ein schmaler länglicher Raum. An den Wänden hingen Mützen und Hüte, Fotografien waren festgezweckt, ein präparierter Alligator, eine Maispfeife im Rachen, kletterte die Wand hoch, Schellackplatten hingen neben Zinntellern, eine Zornnatter kroch aus dem aufgespannten Schirm, der verkehrt von der Decke hing und das Licht der Lampe dämpfte. Rauch und Musik füllten das Zimmer, auf den beiderseits aufgestellten Liegen saßen zwei junge Frauen sich gegenüber, dazwischen hockte ein schlacksiger, rothaariger Mann am Boden, unter dem mit Rollo verschlossenen Fenster flackerte ein Athletikmeeting über den Bildschirm, die Frequenzen des Stereoapparates zuckten, und die Gesellschaft sah mich an, lächelte, und ich wurde vorgestellt: Un ami de la Suisse, paléontologue connu.

Ich erzählte, dass ich erst gestern Nachmittag angekommen sei und mein erster Ausflug an einer Meute Hunde gescheitert sei, die ein Opfer durch die Straße gehetzt und zerbissen hätte, und während Sorin in der Küche Salami aufschnitt, von der er behauptete, sie koste ein Drittel seiner Rente, sagte der Rothaarige, ein Schauspieler, wie ich bei der Begrüßung erfahren hatte:

– Bukarest ist voll von Hunden, es gibt bestimmt zwei- bis dreihunderttausend davon in der Stadt, sie sind überall, und es ist ihnen längst nicht mehr beizukommen. Sie sind ein Erbe des bürgerlichen Bukarest, das noch aus Häusern mit Gärten bestand und in dem jede Familie ihren Vierbeiner hatte. Als Ceauşescu den Stadtkern zerstörte und die Leute in die Wohnblocks zwang, durften sie keine Hunde mitnehmen. Die Tiere blieben in den Straßen zurück, verwilderten, vermehrten sich, und wenn man heute tagtäglich fünfzehn Hunde sterilisiert, so ist das nichts, ein Tropfen auf den heißen Stein – so wie mit allem in unserem heutigen Desaster.

Sorin brachte die Salami auf einem Teller, Brot gab es nicht, dafür Wodka, und er übersetzte für die beiden Frauen, die außer wenigen Brocken Französisch nur Rumänisch sprachen, meine Hundegeschichte, was mir ein entschuldigendes, auch nachsichtiges Lächeln einbrachte, wie für ein Kind, das sich vor dem schwarzen Mann fürchtet, ohne zu wissen, dass er es selber ist. Mariana war Juristin, arbeitete bei einer Versicherung als Sekretärin, eine großgewachsene, blonde Frau, die ihr Haar kurz trug, sehr schnell und mit einer bestimmenden Diktion sprach …

– Mariana hat wiederholt, übersetzte Sorin, was man sich in Bukarest als einen Witz erzählt, und der ist so: Trifft ein Hund den anderen. Fragt der eine: Wo gehst du hin? Sagt der andere: Nach Bukarest. – Um Gottes willen, warum? – Nun, ich hab gehört, man hat dort ein gutes Hundeleben.

Sorin keckerte, und dieses Lachen klang, als träte aus dem Schatten seines schwerfälligen Körpers ein spottender, tanzender Kobold, der ebenso rasch, wie er aufgetaucht war, auch wieder verschwand.

– Und inzwischen ist es nicht nur gut, es ist absolut sicher geworden, wir haben hier ein sicheres Hundeleben. Wenigstens bis die Füchse kommen und die Tollwut wieder einschleppen, die es jetzt nicht gibt.

Adina, eine dunkeläugige, noch fast kindliche Frau,

die unter einer Kuppel schwarzer Haare ein blasses, offenes Gesicht hatte, fragte, weshalb ich nach Bukarest gekommen sei, und ich erzählte von meiner Mutter, den Großeltern, dass ich ihr Haus und Spuren der Erinnerung finden möchte, und sah auf den Gesichtern ein höfliches sich Distanzieren, das ich mir nicht erklären konnte, mir aber das Gefühl vermittelte, etwas Abwegiges zu tun.

Die Strada Morilor kannte niemand, und als ich sagte, sie sei im Süden der Stadt gelegen, in der Nähe des Abator, schwiegen sie. Sorin zündete sich eine Zigarette an, sah unbestimmt zur Wand.

– Es ist geschlossen, sagte er. Und man sollte es abbrechen. Es ist ein schlimmer Ort. Niemand wird dir davon erzählen, weil es das alles nicht gibt und folglich auch nie gegeben hat. Es hat keinen Antisemitismus in Rumänien gegeben. Das wirst du immer hören. Doch es hat das Abator gegeben, einen der schlimmsten Orte dieses Jahrhunderts.

Ich fragte, aber er schüttelte den Kopf. Er wollte oder konnte nicht erzählen, stattdessen sagte er:

– Mach dir keine Hoffnung, noch etwas von damals zu finden. Auf den Stadtplänen stehen manchmal Straßen verzeichnet, die es nicht mehr gibt. Die Ceauşescus haben da unten nichts übrig gelassen.

Er meckerte das ironisch boshafte Lachen, streckte den Teller mit der aufgeschnittenen Wurst vor mich hin.

– Nimm, solange es hat, wenn du auch nie sicher

sein kannst, dass die Salami nicht nur eine angenehme Einbildung ist. Um sie zu kaufen, muss man vorher verhungern …

Und er lachte, übersetzte, und sie alle lachten, bis ihnen die Tränen kamen.

Was für eine Verknüpfung! Welche Nachbarschaft!

So wie sich das Schlachthaus und die Weberei gegenübergelegen haben, so taten es die Häuser der jeweiligen Direktoren. Und beide Male trennte sie eine Straße, lag das Haus der Megieschs und das Abator stadtauswärts, und das Haus der S. und der Bumbac stadteinwärts.

– *Ich verließ das Athenee Palace Ende 1941*, schrieb Goldie Horowitz, von der ich mir Züge für Mascha Schachter ausgeliehen habe, *ich verließ das Athenee Palace im Bewusstsein, dass Deutschlands unblutige Eroberung Rumäniens so vollständig war, als hätten ihre Armeen das Land niedergetrampelt und ihre Flugzeuge seine Städte zerbombt: Bukarest, die letzte Kapitale mit internationalem Glanz in Europa, war nichts mehr als ein Etappenort deutscher Truppen auf ihrem Weg nach Süden.*

Man hielt einen freundschaftlichen Kontakt über die beiden Straßen, und das schuf eine Verbindung zu diesem Ort, dem Abator, das für mich ein Name war, der einen dunklen Klang hatte und in dem ein kindlicher Schrecken lauerte, der den höllischen Abgrund, der in dem Laut festgelegt war, erst offenbarte, als ich selber Bukarest besuchte und vor dem geschlossenen Tor stand und zu fragen begann, was es mit dem Schlachthaus für eine Bewandtnis habe, dessen Direktor in freundschaftlicher Nachbarschaft gelebt hatte und dessen Frau die Schokoladenmama meiner Mutter gewesen war.

– *In derselben Nacht starteten die Gardisten ein Pogrom, teilweise als Geste des Protestes, teilweise weil sie sich schon immer ein Pogrom gewünscht hatten, teilweise in der Absicht, dass, wenn sie schon zum Untergang bestimmt seien, sie dann so viele Menschen wie nur möglich in einem Ausbruch des blutigen Terrors mit sich reißen wollten.*

Mascha Schachter wohnte an diesem 21. Januar 1941 im Athenee Palace, dem Hotel an der Calea Victoriei, in dem die Deutschen residierten, aber auch Engländer und Franzosen wohnten und die Crème des rumänischen Adels verkehrte. Sie war mit ihrem amerikanischen Pass im Sommer 40 nach Bukarest zurückgekehrt, das sie nach dem Tode ihres Mannes, anfangs der zwanziger Jahre, verlassen hatte, noch vor meinen Großeltern, als Beauftragte des Völkerbundes gereist war und sich 1931 in Amerika wiederverheiratet hatte.

– *Synagogen brannten, die Ehemänner wurden gezwungen, der Entwürdigung ihrer Frauen und Töchter zuzusehen, bevor sie selbst auf so grässliche Art umgebracht wurden, dass ihren Frauen nur der Ausweg in den Wahnsinn blieb.*

Als Journalistin hatte Mascha Schachter die allmähliche Machtübernahme Rumäniens durch Hitler-Deutschland beschrieben: Scharfsichtig und mit dieser raren geistigen Noblesse, die mein Großpapa spürte und nicht benennen konnte, weil er die Vornehmheit zu sehr noch im äußeren aristokratischen Gebaren suchte. Mascha Schachter aber – dank ihrer distanzierten und freien Art des Denkens – erkannte gerade im Erfolg der Nazis, am Beispiel der Übernahme Rumäniens, bereits das Scheitern Hitlers, als Siegesmeldung um Siegesmeldung im Athenee Palace mit Champagner begossen wurde. Doch sie wusste auch, dass dieses Scheitern so entsetzlich sein würde, wie Rumänien dafür bereits im Abator ein Beispiel gegeben hatte, an diesem 21. Januar 1941, der Pogromnacht. Und sie schrieb es auf, ein Buch – *Athenee Palace, Hitlers New Order comes to Rumania*, erschienen 1943 in London –, das noch immer, wenn auch nur durch ein Versehen, unter Zensur gestanden hat, als ich es 1998 für meine Studien in der Landesbibliothek ausleihen wollte und man mich beschied, dass ich es nur kurz im Lesesaal einsehen dürfte. Einzelne Passagen, markiert mit feinem Bleistiftstrich, sollten nicht öffentlich werden:

– *An diesem Montag, noch bevor die Entlassung der gardistischen Vertreter beschlossen war, nahmen die Gardisten mehrere hundert Verhaftungen vor, hauptsächlich wohlhabende Juden. Sie wurden zur Präfektur getrieben, wo viele von ihnen auf so unvergleichlich grausame Art gefoltert wurden, dass einige Selbstmord begingen. Die anderen wurden zum Schlachthaus geschleppt, wo sie verstümmelt und getötet wurden, dann hing man sie an die Haken wie Schweine, schickte sie durch alle Stationen einer automatischen Schlachtung, ein Schild kennzeichnete sie als »Kosheres Fleisch« …*

Zwei Tage wütete das Pogrom, »einer der brutalsten der Geschichte«, wie die jüdische Universalenzyklopädie nach dem Krieg festhielt.

– In dieser Nacht hörten die Schüsse auf, das Geschrei und die Demonstrationen erstarben, die Kampfrufe, die Angst- und Todesschreie, so unheimlich und schrecklich, dass man nie wusste, waren sie Traum oder Wirklichkeit, tönten noch immer durch die Nacht, doch unterbrochen von langen Intervallen der Stille. Der gute weiße Schnee war sehr dreckig, und die Feuer der Synagogen brannten tief.

IX

GESPINST

Es gab ein verschlossenes Schrankfach in Mutters Plättezimmer, das sie ein- oder zweimal im Jahr ohne einen erkennbaren Anlass öffnete, um die darin enthaltenen Schätze herauszuziehen, Straußen- und Pfauenfedern, einen Karton mit Stoffen und Stickereien, einen Spankorb mit in Seidenpapier eingeschlagenem Porzellan. Sie öffnete die Deckel, zog Bänder auf, schlug Papier auseinander, betrachtete die Stücke, legte sie auf dem ovalen Tisch im Speisezimmer aus wie ein Kind seine Spielsachen, schuf ein Pfauenauge im Licht der Flügeltür, die zu unserem Garten ging und aus deren oberen Vierungen die Kohlköpfe von Nachbars Gemüsebeet blickten.

An einem Nachmittag, es muss wohl kurz nach drei Uhr gewesen sein, kam ich früher als vorgesehen von der Schule nach Hause, lief den Flur, in dem noch immer ein Duft von Kaffee und Zigaretten hing, entlang zum Wohnzimmer, und ich sah Mutter durch die Tür, wie in einem gerahmten Ausschnitt, auf dem mit grünem Samt bezogenen Hocker sitzen, umgeben von zwei, drei Stapeln Stoffen und einem Bund Federn, die sie auf dem Parkettboden ausgelegt hatte. Sie saß der Tür abgewandt da, das frisierte Haar erinnerte an einen frischen Nusskern, und ihr Kopf war über ein Gewebe gebeugt, das auf ihren Knien ausgebreitet lag, durchzogen von Knickfalten, deren Muster die seitlich fallende Bewegung auflöste. Das schmale Viertelprofil war von einem Schatten bedeckt, der entlang der Schläfenlinie und der Nase von nachmittäglicher Helle begrenzt war und ihr Gesicht tief in den Lichteinfall des Fensters drückte. Es musste an einem Wintertag gewesen sein, vielleicht lag Schnee im Garten und auf den alten Apfelbäumen, und ich blieb wie angewurzelt im Flur stehen, sah durch die Türvierung auf die Frau, die dasaß und mit ihrer feingliedrigen Hand über das Tuch fuhr, immer wieder, als liebkoste sie dieses Gespinst feinster Baumwolle, so versunken und zärtlich, wie ich es nie erfahren hatte.

Sie ist damals, so vermute ich, aus den Molassehügeln zurück in ihre Vergangenheit geschlüpft, an die Strada Morilor, wo im Garten die Gänse ihr Geschnatter hoch auf weißen Hälsen trugen, einmal in der Woche das Brettertor geöffnet wurde und die Zigeuner hereinkamen, ein Zug, den sie von ihrem Eckfenster aus beobachtete, hauptsächlich Frauen und Kinder, geführt von zwei Alten. Sie gingen lautlos auf nackten Füßen, trugen Säcke bei sich und geflicktes Zeug am Leib, streiften an den Rosensträuchern entlang, und Ruth würde, nachdem sie wieder abgezogen wären, die hell aufgerissenen Stengelenden suchen. Ein, zwei Blüten fehlten immer, würden dann im Haar eines Mädchens stecken, das jetzt zwischen den grellfarbigen Kopftüchern der Frauen sich nach der Küche schlängelte, wo Großmama den Topf Suppe herausbringen ließ und sich der Klüngel zwischen Haus und Umfassungsmauer ins Gras niederhockte, ein Gerede und Geschrei begann, die Alten ihre Tabakbüchsen aus den Gürteln klaubten, die Köchin Brot und kalte Maisschnitten herausgab und Suppe aus dem Topf schöpfte, während Großmama die Dinge holte, von denen sie glaubte, sie nicht mehr zu benötigen, und sie war großzügig in dem, was kurzerhand als unbrauchbar erklärt wurde. Neben der Küchentreppe brachte sie das »Gerümpel« den Zigeunerinnen zu Gesicht, deren Blicke flink wie die Hände waren, die schon ihre Säcke öffneten, gierige Rachen, in die ein Topf, ein Kästchen, ein zerbrochenes Gerät verschwanden. Die kleine Ruth stand auf der Schwelle der Küchentür, zu der sie durch den schmalen, dunklen Gang von ihrem Zimmer hergeeilt war, sah ihrer Mama und den Frauen zu, wie ein Gegenstand für einen kurzen Augenblick zwischen allen Händen zu schweben schien, dann ein nächster und noch einer, das sich wiederholende Moment der Teilhabe, in das Mama einbezogen war, und Ruth blickte zu den Kindern, die im Gras bei ihren Müttern und Geschwistern hockten, dünne, gedrehte Zigaretten rauchten und aneinanderhingen, dafür mit der Plage der Nähe, den Läusen, bestraft waren, dass Ruthchen auf gehörige Distanz unter die Küchentür gebannt blieb. Und doch sah sie zu den Kindern, während Großmama den Zigeunerinnen einen alten Anzug gab, wartete von Woche zu Woche auf der Türschwelle, wartete in ihrem weißen Röckchen auf etwas, das sie nicht kannte, auf einen Moment, auf einen Augenblick – doch nie geschah etwas mehr, als dass die Zigeuner sich erhoben, abzogen, wie sie gekommen waren, und das Hausmädchen das Tor hinter ihnen schloss.

Und Mutter saß auf dem grünen Hocker im Wohnzimmer, fuhr mit ihrer feingliedrigen Hand über das Tuch, streichelte die sanfte Weichheit so selbstvergessen, und ich stand im Flur, sah zu wie bei etwas Verbotenem und stahl mich dann davon. Ein wenig traurig.

Ein Baumwollchiffon, locker gewoben, luftig, sanft, in dem das Licht milchig matt hängenbleibt, wie ein weißliches Mineral, in das Falten und Rundungen hineingeschnitten sind, wo Lagen übereinanderliegen, und das durchscheinend ist, wo das einfache Gewebe auf der Haut oder dem Kleid liegt, ein Hauch, durch den die Farben dringen. Sanft ist das Tuch anzufassen und doch auch kratzig, als besäße es einen heimlichen Widerstand, und noch immer, da ich es auf dem Schoß vor mir liegen habe, fleckig vom Tragen, im Gewebe einen Hauch Parfum bewahrend, der stickig geworden ist, vermischt mit dem Geruch nach Schimmel des feucht gewordenen Wandschranks, elfenbeinfarben vom Alter – noch immer, wenn ich darüberstreiche, irritiert mich der Widerspruch, der eingewoben ist, das Widerspenstige und Glatte, das Sanfte und Kratzige – und dieser Widerspruch musste zu einer einzigen ungeteilten Empfindung in Mutters Handfläche geworden sein, einem sich zu Hause fühlen ihres Tastsinns.

Die Musik in Mutters Bauch blieb stumm, der nächtliche, leuchtende Chor, den sie an der Zimmerdecke gesehen hatte, blieb verschwunden, die Medikamente »Doktor Schlesingers« taten ihre Wirkung.

– Er *ist* ein guter Arzt, er kuriert einfach alles. Ich habe schon in Bukarest im Sommer immer diese Fieber gehabt. Und Mama wollte nie nach Cotroceni zum Palast fahren, denn damals gab es noch die Malaria in Bukarest, wusstest du das?

Ich war zur Ausgrabung am Monte San Giorgio gefahren, rief ein- oder zweimal am Tag zu Hause an, kurz nach Mittag oder gegen Abend. Am frühen Morgen schaute eine Pflegerin im Haus vorbei, ging Mutter beim Ankleiden zur Hand und machte die Besorgungen. Eine Unruhe erfasste mich jedes Mal, wenn ich die Zahlen der Telefonnummer eintippte. Ich fürchtete, die flüsternde Stimme zu hören, die ununterbrochen redete … und die sich wiederholenden Rufzeichen hängten Beschwernisse an die Seele, die nur allmählich und, wie ich vermute, nie ganz verschwanden, auch wenn Mutter sich endlich meldete:

– Denk dir, ich habe heute einen Vogel gesehen. Er war wunderbar und so prächtig in den Farben. Ich war zufällig unten in meinem Arbeitszimmer und wollte im Schrank nachsehen. – Weißt du, wo das Puppengeschirr ist? Ich hatte es in einer Spankiste, doch in der ist jetzt Weihnachtsschmuck.

– Du hast es in die Vitrine gestellt.

– Hab ich das? Da bin ich beruhigt. Es ist nämlich sehr wertvoll. Und dieser Vogel setzte sich auf den Busch direkt am Fenster. Ich glaube es war ein Eichelhäher. Also es war ein wunderbarer Vogel, und er war einfach da. Hätte ich ihn suchen wollen, so hätte ich ihn nie gefunden. Es ist unmöglich, einen so prächtigen Vogel suchen zu wollen. Doch weil ich ihn nicht gesucht habe, war er da.

Ich kann nicht sagen, dass mich ihre Geschichten beruhigten. Das leuchtende Licht des Chores, das nachts ihr Zimmer erfüllt hatte, schien sich in ihr selber ausgebreitet zu haben. Sie war weise, aber auch entrückt, als hätte sie sich von ihren Eigenheiten entfernt und allgemeinere Züge angenommen, die mich beeindruckten, manchmal stolz auf sie machten, in mir jedoch auch eine höhere Wachsamkeit weckten.

– Bist du nicht auch Zoologe? Das andere – was du tust – kann ich mir nicht merken. Aber du hast doch auch Zoologie studiert, nicht wahr? Ich wollte dich fragen, wie das bei Spinnen ist. Ich habe beobachtet, wie eine Spinne ein Netz gebaut hat. Ich wollte die Frage aufschreiben, damit ich sie nicht vergesse, doch es geht nicht mehr, meine Hand zittert zu stark, also habe ich mir die Frage wieder und wieder vorgesagt. Warte, sie wird mir einfallen: Besitzen die Spinnen innerhalb oder außerhalb des Panzers ein Nervensystem, und wie unterscheiden sie die Beute vom Wind, da beide sich doch im Netz verfangen?

Rund zehn Tage, nachdem ich wieder auf der Ausgrabung am Monte San Giorgio war, die Zahlen eingetippt hatte und lauschte, blieben die Rufzeichen unbeantwortet, höhlte der Summton Zimmer für Zimmer aus, machte das Haus unbewohnt, und die Unruhe brach hervor, wurde Angst, die mich in eine Flucht von Vermutungen hetzte.

Mutter – so erfuhr ich schließlich von Nachbarn – war gestürzt, hatte die Nacht am Boden gelegen und war am Morgen von der Pflegerin gefunden worden, sie hatte einen Bruch des Oberschenkelhalses erlitten, war ins Krankenhaus gebracht worden, und als ich eintraf, hatte man sie bereits auf die Intensivstation verlegt: Lungenembolie mit anschließendem Herzstillstand. Sie lag unter einem Zelt, ein schmales, eingefallenes Gesicht …

Später, als sie auf die Abteilung verbracht worden war, noch immer in einem kritischen Zustand, sagte sie:

– Ich möchte wissen, ob es von Rumänien noch etwas außerhalb meiner Erinnerung gibt.

Ihr Kopf in den Kissen lag zurückgeworfen, als wäre er auf etwas Undurchdringliches, Undeutbares geprallt, sie sprach sehr leise, und ihre Lippen waren trocken und fliederfarben.

Ihr Rumänien, das sie nie ganz verlassen hatte.

Ich verlangte den diensttuenden Arzt zu sprechen. Solange sie gesund gewesen war, hatte sie nicht zurückgehen wollen, und da sie mit einem Teil ihres Wesens in Bukarest wohnen geblieben war, wenn auch in einer Vergangenheit, so hatte sie doch kein Bedürfnis verspürt, dahin reisen zu wollen. Zudem fürchtete sie, eine Illusion zu verlieren, an der sie festgehalten hatte mit einem verheimlichten Trotz. Dass es nämlich diese Welt auch heute noch gab, die vornehme Welt ihres Papas, deren Werte und verfeinerte Lebensart, dieses nie zu verlierende Gut, das um so viel höher im Rang stand als das klotzige »Prasten« der neureichen Väterwelt in den Molassehügeln.

– Ich kann Ihnen nichts versprechen, sagte der Arzt, Sie müssen mit dem Schlimmsten rechnen. Die nächsten paar Tage sind sehr entscheidend …

Und Mutter sagte:

– Fahr! Ich warte.

Und beinahe auf den Tag genau fünfundachtzig Jahre später als Großpapa stand ich am Morgen nach meinem Besuch bei Sorin Manea am Sfîntu Gheorghe, zu dem ich mit der Trambahn von der Strada Viitorolui aus gefahren war, am *Centralpunkt* – wie mein Großpapa geschrieben hatte –, und spürte sein Lächeln, versteckt unter den gezwirbelten Schnurrbartspitzen, fühlte, wie sanft er den Stock aufs Pflaster gesetzt hielt und hinüber zur Strada Lipscani sah – in diese Straße mit den jüdischen Geschäften, deren Besitzer unter den Markisen auf Kundschaft warteten, ihre Stoffe, Anzüge, die Hüte, Schuhwerk aus Paris und Hemden aus London anpriesen, schon mal einen Passanten aus dem nicht abreißenden Strom von Leuten, der sich vorbeiwälzte und -schob, am Ärmel packten und ins Ladeninnere zogen, um ihn vor aufgetürmten Waren nach allen Regeln der Verkaufskunst zu umgarnen, den Diener um ein Glas Tee auszuschicken, wie der Händler im Bongomarket in Dhaka, der in seinem Budchen einen niederen Tisch aufstellen ließ, sich setzte und in seine prachtvollen Seidentücher Gott und die Welt und sehr viel Schmeicheleien wob, jedoch ein beinharter und blendender Stratege auf dem Schachbrett der Dollars war.

– Weißt du, die Geschichte (eine von Mutters Anekdoten) machte in Bukarest die Runde, man erzählte sie im Salon und bei Besuchen, dass zwei Händler in der Strada Lipscani, beide überzeugt von ihrem Recht, als Erster die Hand am Ärmel des ahnungslosen Herrn zu haben, an diesem derart heftig zerrten, dass sein Rock, den er eben drei Geschäfte weiter vorne halb genötigt gekauft hatte, zerriss und ein Fetzen war, zur Gaudi der Schaulustigen …

Und Großpapa sah an der Lupa Capitolina vorbei in die Straße, den Ruf – Domnu! Domnu! – der Zigeunerinnen im Ohr, die mehrere Röcke übereinander und Messingreife um die Knöchel trugen, doch die Brüste offenherzig sehen ließen, feste, junge Brüste, die ihm hinter den Buketts der Margeriten nicht entgangen waren, und seinen Blick versonnen auf den Zitzen der Wölfin hatte ruhen lassen, bis er ihn an den lustvoll sich windenden Kindern vorbei in die Straße verwies, in deren Fluchtpunkt sich Kuppeln in den Himmel wölbten.

Leben, und es hatte die pralle Süße von Früchten. Die Schale hatte sich wieder gefüllt, einen Verlust ausgeglichen, und die Fülle präsentierte sich still auf dem Tuch eines hellen Sommertags.

Und da, an dem Ort Sfîntu Gheorghe, stand ich zwei Generationen später, an diesem Centralpunkt eines Lebens, und es war eine trostlose Haltestelle. Ich blickte über breite Fahrbahnen, suchte Großpapas Perspektive zu finden und sah in die Strada Lipscani hinein, den Blick halb verstellt von einem Kioskgebäude, und es war keine »romantische Passage«, in der Stände und Läden an einen »bunten, orientalischen Basar« erinnerten, wie ich in einem Reisebuch gelesen hatte, sondern eine ärmlich zerrüttete Straße mit schäbigen, halb leeren Läden, Baulücken, Ruinen und aufgerissener Pflasterung, ausgesaugt von Entbehrung, als hätte alle Anstrengung auf etwas außerhalb ihrer selbst gerichtet werden müssen – wie in einem Krieg. Ja, so war es, und wenn auch einzelne Gebäude noch von vergangenem Glanz zeugten, ich ging durch eine Nachkriegsstraße, spürte die Ermüdung aus Fassaden und Gesichtern, ebenso wie den Reflex des Überlebens, fuchsig, die Schatten nutzend, entlang des geringsten Widerstandes: eine verelendete Straße, und sie erinnerte mich an einen Besuch in Freiburg, 1947, wohin meine Eltern mit mir gefahren waren, an die Verstörtheit und Angst, die die Schutthaufen und leeren Fenster in mir wachriefen, und an den Schrecken, der von einer aus Schuttziegeln behelfsmäßig aufgeschichteten Mauer ausging … und mich zur immer ängstlich wiederholten Frage zwang:

– Es kommt wieder Krieg, Mama, nicht wahr? Es kommt wieder Krieg?

– Es war Krieg!, sagte Sorin Manea, als ich ihn im Café Victoria traf, in dem wir uns verabredet hatten, es war Krieg. Ein Krieg gegen die eigene Bevölkerung.

Mutters »wunderbare Weiden« im Cişmigiu-Park hatten mächtige Stämme und eine rissige Borke, und sie neigten sich gegen das Wasser, angekrallt am Ufer, und ließen ihre Zweige in Troddeln niederhängen, berührten mit den Spitzen die spiegelnde Oberfläche, auf der aufgetürmte Wolken schwankten, besprenkelt von flaumigen Federn der Schwäne, gerändert von einem Schaum Dreck. Das Schwanken zog sich auf ein tropfendes Ruder zurück, das ruhig und unregelmäßig eintauchte, das Boot gleiten ließ, in dem ein Herr in schwarzer Silhouette saß und eine Dame, ganz Kirschblüte, die einen ausladenden Hut präsentierte, geschmückt mit Emufedern aus der Wiener Mariahilfer-Straße.

– Es geht zu Ende, sagte Mascha Schachter. Ich bin von Berlin über Wien zurückgekehrt. Ich spür es. Die Leute wollen die Hände fallen lassen. Sie wollen dieses Europa nicht mehr halten.

Und die Troddeln der Weiden waren wie ein Vorhang aus zartbelaubten Schnüren, durch die man zum anderen Ufer des Teiches sah, wo Spaziergänger, einzeln oder in Gruppen, durch einen Schwarm von Sonnenflecken, den Fußweg entlang promenierten.

Großmama fuhr niemals Boot, wegen der Schwindel, und Leo Schachter hatte sich anerboten, ihr Gesellschaft zu leisten, während ihre beiden Partner auf eine halbe Stunde ein Boot mieteten. Und während sie von der Anlegestelle gegen den Buturuga spazierten, wo man sich verabredet hatte, blieben sie im hellzittrigen Schatten der Weide stehen, Großmama die kleine Ruth an der Hand – während Curt vorausgerannt war –, Monsieur Schachter auf einen knotigen Stock gestützt, die Zigarre in der Linken. Sie sahen zu dem Boot hinüber, in dem Großpapas

Hände weiße Flecken auf dem Rundholz waren und sein höckernasiges Profil den Mund bewegte, doch sie konnten nicht hören, wie er eben sagte:

– Ich schätze nichts so wie Ihr empfindsames Gespür: Sie haben eine größere Fähigkeit, die Dinge in ihrem Entstehen zu erkennen, als wir anderen, und doch meine ich, dass Sie sich in dem Falle irren. Es ließe sich niemand finden, der eine Schale schönsten Sèvres- oder Meißner Porzellans – gefüllt noch mit den auserlesensten Delikatessen – aus Mutwillen fallen ließe.

Überliefert ist ein Satz, den Mascha Schachter bei der Gelegenheit gesagt haben soll, den Mutter manchmal vor sich hingesprochen hatte, als wäre es ein Familienfluch, der sich wiederholte und die Ursache von Enttäuschungen und Missgeschicken war:

– Sie denken zu freundlich von den Menschen, Herr S.!

Und wenn ich die Art, in der Mutter die Worte aus mir jeweils unverständlichen Gründen vor sich hinsprach, als ein Maß nehme, dann hatte Mascha Schachter sie 1914 im Cişmigiu-Park, während der Bootsfahrt mit Großpapa, hart und kalt gesprochen. Das Verdikt einer intellektuellen Scharfrichterin, die Madame zuweilen sein konnte.

– Manchmal denke ich, sagte Monsieur Schachter zum Unbehagen meiner Großmama, meine Frau müsste zurück in eine Weltstadt wie Berlin oder Wien, wo sie gerade gewesen ist. Sie können sich nicht vorstellen, wie enthusiasmiert sie von den Zeitläufen ist, von all den drohenden Veränderungen, die sich ankünden, von denen ich – wie ich gerne gestehen will – lieber gar nichts wüsste …

Und Ruth sah die »wunderbaren Weiden«, die einen Scheitel zum Himmel hatten, einen Vorhang aus Troddeln um einen hängten, durch den sie aus angenehm geborgenen Schatten hinaus auf das von spiegelnden Bäumen gerahmte Wasser spähen konnte, zu dem Boot, das mit müdem Ruder dahinglitt.

– Ich bin dort viel spaziert, später auch mit Schulfreundinnen, und ich liebte den Park im Sommer, da er wie ein Schattenzelt mit großen Teichen war, und ich liebte ihn im Winter, wenn zwischen den verschneiten Bäumen eine Fläche Eis geräumt wurde und man Schlittschuh lief, zusammen mit all den eleganten Menschen in ihren Pelzmänteln und -mützen, die Hände fest im Muff.

Ich kann heute nicht mit Gewissheit unterscheiden, was Mutters Erzählung gewesen ist und was sich durch die Jahre in meinem Kopf ausgesponnen hat, doch als ich in Begleitung von Sorin Manea den Cişmigiu-Park, unweit der Calea Victoriei, aufsuchte, war mir, als beträte ich den Ort einer Erzählung, der sich aus den Buchseiten und ihren Wörtern vergegenständlicht hätte, und die Fiktion zu Bäumen, Wegen, der Grotte, einem Musikpavillon und einer langgestreckten Allee geworden wäre, durch die ich jetzt schlenderte.

– Das trifft auch für anderes zu, sagte Sorin Manea, ganz Bukarest ist so ein Ort, nur dass unsere Fiktionen schlecht erdacht sind und noch mangelhafter ausgeführt werden.

Er lachte, doch im Spott schwang eine melancholische Verzweiflung mit, die mir bisher entgangen war. Dieser Sorin Manea, von dem ich nicht viel mehr wusste, als dass er einmal Herpetologe und jetzt ein Frührentner von Anfang vierzig war, liebte dieses Land, an dem er litt – und ich verstand plötzlich, dass er eine Geschichte hatte, eine der unaussprechlichen Geschichten wie diejenige Onkel Mendels oder die des Abator. Wir setzten uns unter die Bäume beim Buturuga, einem aus Zement gemauerten Baumstrunk, groß genug für eine Person, die durch eine Öffnung im zementenen Stamm Getränke verkaufte. Hier würden sich die beiden Partien, Großpapa und Mascha Schachter einerseits, Großmama, Monsieur und die Kinder andrerseits, nach der Bootsfahrt wiedergetroffen haben. Man wäre, wie Sorin und ich jetzt, an einem der Tische gesessen, die Herren hätten ein Bier und die Damen ein Omnibus getrunken, während Curt den künstlichen Hügel hinter dem Buturuga hinaufgeklettert wäre – und die kleine Ruth still dabeisaß, wie es sich damals für ein Mädchen geziemte. Doch sie saß so ruhig und reglos da, dass sie den Erwachsenen über ihren Gesprächen vergessen ging und Herr Leo Schachter beim Aufbruch am Abend ein wenig verwundert die kleine Ruth wiederentdeckte. Er lobte sie für ihr Stillhalten mit staunenden Ahs, nahm sie bei der Hand und führte sie zu der mechanischen Waage, die nahebei aufgestellt war und noch heute unverändert dort steht. Das Kärtchen mit dem aufgedruckten Gewicht und einem Bild auf der Rückseite fand sich während der Hausräumung in der Holzschachtel, in der auch die Annonce der Bäckerei Wienert gelegen hatte. Es war abgenutzt durch die Jahre, in denen das Kärtchen im Portefeuille gesteckt hatte, als eine Devotionalie ihres reglosen Ausharrens, das andere vergessen ließ, dass auch sie mit am Tisch saß.

– Ich habe versucht, in den letzten zwei, drei Jahren wieder zu arbeiten, antwortete Sorin Manea auf meine Frage, während wir im Schatten vor dem Buturuga saßen, doch es geht nicht mehr. Die Reptilien sind mir zu nahe gekommen, er lachte, und sie hatten Gesichter von Aufsehern und Ärzten …

Er war unter Ceauşescu im Gefängnis gewesen, drei Jahre lang.

– Ich bin jung und verrückt gewesen, verrückt genug, mich auffällig zu machen.

Während Gorbatschows Besuch in Bukarest holten sie ihn erneut in seiner Wohnung ab, lieferten ihn in die psychiatrische Klinik ein.

– Brainwashing, sagte er, obschon wir französisch sprachen. Sie gaben mir die Spritzen durch die Kleider. Dann wusste ich nichts mehr. Nicht, wer ich bin. Nicht, wie ich heiße. Drei weitere Jahre lang.

Andeutungen, Bruchstücke. Ich würde auch von Sorin Manea nie wirklich erfahren, was ihm zugestoßen war, und im Park Cişmigiu, inmitten von Menschen, die sich ruhig und freundlich durch die Wege bewegten, sich auf die Bänke setzten, zögernd an einer Gabelung stehen blieben, wurde mir bewusst, welch nie gekannte Zahl von Menschen dieses Jahrhundert geschaffen hat, für deren Erfahrungen es keine Wörter gibt. Die einen stummen, sprachlosen Bezirk in sich tragen, auf den nur die fiebrigen, von dunklen Rändern umzogenen Augen, die mit einem dumpfen Klang beschwerte Stimme hindeuten wie bei Sorin Manea.

– Man hat mich immer wieder aufgefordert, über meine Erlebnisse im Gefängnis und auch danach, in der Klinik, zu schreiben. Ich kann es nicht. Ich kann nicht einmal vergessen. Täglich kämpfe ich gegen die Erinnerung an. Jetzt zum Beispiel.

Er dürfe sie nicht zulassen, sagte Sorin, denn obschon er stark wirkende Medikamente einnähme, brächten ihn die Erinnerungen aus dem Gleichgewicht, stürzten ihn in Verwirrung und Angstzustände …

– Die Duschräume, die zwei Quadratmeter in der Zelle, nein, sagte Sorin heftig, nein, ich kann nicht!

Und während ich eine hinter Vorhängen und Tüchern verborgene Zeit aus Andeutungen und Bruchstücken zu rekonstruieren trachtete, saß ich unversehens inmitten von Bukarest einem Mann gegenüber, dem nur noch die eine Tätigkeit geblieben war, nämlich die Erinnerung zu ersticken.

– Ein Jahr war ich nach der Revolution in Holland zur Rehabilitation gewesen. In einer Klinik, so unfassbar luxuriös: Es war wie ein Fünfsterne-Hotel, mit einem wunderbaren Park, ich konnte einen Wagen mit Chauffeur benutzen, am Meer spazieren gehen, mich in ein Café setzen. Man gab mir Geld, und ich hätte dort vielleicht gesund werden können …

Doch Sorin Manea wollte zurückgehen, in die von Irrsinn zerrüttete Stadt, er musste an dem Ort leben, der ihn zerstört hatte, der selbst zerstört war und in dem es »ein gutes Hundeleben« gab, um den Preis starker, zerstörerischer Medikamente.

– In zehn, vielleicht fünfzehn Jahren werden mich die Nebenwirkungen ruiniert haben. *Sie* hätten dann ihr Ziel doch noch erreicht, obschon sie selbst erschossen und längst begraben sind.

Und ich sah den Dämon tanzen, spöttisch lachend, der nichts und niemanden ernst nahm, am wenigsten sich selbst, und Sorin Manea sagte, und seine Augen hatten einen fiebrigen Glanz:

– Medikamentöse Vollstreckung der Todesstrafe unter Gewährung eines Aufschubs, vollständig bewegungslos in wochenlangen Depressionen abzusitzen.

Und er meckerte sein Lachen, dieses stotternde Sperrfeuer, bis es überraschend abbrach, eine Stille aus dem Blätterschatten herabsackte, und Sorin Manea ruhig und gefasst sagte:

– Doch es ist besser als Gefängnis. C'est mieux que la prison.

X

CALEA VICTORIEI

Ich trug eine große Straße in mir, eine Fürstenstraße, und ich ließ sie aus mir herausrollen, mitten durchs Dorf, zwischen die gedrückten Häuser, am Kolonialwarengeschäft und dem Tea-Room vorbei, mitten hinein ins Schul- und Gemeindezentrum. Meine Fürstenstraße tapezierte das damals noch ländliche Dorf, schuf in meiner Imagination einen Korridor sich hinziehender Geschäfte, Hotels, Cafés, der sich aus meinen Schläfen heraus öffnete, leicht gewunden durch aufstrebende wuchtige Fassaden führte, die sich wie aufgestellte Dominosteine aneinanderreihten. Schilder und Schriften ragten in den Straßenraum, und es hätte eines sehr genauen Beobachters bedurft, um zu bemerken, dass der Junge, der ich damals gewesen war, sich nicht einfach auf dem Schulweg befand.

Ich war, seit wir ins Dorf gezogen waren, flecken- und streckenweise ein Emigrant, und mehr noch, ohne es zu wissen, ein Snob, der an grauen Tagen, da Kartoffeln und Runkelrüben aus den Fenstern und Türen zu quellen schienen, sich einen pompösen Laufsteg schuf, auf dem er sich – wenn auch nur in der Fantasie – der Promenade inmitten eines Gedränges flanierender Leute überließ, das rechts und links der Straße sich an den Auslagen eleganter Geschäfte entlangschob, eine schmale Mitte offen lassend, durch die sich die Kutschen auf ihren gummierten Rädern lautlos in einer nicht abreißenden Kette zwängten: Kaleschen, Cabs und Landauer, in denen die Herren in Gehröcken zurückgelehnt saßen, sich mit den Damen unterhielten, die ihre Blicke unter den Huträndern hervor in die Menge schweifen ließen, zu Offizieren in taillierten, mit Kordeln und Tressen geschmückten Uniformen, zu Paaren und Familien und den ausländischen Attachés, ihre Augen glitten flüchtig über die Gesichter der Männer mit keck aufgesetzten Hüten, zugeknöpften Jacketts, das Spitzentuch in der Pochette, prüften die Frauen, die Schminke der Lippen, die Eleganz des Kostüms und die Zierlichkeit der in Mode gekommenen hohen Schnürstiefel, verweilten mit dem Blick länger auf einem Kollier zwischen Pelzbesatz, ließen ihn auf dem Orden einer Staatsuniform ruhen. Man grüßte mit einem Kopfnicken zu einer kreuzenden Kutsche hinüber, bewunderte Madame Volvoreano oder Duca oder Ghica, die statt eines Hutes einen Schal aus Venedig luftig um den Kopf geschlungen trug, entsprechend der Vorliebe Königin Marias, die man in ihrem Automobil zu sehen hoffte, schätzte eine kurze Stockung vor Riegler oder Capşa, um vielleicht ein bekanntes Gesicht im Innern der plüschigen Cafés zu entdecken, und wenn man dann am Palatul regală und dem Athenäum vorbei beim Hotel Athenee Palace angekommen war, so konnte man sich entscheiden, weiter und hinaus zur Şoseaua Kiseleff zu fahren, wo einmal im Jahr das Blumenfest stattfand und die Chaussee zwischen Gärten und Villen zu den Seen führte, oder eben wieder zu wenden und den Corso durch die Calea Victoriei neu zu beginnen, durch Wagen- und Menschengedränge zurück zum Platz vor dem Nationaltheater, so einige Male, bis man genug gesehen hatte und genug gesehen worden war.

– Bitte, sagte Mutters Schulfreundin Ana Săndulescu, als sie nach den Sommerwochen in Sinaia zurück in Bukarest war, fahren wir einige Male die Calea Victoriei hinauf und hinunter, es ist das erste Vergnügen in der Stadt, und dann bin ich wieder daheim.

Wie sich mit Hilfe des Elektronenmikroskops nachweisen ließ, entstehen in den Schillerradien die verschiedenen Farben wie Dunkelblau, Türkis, Rotbraun, Gelb, Violett, Grünrot allein durch Änderung der Gitterabstände. Die Farberzeugung nach diesem Prinzip stellt eine unerhörte Präzisionsleistung dar, die sich im Größenbereich von Hunderttausendstelmillimetern abspielt.

Selbstverständlich hatte ich als Kind meine Fürstenstraße nicht mit all den Einzelheiten ausgeschmückt. Ich wusste noch nicht so recht, um mit Madame

Schachter zu reden, wie man bereits farbige Federn färbt, dazu fehlte mir auch nur annähernd die Vorstellung, wie die Calea Victoriei ausgesehen haben mochte, durch die Mutter mit ihren Eltern an den Sommerabenden zum Vergnügen und als Teil eines Corsos der Eleganz und Verschwendung gefahren war, auch dann noch, als die Kanonen zu donnern begannen und sich Mascha Schachters Vorahnung bewahrheitete: Der Weltkrieg brach aus, König Carol I. starb, und Großpapa sah sich veranlasst, das Bukarester Tageblatt abzubestellen. Er hasste die deutschfreundliche Kriegshetze, die Rumänien an die Seite Wilhelms drängen wollte, und verzieh dem Kaiser die Dummheit nicht, die mit Gütern aus aller Welt gefüllte »Schale« – die für ihn Europa war, getragen von der Ingenieurskunst und einem zivilisierten Umgang unter den Menschen – kaputtzuschlagen. Er ließ die wilhelminischen Schnurrbartspitzen schneiden, entschied sich für die Bartmode Eduards VII. und eine gemäßigte Zeitung, ansonsten hatte alles beim Alten zu bleiben.

Nach dem Abendbrot rollte Großpapa seine Serviette sehr sorgfältig und genau zusammen, schob den Silberreif mit seinem Monogramm über die Rolle aus Leinen, und der Moment, in dem seine blasse Hand die Serviette neben den Teller legte, entschied, ob man den Abend in der Stadt oder in gemeinsamer Lektüre um den Tisch im Salon verbringen wollte. Er hielt nichts von Beunruhigung und zappliger

Erwartung während der Mahlzeit, und so kam frühestens nach dieser das Abendbrot abschließenden Geste die Ankündigung, er hätte den Landauer bestellt, *falls es dir recht ist, noch auszufahren*, um danach am Zwicker zu rücken und mit leicht vorquellenden Augen aufzusehen, im Wissen, es wäre Großmama immer recht – und oftmals schien es das einzige Mittel gegen ihre Schwindel gewesen zu sein.

Man hatte sich für den Abend gekleidet und stieg vor dem Holzzaun in die wartende Kutsche, in einer festgelegten Reihenfolge, die der Sitzordnung entsprach, die durch Großpapas Ansicht begründet war, es sei seine Pflicht, den gefährdeten Platz zur Straßenseite hin einzunehmen. Großmama saß auf der Seite der Geschäfte und flanierenden Menschenmengen, und da die Kinder entsprechend über Kreuz zu sitzen hatten, saß Mutter stets ihrem Papa gegenüber. Das mochte von Vorteil gewesen sein, wenn Großpapa den Kutscher anwies, entlang der Dîmboviţa zur Stadt zu fahren. Mutter hatte dann den Quai auf ihrer Seite, sie konnte somit ungehindert die Spaziergänger, die Bauern und Gruppen von Zigeunern, manchmal auch den Türken mit dem Tanzbären betrachten und hatte den Ausblick auf den Hügel der Metropoliei und auf das Justizgebäude. Doch wenn sie durchs jüdische Viertel fuhren, durch die engen Altstadtgassen, wo die Lädchen und Läden waren, bärtige Männer in ihren Kaftanen umherliefen, auch abends noch ein Handeln und Gerede war – wie ich es in Dhaka nach Einbruch der Dunkelheit beobachtet hatte –, Petroleumlampen auf Tischen und in Schubkarren brannten, ein Rauch und Geruch zwischen den Häusern hing, den Großmama abscheulich fand und Großpapa liebte, wie das ganze Quartier – *da hätte ich lieber mit Curt getauscht, um besser sehen zu können.*

Man fuhr zwei-, dreimal vom Theaterplatz zum Athenäum, setzte sich in ein Terrassencafé oder ging an kühleren Abenden zu Riegler oder Capşa. Das eine oder andere Mal, wenn sie von der Synagoge her zur Calea Victoriei fuhren, ließ Großpapa an der Strada Stavrapoleos vor dem Carul cu Bere halten, einer Bierhalle, deren Wände reich bemalt waren, in der eine Zigeunerkapelle spielte und es ein selbstgebrautes, nicht sonderlich kräftiges Bier zu trinken gab.

Doch oftmals fuhren sie durch die Calea Victoriei geradewegs zur Chaussee, entlang der herrschaftlichen Häuser und Gärten, hinaus nach Herestrău an die Seen.

– Und weißt du, sagte ich zu Sorin Manea, als wir den Cişmigiu-Park verließen und in Richtung der Calea Victoriei gingen, in meiner kindlichen Vorstellung wurden all die Eindrücke, die ich doch ziemlich wirr in mir trug, nochmals ins Fürstliche gesteigert durch Mutters Erwähnung, im Winter seien sie genauso oft ausgefahren, eingehüllt in Pelzdecken, selbstverständlich im Schlitten.

Im Schlitten war auch mein Urgroßvater durch Russland gefahren. Und als wir im Lesebuch der Grundschule eine Geschichte laut lesen mussten, von einer Fahrt durch die weiten, verschneiten Ebenen, aus denen plötzlich die Wölfe auftauchten, dem Schlitten erst folgten, dann die Pferde anfielen, der Reisende ein struppiges Fell ums andere rötete, bis keine Patronen mehr in seinem Revolver steckten, er eines der beiden Pferde vom Leitseil schneiden musste, um zeitweilig einen weiteren Vorsprung zu gewinnen, schließlich mit letzter Anstrengung doch noch den Gutshof, die Station oder was es auch immer gewesen sein mochte, erreichte – wusste ich, auch wenn ich kein Wort zu meinen Mitschülern verlauten ließ, aus Angst, ausgelacht zu werden, dass das die Geschichte meines Urgroßvaters war.

Wenn mein Bruder und ich die Großeltern in B. besuchten, meistens auch mein Cousin und die Cousine dazukamen, wollten wir Kinder die Ausrüstung sehen, die jener Ernst Gustav S. als Vertreter modernster mechanischer Webstühle auf seinen Reisen nach Lodz, Petersburg und Moskau bei sich gehabt hatte, und Großpapa, im schwarzgestreiften Anzug, den er auch noch zu der Zeit und bis an sein Lebensende trug, holte den Revolver, einen Totschläger und den Staubmantel seines Vaters hervor, die er im Schrank seines Zimmerchens verwahrte. Am meisten faszinierte uns der Totschläger, eine Bleikeule, von Lederstreifen kunstvoll umflochten, mit einer Lasche am Ende des Haltestiels. Die Keule selbst hatte die Größe eines Hühnereis und war während unserer Räuberspiele – die allerdings sogleich beendet wurden – äußerst wirkungsvoll: Großpapa drückte eine Silbermünze auf unsere Beulen.

Später hörte ich von der Beresina, vom Desaster des Übergangs über den Fluss, vom Hunger und von der Krankheit der Soldaten, von den Pferden, die getötet wurden, und der Kaiser fuhr allein im Schlitten zurück, eine düstere, gebrochene Schattengestalt in Schneegestöber und heulendem Wind. Genauso wie Napoleon, in Decken und Pelze eingeschlagen, gezeichnet vom Fieber, fuhr Ernst Gustav S. in seinem Schlitten aus den eisigen Wüsten Russlands zurück. Auch er hatte verloren wie der Franzosenkaiser – so bildete ich mir ein – und starb in Köln, vermutlich an Typhus, der damals in Russland wütete, doch die Wölfe hatten ihn nicht erwischt.

Ich wollte die Calea Victoriei großartig und glanzvoll sehen, doch selbst mit dem bestem Willen und einer beschönigenden Fantasie gelang mir dies nicht: Die Straße war ausgezehrt und ausgeblutet, ein trister Korridor des Mangels, grau von Teer und Staub, durch den der Verkehr sickerte. Die Passanten trugen abgenutzte Kleider, und ihre Bewegungen waren müde oder steif von unbewussten Durchhalteparolen. Die Geschäfte hatten wenige und zufällige Waren anzubieten, eher aus Hinterhöfen zusammengetragen als einem Überfluss und Luxus entnommen, und unter dicken Schichten kalkgrauer Vernachlässigung entdeckte ich Reste einstiger Pracht und Urbanität, eine Fassadenfront, ein einzelnes Gebäude, die ich von alten Fotos oder aus Erzählungen kannte, doch sie wirkten wie zufällige Überbleibsel zwischen der drängenden Hässlichkeit der Blocks: Gleich dreimal habe ich ein Karree fotografiert, ein Rasenstück mit Bouchers Bronzeplastik »Die Läufer« von 1918 und einer Blautanne, eingefasst von drei Blockbauten, zusammengesteckte Betonschubfächer für Menschen, rußig grau. Durch die Einfassung und dieses karge, mit Klee durchwucherte Stück Rasen werden Bouchers Läufer zu atemlos Gehetzten, zu Fliehenden und Süchtigen vor der einzigen Farbtafel, einem Stillleben aus Flaschen, Gläsern, Zitronen, das von der Betonwand herab ein besseres Leben vorlügt: »Stalinskaya«, in großen Lettern, Markenname eines Wodkas. Vielleicht habe ich dreimal auf den Auslöser gedrückt, weil mir die Läufer auf dem Rasenstück, die Rasterfassade und die Alkoholwerbung wie das bildliche Ergebnis dieses Jahrhunderts vorgekommen sind und ich hoffte, durch das dreimalige Ablichten könnte ich die Flucht, die Betonpferche, die geschundene Natur, die angepriesene Betäubung verdeutlichen, sie aus dem Gewohnten einer Straßenansicht herausheben, und dieses naive Vertrauen in die Fähigkeiten des Fotoapparats gehört für mich heute ebenfalls zu dem

Bild, auch wenn man gerade diese Naivität nicht sehen kann.

»Die Läufer« von Boucher hatten einstmals vor dem Athenäum gestanden, als es entlang der Hotelfront des Athenee Palace noch einen Streifen Grün gegeben hat. Heute schließt sich ein Platz an, der von abgestellten Autos bedeckt ist, und ich stand mit Sorin Manea in einer Leere vor dem Königspalast, die eigentlich eine Abwesenheit war, und hatte die Empfindung, im Magen von Bukarest angekommen zu sein.

– Da drüben, sagte Sorin, ist das Gebäude des ehemaligen Zentralkomitees, und wo wir stehen, hatte sich die Menge versammelt, eine »große Volksversammlung«, wie die befohlenen Aufmärsche damals hießen, eine Volksversammlung gegen die Demonstrationen in Timişoara. In der Klinik lief das Fernsehgerät, ärztlich verordnet, aber ich nahm nichts wahr, und doch spürte ich, etwas stimmte nicht, etwas war nicht wie sonst, und ich sah, wie *er* klein wurde, einschrumpfte, zu stottern begann, ich hörte Pfiffe und Buhrufe, und die Kamera irrte ab auf die Fassade: Es war wie eine mentale Störung, die kontrollierten Bilder verrutschten, gerieten in Unordnung, erloschen auf einen Schlag, Bilder, die uns jahrzehntelang beherrscht hatten. Und ich wusste wieder meinem Namen, wusste wieder, was ich getan hatte – ebenfalls hier, auf diesem Platz, vor Jahren …

Das Athenee Palace war eingerüstet, es würde umgebaut, sagte Sorin Manea, während der Revolution seien Fassade und Einrichtungen beschädigt worden. Es wird das Bukarester Hilton, fügte Sorin bei, und ich hörte am Klang, wie er den Namen aussprach, den Stolz auf die Zugehörigkeit zur Internationale der Flughäfen und Shopping Malls. Ich würde das Interieur nicht mehr sehen, in dem sich Mascha Schachter zwischen Prinzen und Prostituierten, Korrespondenten, Militärs und Gesandten so souverän und auffällig 1940/41 bewegt hatte, dass ihr Kollege von United Press ziemlich konsterniert feststellte, sie hätte als Jüdin vollständig ungezwungen in höchster Nazi-Gesellschaft verkehrt, während die britischen und amerikanischen Kollegen längst keinen Zutritt zum Speisesaal mehr hatten, sondern sich in der Bar drängten, die sie gegen den wachsenden Druck der Deutschen zu halten suchten.

– *Es hat mich immer fasziniert, die Reaktion gebildeter Deutscher zu beobachten, wenn ich sagte, ich wäre nicht Arierin. Die meisten sahen gepeinigt und schuldig und unbehaglich aus. Ich konnte zusehen, wie sich ihre Gesichter zur plötzlichen Wachsamkeit verhärteten, und konnte hinter ihren sich verschleiernden Augen die vorsichtigen Gedanken sehen. Sie versuchten jedes Wort zu erinnern, das sie zu mir gesagt hatten und ob sie meine Hand zu lange geküsst hätten oder ob jemand sie beobachtet hätte, als sie meine Hand zu lange küssten. Wenn sie fanden, dass so weit nichts Kompromittierendes vorgefal-*

len sei, machte die nackte Erleichterung auf ihren Gesichtern sie Autofahrern ähnlich, die den Wagen gerade noch rechtzeitig aus einem Graben herausgefahren haben.

Und Mascha Schachter, bei ihrer Abendtoilette gestört, blickte an einem Spätsommerabend vom Balkon ihres Hotelzimmers aus auf den Platz und die Menge, die stetig anwuchs, während die Sonne in düster aufgetürmten Wolken unterging, einen drohenden Widerschein auf die Menschen warf, die sich um das Denkmal Carols I. versammelt hatten, stumm zum Palast sahen, auf dem die rumänische Fahne auf Halbmast gesetzt war: Transsylvanien musste an Ungarn abgetreten werden, so hatten Ciano und Ribbentrop in Wien verfügt. Die Leute weinten, sie liefen durch die Straßen, strömten zum Platz vor dem Schloss, über den die Dunkelheit einfiel, während die Lüster in den hohen Fenstern des Palastes angezündet wurden. In den schweren Vorhängen sah man flüchtige Silhouetten, und in die betäubte Menge, die jetzt den ganzen Platz ausfüllte, kam Unruhe.

– Unten begannen die dunklen Gestalten in Bewegung zu geraten, irgendwo musste sich jemand an sie gewandt haben, denn jetzt erhob sich eine einzelne Tenorstimme, begann mit der Nationalhymne Trească Regili *– Heil dem König! –, doch kaum, dass diese ersten Worte erklungen waren, ging der Gesang auch schon in einem wütenden Geschrei unter, immer deutlicher aus dem Tumult heraus schoss ein Wort hoch in die Nachtluft, wurde auf-*

genommen, wiederholt – abdica, abdica –, bis der ganze Protest des Landes sich in der einen Forderung gelöst hatte, dass der König abdanken und nicht länger König sein sollte.

Und Carol II. schrumpfte ein, ließ den »roten Hund« aus dem Gefängnis kommen, General Antonescu, Sympathisant der faschistischen Eisernen Garde und künftiger Conducator von Hitlers Gnaden: Er würde in wenigen Tagen Carol zwingen, die Abdankung zu unterzeichnen, morgens um vier Uhr, in dem Schloss, zu dem ich vom Platz aus blickte, und ich konnte mich drehen um hundertachtzig Grad, weg vom Schloss und den Unruhen des September 40, und ich sah auf das Gebäude des Zentralkomitees, einem ebenfalls in den dreißiger Jahren gebauten klassizistischen Bau, und konnte mich den Geschehnissen im Dezember 89 zuwenden, beides Revolutionen, die wie Machenschaften anmuteten. Die Gegenwart jedoch war eine Abwesenheit: Der Platz war wie das geschlossene Abator, es gab ihn, aber er hatte keine Funktion mehr, wenigstens nicht zu diesem Zeitpunkt.

– Auf dem Platz habe ich mich mit Benzin übergossen, sagte Sorin Manea, und all die Leute, die herbeigerannt waren und mich mit ihren Mänteln zudeckten, dieser Moment, in dem die körperwarmen Stoffe das Licht verdunkelten und viele Hände mich umklammerten, dieser Moment ist genauso wenig zu beschreiben oder zu benennen wie die im

Gefängnis oder der Klinik verbrachte Zeit. Doch es war ein Moment der Erlösung und eines unfassbaren Glücks.

Als 1926 die Familie S. die letzten Wochen vor ihrer Abreise im Athenee Palace wohnte, zierten die französischen Türmchen in der Art der Pariser Hotels Meurice oder des Ritz noch die Fassade, wie sie der Architekt Theophil Bradeau entworfen hatte und wie sie eben vollendet worden waren, als meine Mutter in Bukarest als dreijähriges Kind ankam. Sie würden verschwinden, im Jahr ihrer Hochzeit 1937, als die Zeit Glas und Stahl verlangte, die Karyatiden und Ornamente heruntergekratzt wurden und eine weiße Glätte die wohlgeordnete Funktionalität vorgab, die besser zu Uniformen und militärischen Aufmärschen passte. Das Athenee wurde zu Ende des rumänischen Faschismus zerstört und zu Anfang des rumänischen Kommunismus rekonstruiert, wurde erweitert in der Zeit, da mein Bruder und ich das Elternhaus verließen, und bekam ein paar Salven ab, als Mutter achtzig Jahre alt wurde: Jetzt war es eine Bauruine und würde zu einem Hotel werden, das den globalisierten westlichen Standards entsprach. Doch auch dann trüge meine Mutter das Bild noch in sich, das sie 1926 zurückgelassen hatte, nachdem sie als junge Dame ein paar Wochen im besten Haus gewohnt und die Freiheit genossen hatte, allein oder in Begleitung ihres Bruders durch die Calea Victoriei zum Cişmigiu-Park oder der Strada Lipscani zu schlendern, bei Cina einen Kaffee zu trinken oder sich in der Pasagiul English zu vergnügen. Vielleicht, dass eine Wehmut sie auf ihren Promenaden begleitete: Die Direktionsvilla der Bumbac, in der die Familie nach dem Krieg gewohnt hatte, war geräumt, der Hausrat verschickt, sie würde einer unbekannten Zukunft entgegengehen, in einem Land, das Mutter nicht mochte. Jeder Blick war auch ein Abschied, war ein letzter Blick, und dieser dunkle Untergrund mochte die Gegenwart umso leuchtender erscheinen lassen: Ruth liebte es, von der gleißend hellen Straße durch die Drehtür ins Foyer und damit auf eine Bühne zu treten, auf der die Lüster auch tagsüber brannten, rote Teppiche ausgelegt waren, an den Marmorsäulen Spiegel in Goldrahmen hingen und es nach türkischen Zigaretten und Kaffee roch. An den Tischen saßen die Exzellenzen, die ihre Monokel einklemmten, wenn sie vorbeiging, die wie feste Versatzstücke, Tag für Tag, das Foyer überwachten, ihre Zeitungen lasen, nickten und begrüßt wurden, jedermann und alles kannten, die großen Damen selbstverständlich und noch besser die leichten. Im Hintergrund des Foyers war die Bar, seitlich der grüne Salon mit den Sofas, in dem Ruth nachmittags eine Limonade trank, beim Nebentisch mithörte und die Gäste beobachtete, gehütet von Großpapa, der vielleicht zuinnerst wusste, dass er hier, wenn auch nur als einer Inszenierung für die Gäste, zum letzten Mal jenes gesellschaftliche Tableau betrat, das er für sich als angemessen ansah und 1912 im Schachterschen Salon vorgefunden hatte. Er verbrachte diese letzten Tage in Bukarest mit »abschließenden Arbeiten«, machte Besuche oder saß mit seiner Tochter im grünen Salon des Athenee Palace, die Beine übereinandergeschlagen, den Ellenbogen aufgestützt, nippte gelegentlich an einem Amalfi – ein Getränk in flachem Glas aus Vermouth und Ţuică gemixt –, während Großmama lediglich zu den Malzeiten das Zimmer im zweiten Stock verließ. Die »Räumerei« und die bevorstehende Schifffahrt hatten einen Zustand nervöser Erschöpfung hervorgerufen, der ihr jeden weiteren »Trubel« unerträglich machte. Großpapa reservierte bei günstigem Wetter einen Tisch im Innenhof, den man vom grünen Salon durch eine Glastür erreichte, und wenn die Dunkelheit eingefallen war, die Gäste sich in Abendtoilette im Foyer, in der Bar oder dem Salon versammelt hatten, in Gruppen zusammenstanden, die anderen Gruppen plaudernd beobachtend, stieg mit dem Geräusch der Stimmen die Spannung auf diesen allabendlichen Moment einer plötzlichen Bewegung, als hätte ein Zeremonienmeister das Zeichen gegeben, und die Gesellschaft begab sich, ein Schleifen und Drehen eleganter Schuhe, in den Speisesalon oder den Innenhof zu einem dieser späten Dinners, zu denen auch die angelegentliche Frage an den Kellner gehörte, was für Neuigkeiten es in der Stadt gäbe.

Mutter würde den Laut nie vergessen, den die rückenden Stühle auf den Steinfliesen im Innenhof des Athenee Palace erzeugt hatten, ein Geräusch – so will es mir scheinen, mit dem die Zeiger ihrer Uhr sich in der Erinnerung festfraßen und ihre Zeit zum Stillstand brachten. Das luxuriöse Hotelfoyer würde für immer die Szenerie bleiben, in der sie sich bewegte, wie ich in meiner Fürstenstraße.

– Hallo, kannst du mich hören?

Zwanzig Minuten hatte ich im Telefonpalast, unweit des Platzes, auf die Verbindung gewartet. Ein schwankend wackliges Schweigen war in der Linie, ein dünnes Atmen, dann hörte ich Mutters Stimme schwach und zögerlich.

– Wo bist du?

– In Bukarest, schrie ich. Ich rufe dich von der Calea Victoriei an. Ich bin an der Calea Victoriei!

Und ich spürte ihre Erschütterung: Sie lag im Spital, in einem dieser Vierbettzimmer, abgetrennt vom Alltag, und ihr Sohn meldete sich aus der Vergangenheit, vom Ort ihrer Kindheit, wo sie die beste Zeit ihres Lebens verbracht hatte. Ich begriff, dass ich in dem Moment durch meine Reise zu einer Figur ihrer Seele geworden war, zu einem Boten, der ihr Nachricht aus den eigenen inneren Räumen bringen würde und sich in den Bildern eines mit dem eigenen Sterben beschäftigten Menschen bewegte.

– Und wie gefällt dir Bukarest?

– Es ist wunderbar, sagte ich, so überzeugt, wie es

mir möglich war und auf eine später noch zu entdeckende Art auch stimmte. Ich mag die Stadt, ich liebe sie!

Der Triumph teilte sich selbst über diese Distanz hinweg durch die Telefonleitung schweigend mit. Sie war erlöst, sie hatte sich nicht getäuscht, es gab Bukarest, es gab die Calea Victoriei noch, und sie waren genauso geblieben, wie sie die Stadt und ihre Prachtstraße erinnerte, nämlich wunderbar.

– Doch halte dich nicht auf der hinteren Plattform auf, wenn du das Rösslitram benutzt. Dort hält sich allerlei Gesindel auf. Taschendiebe. Ohne dass du es merkst, stehlen sie dir das Geld aus der Bauchbinde.

XI

KOPFALBUM

Keramik, bemalt und glasiert, zwei Teller, ein Topf, die Ţuicăflasche: Auch Großmama besaß einen Hausaltar, und wenn ich zu Besuch oder in den Ferien in der engen Wohnung an der Ringstraße weilte, zog es mich vor das zierliche Dressoire aus Rosenholz, dessen Aufbau aus drei Etageren bestand, gekrönt von gedrechselten Türmchen. Neben einer Fotografie Großmamas im breiten rumänischen Holzrahmen, den Sèvres-Tassen für den türkischen Kaffee und den drei marmornen Säulen mit Trümmerkapitell wollte ich die üppig bemalte und fremdartige Töpferware ansehen. Von ihr ging ein wärmendes, behütendes Gefühl aus wie von Bäumen und Ufern: Es gäbe den paradiesischen Garten also doch, wo die Sterne Blumenarme hatten und die Schnecken regenbogenfarbene Gehäuse trugen wie auf der Ţuicăflasche, Farben, die an das Licht eines Gewitterregens erinnerten, gedämpft und doch leuchtend, auf einem gelblichen Weiß, mit Ruß beschmiert, der »Patina«, wie Großmama sagte, ein Schmutz, der gleichsam domestiziert, ein Zeichen des Alters wäre und durch verdunkelnde Ränder die Schönheit eines Gegenstandes vertiefte.

Ich bewunderte die Ţuicăflasche, auch die Teller, das Kännchen, das wie aus ungebleichtem Leinen gefertigt schien, doch meine Liebe gehörte dem unscheinbarsten Stück dieser kleinen Sammlung, einem Aschenbecher, der auf dem mittleren Gestell aufrecht angelehnt stand: Handgroß und tellerartig besaß er einen fingerbreiten Rand, in den drei Rillen zum Ablegen der Zigaretten eingedrückt waren. Sie unterteilten den Rand in gleichmäßige Segmente, auf deren weißem Untergrund sich dunkel ausgefüllte Halbkreise, je sieben, gegen die Innenseite wölbten. Ein gelber Streifen umzog die Vertiefung, in deren innerer Fläche sich die Halbkreise wiederholten, jedoch weiß mit einem gelben Tupfen, gefolgt von einem Kranz schwarzer Tropfen, die in die leere Mitte zu stürzen schienen.

Dieser Aschenbecher war eine Sonne, ein orientalisches Mandala, er bildete den Mittelpunkt, aus dem heraus ein Salon wuchs, eine Ottomane, der Rauchtisch, die Lüster und Bücherschränke. Um ihn kreiste Müßiggang, die gedämpften Bewegungen auf Perserteppichen, ein schläfriges Dunkel, das nach ägyptischen Zigaretten duftete und die Süße von Schlehwürfeln hatte: Das Licht hing in Jalousien und Vorhängen, Stimmen murmelten, ein Rascheln der Zeitung, und vor den hohen Fenstern war der Mittag eine glutige Säule, die langsam und spät aus dem Gleichgewicht kippte, zu dumpfer Hitze zerbarst.

Irgendwer musste wie ich empfunden haben, vielleicht Großpapa oder Mutters Bruder, vielleicht sie selbst: Ich würde es nie erfahren. Doch dieser Jemand hatte beim Betrachten gespürt, dass von dem einfachen Gegenstand eine Atmosphäre ausging, die Bilder und Stimmen wachrief, *aber ich bitte Sie, Madame, a fost foarte frumos aici*, als wäre der Aschenbecher aus Erinnerungen geformt. Und trotz der unzähligen beschädigten Stellen, an denen die Glasur weggeschlagen war und rotgebrannter Ton zum Vorschein kam, musste er dem Unbekannten sehr wertvoll gewesen sein. Denn der Aschenbecher besaß eine Eigenheit, die mich zutiefst faszinierte. Er war zerbrochen, mittendurch, von einer der Rillen zum gegenüberliegenden Segment, eine splittrige Bruchlinie, sehr sorgfältig geleimt, aber eben doch zerbrochen. Auf der Rückseite, auf dem unglasierten Ton glänzt eine fingerbreite Leimspur, die der Unbekannte gezogen hat, und dort ist auch ein Stempel im Ton eingedrückt, der mich noch heute verblüfft: TROTTA, Bucureşti, daneben ein Kreuz wie auf Friedhöfen.

– Die Bomben fielen im Süden der Stadt, weil dort verschiedene Fabriken lagen, die Bumbac, Lemaître oder die Fabrica de Oţet. Die Flugzeuge tauchten wie riesige Stechmücken zwischen den Pappeln der Dîmboviţa auf, langbeinig und gespreizt und streuten einen bohrenden Lärm aus, der am Boden und nahe der Häuser explodierte. Die Fensterscheiben zersplitterten, und wir rannten auf die Straße. Mit Nachbarn und Passanten zusammen bestaunten wir die Bombentrichter. Sie waren lächerlich im Vergleich zu denjenigen des Zweiten Weltkrieges. Vielleicht einen Meter tief und zwei im Durchmesser, doch sie stellten eine ungeheure Neuheit dar, die wir erschreckt bewunderten.

Und einer dieser Bombentrichter, den Mutter mir vielleicht beschrieben hatte, war mein eigenster Besitz. Er war kreisrund, inmitten einer Straße, die ich nicht kannte, sauber aus der Pflästerung gesprengt, ohne Schutt, einfach ein kegelförmiges Loch in sandigem Grund. Er hatte nichts mit der Verdunkelung zu tun, die meine Eltern – als ich selber Kind war – jeden Abend beachteten, nichts mit der Bombe hinter Drahtgittern, die mir Vater im Luftschutzraum zeigte, nichts mit dem brennenden Himmel über dem Jurazug, den wir, auf der Straße stehend, bestaunten.

Der Bombentrichter blieb ein einzelnes Bild, als hätte ich in meinem Kopf mit dem Wenigen, das Mutter erzählte, ein Album angelegt, in das ich die Bilder – wie Großpapa seine Fotos –, auf ein braunes, filziges Papier geklebt, aufbewahrte.

Mişcă-te!, sagte meine Mutter, wenn ich nur dasaß, träumte und Gedanken nachhing. Beweg dich! Mach schon! Und mişcă-te!, sagte ich später zu mir selbst, wenn ich träge oder entmutigt war, und mich doch ins Unvermeidliche schicken musste.

Und Rumänien bewegte sich, nachdem der Krieg ein Weltkrieg und zu einer in der Menschheitsgeschichte erstmaligen Massenvernichtung durch industriell gefertigte Technik geworden war. Die Schlachten an der Marne, bei Ypern, um Verdun, die Schlachten von Tarnow und Gorlice waren Namen gewesen für ein weit entferntes, nicht vorstellbares Geschehen, das Großpapa im Salon, wo der Lüster seit kurzem ein wunderbar helles Licht aus elektrischen Birnen gab, über die Zeitungsseiten gebeugt, zu verstehen suchte, die Heeresberichte las, die Kartenausschnitte studierte und sich tröstete, dass in Bukarest alles so bleiben würde, wie es gewesen war. Der Gänsebraten kostete noch immer einen Leu vierzig Bani, man ging seinen Geschäften und noch mehr den Vergnügungen nach, promenierte in der Calea Victoriei, Großpapa selbst jedoch verlor mehr und mehr die Fassung. Er hatte 1900 die Weltausstellung in Paris gesehen, hatte sich am Lebensgefühl begeistert, das von ihr ausging, der Hoffnung, welche eine neue dynamische Technik im Rahmen der alten gefestigten Ordnung weckte. Er hatte verblüfft den Lichterpalast bestaunt, der in einem unvorstellbaren Glanz erstrahlte; er hatte sich an eine der Haltestangen geklammert, als er stehende Menschen sich auf einem rollenden Gehsteig bewegen sah; er war überwältigt von den Dampfanlagen und Generatoren im englischen Pavillon, vor dem Orientalen in Turban und weißen Röcken Elefanten spazieren führten. Und nun schlug die Ingenieurskunst in eine nie für möglich gehaltene Zerstörung um? Noch hatte Großpapa gehofft, im neutralen Rumänien würde die alte Zivilisation überleben, bis hierher in den Südosten Europas vermöchte die Sinnlosigkeit nicht zu dringen, doch im August 1916, beim Kriegseintritt Rumäniens, schüttelte er lange und langsam den Kopf, legte das Blatt zur Seite, um nie wieder regelmäßig und ausführlich die Zeitung zu lesen, wie es bis dahin seine Gewohnheit gewesen war, steckte seinen Zwicker ein und blieb auf dem Stuhl sitzen, ohne sich nochmals zu regen.

Mişcă-te! Doch die rumänische Armee bewegte sich hauptsächlich auf dem Rückzug, den vereisten Pass hoch, den vereisten Pass runter – die Friedhöfe entlang der heutigen Straße stehen noch immer, ich habe sie, ohne mir ihre Bedeutung bewusst zu machen, gesehen: Rostige Kreuze, die eingefriedete Wiese durchwuchert von Brennnesseln und Minze.

– Wir sind in der Stadt gewesen, Mama und ich, und überall sah man Militär, bulgarische, österreichische und deutsche Offiziere, die Musik spielte, wir machten die letzten Einkäufe für Weihnachten, und ich glaube, in dem Jahr bekam Curt den Meccano-Baukasten geschenkt, eine Schachtel voll grüngestrichener Metallstäbchen, die Löcher hatten, durch die man sie mit Schrauben und Muttern aneinanderfügen und so Türme, Kräne oder Seilbahnen bauen konnte. Ich weiß nicht mehr, ob man uns suchen musste und wie man uns schließlich benachrichtigte, doch als wir endlich zu Hause ankamen, stand neben jedem der Betten ein Gewehr.

Und auf der grauzelligen Aufnahme in meinem Kopfalbum war es der Karabiner meines Vaters, im Schrank hinter Mänteln und Kleidern aufbewahrt, der in Mutters Zimmer, von dem aus sie über den Zaun in die Strada Morilor und zu den Bäumen entlang der Dîmboviţa sehen konnte, an der Wand lehnte: ein fettiger, grobschlächtiger Gegenstand, von berechneter Zweckdienlichkeit, der mit seiner messingnen Verschlusskappe einen Fleck auf dem rotgoldenen Ornament der Tapete hinterließ, wie zum Zeichen, dass künftig Stahl und Öl und nicht mehr Großpapas Stoffe die Kultur bestimmten.

Gerhard Velburg hatte in Craiova in Etappe gelegen, wurde nach der Einnahme Bukarests durch die Truppen General Mackensens in die Hauptstadt verlegt, wo er vorübergehend in der Kadettenschule einquartiert war, bis zum Befehl, als Bursche des Herrn Hauptmanns Stolte das Haus Nummer 7 an der Strada Morilor zu requirieren: Sein Vorgesetzter hatte eine entsetzliche Angst vor Rumänen, denen er angeblich nicht traute, und hatte um Quartier bei einer deutschen Familie gebeten. Mit zwei weiteren Offizieren, die dort ebenfalls Quartier nehmen sollten, saß er im Salon, als Großmama nach Hause kam, empfangen von der aufgeregt weinenden Köchin. Die Herren tranken Großpapas Ţuică, rauchten, erhoben sich, als Großmama eintrat, schlugen die Hacken zusammen und knickten leicht in den gegürteten Taillen, murmelten Entschuldigungen, allerdings, man sei auch gezwungen, leider Befehl, alle Zimmer bis auf eines …

In Bukarest herrscht tiefster Friede. Es gibt noch Brot, Kaffee, Fleisch, Alkohol – Ihr würdet staunen. Und zu niedrigen Preisen. Ich habe kürzlich in der Bodega Zographi gegessen, in einer Straße voller Vergnügungslokale. Zwei orientalische Salate, Nudelsuppe, Ente mit Kartoffeln, Tomaten, Paprikaschoten, Kaffee, Kuchen und Wein. Für umgerechnet drei Reichsmark! An der Ecke Bulevardul Elisabeta–Calea Victoriei bin ich mir vorgekommen wie damals am Kranzlereck in Berlin, ein so reger Personen- und Trambahnverkehr hat da geherrscht. Die Droschken haben Gummi an ihren Rädern, und die Pferdebahn ist unentgeltlich. An dieser Ecke sieht man viele unserer Offiziere stehen, sie plaudern, rauchen, tun unbeteiligt, dabei schauen sie den gut chaussierten Damen auf die Knöchel, wenn sie den Gehsteig hinunter auf die Fahrbahn treten, ein rege diskutiertes Vergnügen. Hohe und sehr luxuriöse Schnürstiefel sind hier in Mode, wie sie bei uns in Deutschland unbekannt sind. Flutwellen von Parfum wehen hinter den Damen her, die klein und grazil sind, sich in teure Pelze einschlagen und »Kriegsbemalung« im Gesicht tragen. Viele der deutschen, vorab der österreichischen Damen erkennt man, nebst dem Feh-

len der Schminke, der eleganten Schuhe und Pelze, am sichersten Zeichen, den Hut stets weit nach hinten geschoben zu tragen. Schuhe sind ganz offensichtlich wichtige Renommierstücke, nicht nur in der Art, sondern auch in der Zahl. Die Militärverwaltung hat jedem Zivilisten nur fünf Paar Schuhe bewilligt, was in Bukarest als eine unzumutbare Einschränkung empfunden wird. Man hat hier doch seine zwanzig bis dreißig Paare, wobei kein Schuster sohlen will und selbst ein gewöhnlicher Damenstiefel hundertfünfzig Lei kostet. Das sind die Sorgen und der Luxus, mit denen man sich hier beschäftigt.

Die Überraschung im Salon an der Strada Morilor war außerordentlich, als die Herren Offiziere ihre Burschen »zum Bekanntmachen befahlen« und sich herausstellte, dass Großmama den kräftigen und hübschen Gerhard Velburg, der sanfte Augen und einen gewichtigen Schnauzbart hatte, aus ihrer Jugendzeit im südbadischen Murg kannte, ihn herzlich begrüßte und auch sogleich nach gemeinsamen Bekannten befragte. Wie dessen Brief an die Eltern in die Holzschachtel gelangt ist, die ich bei der Hausräumung fand, ist mir nicht bekannt. Vielleicht, dass Großmama nach dem Krieg diesen Gerhard Velburg nochmals getroffen und ihn um Dokumente aus jener Zeit gebeten hat, wie sie auch die Postkarten, welche an Verwandte geschickt worden waren und diese aufbewahrt hatten, wieder einsammelte. Eines jedoch ist gewiss: Der ruhige Wohlstand, den Velburg mitten im Krieg in Bukarest antraf und in seinem Brief an die Eltern in Murg kräftig ausmalte, endete abrupt. Im Cişmigiu-Park wurden Kohlköpfe zwischen die Blumen gepflanzt, das Revuestück »Treci la rînd – Stelle dich an« in der Arena Amici Orbilor, über das man leichtfertig gelacht hatte, war Alltag geworden: Überall bildeten sich Schlangen vor den Verkaufsgeschäften, man stellte sich an für Lebensmittelmarken, für den Ausweis, der nun für den Bezug der Lebensmittelmarken benötigt wurde, wartete in der Reihe, um schließlich einen Blick auf das leere Verkaufsgestell zu tun.

Großpapa kam gegen Mittag zu Fuß nach Hause, die Gamaschen von Schneematsch bespritzt: Er war gemächlich über die Bogenbrücke beim Abator geschritten, war unter den kahlen Bäumen entlang der Dîmboviţa gegangen, hatte den Stock sorgfältig auf das mit wässrigem Schnee bedeckte Pflaster gesetzt. Er legte im Entrée den Hut auf die Ablage, ließ sich aus dem schwarzen Wollmantel mit Pelzbesatz helfen, rieb sich die immer ein wenig kühlen Hände, nickte den Offizieren zu, grüßte Großmama und die Kinder, setzte sich an den ovalen Tisch aus Cöln und sagte:

– Die Fabrik hat die Arbeit eingestellt.

Und niemand um den Tisch konnte hören, was in Großpapas Ohren lärmte: Die Stille, nachdem die Webstühle alle abgestellt waren.

Winter, das Haus nackt, offen gegen die vereiste Straße hin. Der Zaun aus geteerten Latten ist weggerissen, gestohlen worden. Feuerholz in diesem harten Kriegswinter. Der sorgsam gehütete Hof, die Beete des Gartens, die Wege, Büsche und Bäume, das Gänsegehege und der Rasenplatz, auf dem die Zigeuner ihre wöchentliche Suppe geschöpft erhielten, sind den Blicken preisgegeben, ungeschützt vor dem Wind, offen für Gesindel und streunende Hunde. Verschwunden sind die Tür- und Torpfosten, über deren Spitzen die Äste und Zweige des Maulbeerbaumes ragten. Und diese Schutzlosigkeit, dazu die winterliche Kargheit, lassen den Garten verwüstet, die Hausfassade beschädigt aussehen – als wäre die Zerstörung des Krieges eingedrungen, hätte sich in den Mauern, Platten, Beeten und Wegen festgesetzt und eine ungeahnte Vergänglichkeit sichtbar gemacht.

Mutter steht am Fenster ihres Eckzimmers, schaut ins glasig klare Licht, das die Luft an jenem Morgen im Winter 17/18 durchdrungen hat, ohne eine Spur Wärme abzugeben: Sie hat eine staunende Angst vor dieser Zerstörung, vor der Widerrechtlichkeit und der Not, die an die unmittelbare Grenze ihres gewohnten Daseins gerückt ist.

– Es gab nichts mehr, erzählte sie mir später. Nicht einmal Holz für die Heizung. Die Leute hungerten und froren. Und eines Morgens war der Gartenzaun weg. Man musste einen Haag aus Eisenstäben machen.

– In meinem Kopfalbum, sagte ich zu Sorin Manea, gibt es nach dem Bombentrichter, dem Gewehr neben Mutters Bett, dieses dritte Bild des gestohlenen Bretterverschlags, der das Haus nackt und irgendwie absurd machte, herausgebrochen, vereinzelt, ohne gewohnte Bedeutung …

Wir betraten beim Athenäum ein Café, in dem Theaterleute verkehrten und wo wir um die Zeit, es war kurz vor vier, vielleicht Mircea treffen würden, den rothaarigen Schauspieler, den ich gestern Abend bei meinem Besuch an der Şoseaua Cîmpia Libertăţii kennengelernt hatte.

– Wenn du Lust hast, gehen wir heute Abend in die »Lăptăria«, eine Jazzbar im Nationaltheater, sagte Sorin scheinbar zusammenhanglos, sie ist nach einer Molkerei benannt, die es wirklich gegeben hat, nicht weit vom heutigen Ort entfernt. In ihren Räumen fanden die ersten Dada-Veranstaltungen Bukarests statt, Tristan Tzara war ja Rumäne, und er war 1916 nach Zürich gereist, wo ein Schweizer Schriftstellerkollege ihn zu einem Gericht in Bern begleitet hat, ein psychiatrisches Gutachten in der Tasche, das Tzara aufgrund seiner Gedichte Jugendirresein attestierte und ihn vom Kriegsdienst in der rumänischen Armee befreien sollte. Aber Tzara war nicht wahnsinnig. Er war nur einfach Rumäne.

Sorin meckerte sein Lachen, dieses leicht irre, irisierende Lachen.

– Er war Rumäne, und als er das Gericht verließ,

sagte er »merde« und »da da« – wie zur Bekräftigung: »dada« – jaja.

Wir setzten uns an einen Tisch am Fenster, von wo aus ich einen Teil der Straße und des Platzes einsah, die in ihrer Verödung an ein ausgetrocknetes Bachbett erinnerten.

– Ich habe auf der Terrasse der Lăptăria im letzten Sommer ein Gedicht geschrieben, mit über zweitausend Versen. Ich hatte einen Tisch, er war für mich reserviert, ich saß jeden Abend dort, trank Kaffee – ich darf wegen der Medikamente keinen Alkohol trinken – und schrieb. Schrieb bis in den Oktober, wenn es bereits kalt wird und man die Schneeluft von den Bergen riechen kann. Seither bin ich ein Möbel geworden, ich habe mich zu einem Dekor verwandelt und bekomme dafür die Getränke gratis.

Mircea stürzte herein, fuchtelte mit den Armen, er kam nicht von der Probe, sondern von einer Verwaltungssitzung des Wohnblocks, und ich begann zu verstehen, was Herr Leo Schachter gemeint haben muss, als er zu Großpapa sagte, in Bukarest scheine nichts so, wie es ist. Daran hatte sich offenbar nichts geändert. Manea war kein Wissenschafter, und Bukarest ein jenseitiger Seelenraum meiner Mutter. Die Dichter wurden Möbelstücke und die Straßen zum ausgetrockneten Bachbett, die Schauspieler verwalteten Wohnblocks, und diese hatten keine Heizung – wie Mircea erzählte – und folglich im Winter auch kein Wasser, wenigstens nicht aus Leitungen, die einfroren, dafür an den Wänden. Da man die Heizung im Sommer installieren müsste, um es im Winter warm zu haben, im Sommer aber keiner an die Heizung denke, hätte man im Winter wieder kein Wasser, und überhaupt, sagte Mircea und war bereits unter der Tür:

– Beeilen Sie sich nicht, beeilen Sie sich nicht. *Die* haben dort unten, wo Ihre Großeltern gewohnt haben, fast alles zerstört.

– Da da, sagte ich, jaja. Und mir gegenüber saß Sorin Manea vor seiner Kaffeetasse, blickte mich an mit diesem ungerührten Blick, der in seinen Augen zurückblieb, wenn der Spott erloschen war und die Trauer ihn noch nicht erreicht hatte.

Er war tatsächlich ein Möbelstück.

Großpapa gab nach.

– Man bekommt ja nichts mehr.

– Gut, gut, sagte er jeweils, gut, gut.

Doch Ende November 1917 sage er:

– Gut, gut, dann also Luzern.

Der Hausrat wurde in der Fabrik eingestellt, Fräulein Ruth S. bekam das Attest 2211 von der Entlausungsanstalt der Kommandantur, dass sie frei von Läusen und ansteckenden Krankheiten sei, Großmama bat den Offiziersburschen Georg Velburg, ihr aus Militärbeständen Brot, Eier und Geflügel zu besorgen, ließ daraus einen Proviant herrichten, der säuberlich mit Servietten und Tafelsilber in einen

Weidenkorb gepackt wurde, Großpapa schrieb an Weißman in Wien, schloss sehr sorgfältig sein Büro, und schließlich fand man sich nach einer Schlittenfahrt an die Gara de Nord im Kupee des Zuges, in Pelzmäntel gehüllt und mit einigen Koffern Handgepäck, hörte auf den Pfiff der Lokomotive, der dem heftigen Ruck vorausging, als die Bremsen gelöst wurden und der Zug zu rollen begann: Dampffetzen schoben sich vor die eisigen Scheiben, und die Häuser und verschneiten Straßen blieben zurück.

Im Abteil reiste ein Paar mit, beide um die dreißig, er von kleiner Statur, modisch in einen schwarzen Anzug gekleidet, mit einem auffallend abgeflachten, runden Gesicht, dunklen, sanften Augen, die ruhig und manchmal auch kindlich blickten; sie eine schlanke, elegante Frau, sehr blass, mit einem leidenden Zug, der sie anziehend, aber auch unnahbar machte. Großpapa, als der ältere der beiden Herren, stellte sich und seine Familie vor, die »Herr Silberlings« waren erfreut, man tauschte Höflichkeiten aus, und Großmama seufzte über die schweren Zeiten – während sie fürchtete, doch noch den »Schwindel« zu bekommen –, als Onkel Mendel offenbar jenen Satz sagte, den ich im Zusammenhang mit Mutters »Wiener Erzählungen« immer wieder zu hören bekam, sei es, dass er sich gegen Großmamas klagendes Selbstmitleid richtete, sei es, dass er Onkel Mendels lebensklugen Optimismus dokumentierte, die neunjährige Ruth musste auf jeden Fall mit einem erstaunten Lächeln zugehört haben, als der agile, kleine Herr seine behandschuhten Hände von sich streckte und sagte:

– Was sollen wir klagen. Die Welt ist, wie sie ist, und wir haben Glück und sitzen in einem Bahnwagen – nun, ich gebe zu, nicht allzu komfortabel und kalt ist es auch –, doch am Ende werden wir in der Schweiz sein, in einem verschonten Land, und das ist doch heute schon so etwas wie ein Wunder.

Seine Frau war nierenkrank, und Onkel Mendel hoffte, wie er erklärte, in der Schweiz eine bessere medizinische Betreuung für seine Frau Gemahlin zu finden, ausreichende Ernährung, vielleicht auch einen Kurort, an dem sie sich in Ruhe und ohne die überall herrschende Not erholen könne. Und während Großmama erzählte, ihr Vater, der sich vor ein paar Jahren in Luzern niedergelassen habe, begleite regelmäßig seine Frau, sie sei lange schon herzleidend, nach Rheinfelden ins Solbad, eine Kur, die bei Mama sehr gut anschlage, und die Herren sich über die Auswirkungen der russischen Revolution austauschten, von der die widersprüchlichsten Gerüchte im Umlauf waren, über Enteignungen von Banken und Fabriken, von Erschießungen und der Gegenwehr der Menschewiki, musste Mutter wieder und wieder auf die Kette am Hals der Frau Silberling sehen. Die Perlen kamen unter den hochgesteckten Nackenhaaren hervor, fielen unter dem Kragen in einem weichen Bogen auf die weiße, bestickte Bluse, versanken im Pelz des Mantelrevers, und diese Perlen waren dunkle Kugeln, abgezählte Wochen, abgezählte Monate.

– Warum sind die Perlen schwarz?

Und Mutter erzählte, dass ein Verstummen im Waggon gewesen sei, das Schlagen der Räder wäre plötzlich sehr laut geworden, und die Eltern hätten wie keine Gesichter mehr gehabt.

– Es kommt von meiner Krankheit, sagte Frau Silberling, ohne aufzublicken, und nur Onkel Mendel sah Mutter an, lächelte und sagte:

– Die Kette ist so doch schöner, nicht?

Fasanen-, Marabu- und Straußenfedern lagen im Schrank neben der Holzspankiste, von Mutter mit einem seidenen Haarband zusammengebunden, der Rest aus dem Atelier an der Mariahilfer-Straße in Wien: Sie waren für mich fremde Abgesandte gewesen, »Mohren« aus den Kolonialreichen, die Wildheit in die Weltstädte brachten. Sie hatten ihre Entsprechung in den fächernden Palmen auf den Jardinieren, die in den Salons und am Eingang zu Madame Megieschs Haus standen. Beide, die Federn wie die Palmen, gehörten in die Länder der Heiden und Wilden, die nackt in »Völker der Erde« abgebildet waren, für die verleugneten Blicke auf Brüste und Steiß. Und Großpapas Schwager ließ sich per Dampfschiff die leichte Fracht schicken, aus den Tropenhainen der europäischen Weltreiche, besorgt um die Motten, die die rohe Pracht zerstören und sein Archiv, in dem jede von ihm gefärbte Feder mit einem Muster und nummeriert abgelegt war, für den Fall, er müsste sie kopieren, zu einem klebrigen Gespinst verwandeln konnten.

Die Feder sieht zierlich und zerbrechlich aus, doch sie ist ein sehr widerstandsfähiges Hornprodukt. Achtzig Grad musste das Wasser haben, damit wir sicher sein konnten, alle Larven abgetötet zu haben. Motten sind das Gefährlichste im Atelier des Federkünstlers, sie zerfressen alles, vor allem auch im Archiv: Denn von jeder gefärbten Feder hatten wir ein kleines Muster nummeriert und abgelegt.

Doch nicht die Motten hatten Onkel Alfreds Kunst zerstört. Als die Familie S. aus Bukarest in Wien eintraf, war in der Metropole, die Großpapa so glänzend in Erinnerung hatte und wo er bei seinem Schwager an der Mariahilfer-Straße zu wohnen gedachte, das Zeitalter, das sie in Bukarest eben erst verlassen hatten, bereits zu Ende gegangen: Es herrschte Not, niemand brauchte Federn, und Onkel Alfred war abgereist.

XII

STILLLEBEN

Ich hatte Sorin Manea gebeten, nachdem wir vom Cişmigiu-Park durch die Calea Victoriei zum Athenäum flaniert waren, noch zu den Seen im Herestrău-Park zu fahren, die Route also abzuschließen, von der Mutter erzählt hatte, die Fahrt hinaus in die Biergärten sei das übliche Ausflugsziel an sommerlichen Abenden gewesen. Am Anfang der Şoseaua Kiseleff, einer breiten von Villen und Gärten gesäumten Chaussee, ließ Sorin das Taxi vor dem naturkundlichen Museum halten und bot eine Besichtigung seines früheren Arbeitsortes an: Nach Besuchen in Büros und Labors führte eine ehemalige Kollegin uns durch die Sammlung, die mich an die verbrachten Stunden meiner eigenen Studienzeit in Präparatensammlungen erinnerte und in mir ein Empfinden weckte, als wäre in den Glaskästen die Anschauung wie ein Überbleibsel des letzten Jahrhunderts eingesperrt, Anschauung als mögliches Erkennen – und ich nickte lächelnd einem australischen Kasuar zu, der gravitätisch und starr hinter Glas stand wie die vogelgewordene Farbenlehre Goethes: Das Schwarz des Körpers verwandelte sich am Hals in ein

Blau, als hätte Weiß sich ins Schwarze gedehnt, während die Halslappen, die ins Schwarz hingen, in Purpurrot strahlten, als hätte sich dort das Weiße zusammengezogen. Die Kuratorin erklärte, nicht ohne Stolz, Grigore Antipa habe die ersten Dioramen oder Schaubilder der Welt entworfen, in elf Sälen, die im Juni 1914 eingeweiht worden waren, um dem Besucher eine lebensnahe Empfindung für die ausgestellten Tiere zu geben.

Ich sah in diese »natures mortes« von ausgestopften Tieren in gemalten Landschaften, denen ein Büschel Schilf oder ein Felsbrocken beigegeben war, um die Illusion einer natürlichen Umgebung zu erzeugen, und ich spürte ein Fieber, einen Wörtersturm in meinem Kopf, doch es waren unscharfe, nicht fassbare Wörter, und sie ließen eine flüchtige Spur zurück, die sich von den Ausstellungsgegenständen in die Gegenwart zog: Anschauung, Empfinden, höhnte es in meinem Kopf, »man suche ja nicht hinter den Phänomenen, sie selber sind die Lehre« – damit war Mitte des letzten Jahrhunderts doch Schluss: Die Welt wurde auf einen Mechanismus reduziert, die Gesetze waren mathematisch-physikalisch, jede Wirkung hatte eine Ursache, es gab eine einzige Wirklichkeit, und die war ein Ding, das man zergliedern, auseinanderschrauben und zusammensetzen konnte. Und je nachdem, wie man bastelte und klempnerte, gab es Glühlampen oder rollende Gehsteige, Dampfwebstühle und Anilinfarben,

Großpapas Ingenieurswelt also, mit Schloten und Werkhallen als Hintergrund vor gepflegten Alleen, eine vernünftige und in allen Teilen herstellbare Welt, die für den Herrn, der mein Großpapa war, ein unfassbares Ende fand mit Bomben, Mörsern, Giftgasen, einem zugesperrten Büro in der Bumbac und einer Internierung in Linz. Oh Anna Blume!, die eine und einzige Wirklichkeit wurde nicht nur auf dem Schlachtfeld vernichtet, sie fand auch theoretisch in Relativität und Quantensprüngen ihr Ende, wenigstens ein knappes Jahrzehnt lang, bevor sie dann im Monumentalen (ein Volk, ein Wahn, ein Führer) rekonstruiert wurde, die Evolutionsprinzipien zu Siegheilrufen verkamen, die Technik einen Zacken zulegte, die Ökonomie als ein Uhrwerk alle fünf Jahre die Fortschritte vom Kirchturm läutete und die Theorie atomar zu noch ungeahnteren Ursachen und Wirkungen zerplatzte.

Und in all dem Wahn und Schrecken sah ich meinen Professor, der eine Feder hochhielt, deren Erklärbares man erklären und deren Unerklärliches man still bewundern sollte: Offenbar hatte die Natur doch etwas hervorgebracht, das so augenscheinlich der Anschauung diente, ein Gegenüber voraussetzte, das zu Empfindungen fähig war.

– Du bist blass, ist dir nicht gut?, fragte Sorin, indem er mich ansah wie ein Ausstellungsstück, an dem etwas nicht ganz stimmen mochte.

– Es ist verwirrend, sagte ich, die vielen Eindrücke … Ich konnte nicht erläutern, dass mir der Professor für einen Augenblick wie die metamorphisierte Gestalt meines Großpapas erschienen war, durch eine Generation voneinander getrennt, doch beide vornehme Menschen und auf eine nicht umkehrbare Weise vergangen, wie diese Stücke hinter Glas im Muzeul Grigore Antipa, Şoseaua Kiseleff, Nr. 1 Bucureşti.

Im Winter 17/18, in einer möblierten Wohnung am Weinmarkt in Luzern, im ersten Stock über dem Silberwarengeschäft Näf, stellte Großpapa beim tiefeingelassenen Fenster der Wohnstube eine Staffelei auf, schnitt Leinwand zurecht, besorgte sich Farben und begann zu malen – eine Beschäftigung, die Großmama angesichts der Umstände nachsah und ihrer Verwandtschaft gegenüber, die am Hirschengraben heller und großzügiger wohnte, mit der Bemerkung abtat, er müsse stets etwas »chlütterle« – man denke doch an seine Fotografiererei, was das für ein Aufhebens gewesen sei, bis er endlich das Haus an der Strada Morilor abgelichtet habe, man sei darüber »taubentänzig« geworden und so sei es eben auch jetzt, nur werde nicht fotografiert, er male Helgen.

Großpapa saß Stunden für Stunden an seiner Staffelei, in dem eher dünnen Winterlicht, selbst ein Schattenriss vor dem Fenster zum Hinterhof, malte an den Rundungen der Früchte, an den Falten des

Tischtuches – *pînză*, wie sie in der Fabrik gewoben worden war –, stand unvermittelt auf, nahm Hut und Stock von der Ablage, um durch die Gassen zum See zu spazieren, wo er an dem gusseisernen Geländer stehen blieb, aufs Wasser und in den Bogen der Bucht mit ihren Hotels sah, um in einem der samtlüstrigen Foyers einen Kaffee mit Pflümli zu trinken.

Pînză – ich weiß nicht, woher ich dieses Wort kannte, doch als ich mit Sorin Manea beim Herăstrău-Park den Eingang zum See hinunterspazierte, zog es mich zu einem Verkaufsstand, wo Tücher an Stangen hingen, betastete zwischen den Fingerspitzen ein Gewebe, das ein wenig rau war, als besäßen die Fäden Widerhaken, das sich andererseits auch locker und von elastischer Weichheit anfühlte, und sagte:

– *Pînză.* Das ist *pînză.*

Sorin, der mir gefolgt war, lachte, schüttelte den Kopf, korrigierte die Aussprache, in dem er das P als harten, aspirierten Verschlusslaut sprach, und sagte, das sei ein altes Wort, kaum noch gebräuchlich, bedeute zwar Tuch, doch von der Art, wie Maler es für ihre Bilder bräuchten, und so erzählte ich ihm von Großvater, von dem Bild, das er im Winter 1918 gemalt hatte und das, solange ich mich erinnern kann, bei uns in der Wohnung gehangen hat: ein Stillleben. Es trägt seine schwungvolle Signatur und die Jahreszahl und zeigt auf einem Tisch, dessen leinene Decke vom Eck her aufgestoßen ist, einen Pfirsich vor einem Apfel, ein Kristallglas mit Wein, an dessen Standfläche zwei Nüsse liegen; dahinter, im dämmrigen Dunkel umfasst eine Traube, wie der point d'origine aller Rundungen, den Vordergrund, über den sich ein warmes, südliches Licht breitet, das durch gezogene Jalousien dringen muss, sich im Kristallglas bricht, auf dem Apfel glänzt und samtig sich auf der Pfirsichhaut vertieft.

– Dieses Bild, sagte ich zu Sorin Manea, während wir an dem Herestrău-See entlangspazierten, im Schatten alter Bäume, die das Ufer säumten, mit ihren Kronen das geteerte Band überwölbten und zwischen ihren Stämmen einen gleißenden Blick aufs Wasser freigaben, dieses Bild hat mich meine ganze Kindheit begleitet. Und während wir den Wegen folgten, in der etwas vagen Hoffnung, jenes Restaurant auf einem Floß zu finden, von dem Mutter mir erzählt hatte, sie hätte jeweils auf einer kleinen schwimmenden Insel unter Bäumen, zu der ein Steg übers Wasser führte, Limonade getrunken, erschien mir Großpapas Stillleben nicht mehr als das Genrebild, für das ich es immer genommen hatte.

– »Salonfrucht«, sagte ich zu Sorin, wird der Pfirsich in einem der schweizerischen Dialekte genannt, und offenbar ist dieser Frucht eine ähnliche Bedeutung zugekommen wie in den neunziger Jahren unseres Jahrhunderts der Banane: Sie stand für eine soziale Errungenschaft, symbolisierte eine Lebensform. So wird mir erst jetzt klar, dass Großpapa nicht einfach ein beliebiges Motiv zu seiner Unterhaltung gemalt hat. Die Traube gleicht ja einem Stammbaum mit vielen Früchten, der Nussbaum ist ein uraltes Symbol der Erneuerung und Wiedergeburt, und dieses Kristallglas – das kein beliebiges, sondern eines von *Cöln* darstellte – steht für Tradition und eine geklärte Überlieferung. Großpapa hat im Kriegswinter 1918, als seine Welt zerbrach, eine Art Familienporträt geschaffen, in dem die Nüsse am Fuße des Weinglases für seine Kinder standen, während der Apfel die bäurische Herkunft von Großmama verbildlichte, die stützend, wenn auch nur im Hintergrund, die »Salonfrucht« in ihrer samtigen Tiefe zur Wirkung brachte, eine weiche, verderbliche Frucht – was mir heute nicht ohne Ironie erscheint –, doch in wunderbar vornehmem Widerspiel mit dem Kristall und dem leuchtenden Wein. Was mich jedoch anrührt, ist die für meinen Großpapa so typische Auffassung, dass diese von ihm gemalte »Welt« vom Textilen getragen wird: der Tischdecke, die allerdings von einer Ecke her aufgefaltet worden ist, eine von außen zugefügte Störung.

– Der Tischdecke aus *pînză*, sagte Sorin, lachte und ließ seinen Dämon tanzen, *pînză*, welche die Gegenstände deiner gelehrten Deutung trägt, doch diese gemalte *pînză* wird wiederum von einer *pînză* getragen, die dein Großvater zuschnitt und auf den Rahmen spannte und letztlich ein Wort ist, das sein Enkel an einem Marktstand am Ende des Jahrhunderts gebraucht, ohne zu wissen, was es bedeutet …

Und sein Lachen ließ über das Wasser und die Laubmassen der Bäume ein Erzittern gehen, als wehte ein Wind.

Nach dem Tee begleitete Großmama ihren Herrn Vater auf den Corso am See, ein wacker ausgeführter Spaziergang, mit Lüften des Hutes nach allen Seiten, ein paar freundlichen Worten zu näheren Bekannten, doch dieser Gang unter den Platanen, in dem kalten und oft feuchten Wetter, nahm sich dürftig vor der Erinnerung an die Calea Victoriei aus, erschien Großpapa von unbelebter Nüchternheit, die auch den Menschen anhaftete, die selbst das Flanieren noch als eine Art der Leibesertüchtigung begriffen, das sie mit dem Ernst eines Geschäftes betrieben. Er schloss sich nur aus Höflichkeit und mehr noch aus Rücksicht seinem Schwiegervater gegenüber an, wie er auch dessen Weberei in Emmenbrücke mehr aus Verpflichtung denn aus Interesse besuchte, allerdings die neuen Webstühle in den soliden, sauberen Hallen sehr bewunderte – mit wie wenig Arbeitskräften sie produzierten –, doch eine Beschäftigung, wie sie ihm sein Schwiegervater anbot, sah er für sich nicht vor, zumal er noch immer Direktor der Bumbac in Bukarest, sein Aufenthalt in der Schweiz ein vorübergehender war und er in die Verhältnisse zurückzukehren gedachte, die er verlassen hatte. Er malte, gab so dem Vergänglichen eine Dauer und gebot dem Verderblichen Einhalt: Das Licht würde nicht schwinden, die Früchte nicht schrumpfen und faulen. Und während Großpapa versuchte, auf der Leinwand die Zeit malend anzuhalten, fand Großmama durch Besuche bei der Verwandtschaft endlich geduldige Zuhörer, die sich durch ihre Klagen beeindrucken ließen, eine »zopfige Gesellschaft« – wie sie diese abschätzig nannte –, die keine Ahnung von den Nöten und Wirren hatte, die einem so viel »Schwindel« verursachten.

– Es gab nichts mehr, verkündete sie über die gereichte Tasse Tee hinweg. Der Gartenzaun war eines Morgens gestohlen, in den Geschäften stand man umsonst um Lebensmittel an, auch wenn man noch Karten hatte, und wäre nicht die Requirierung gewesen und hätte uns Gerhard Velburg nicht ab und zu Fleisch und Brot aus Militärbeständen gebracht, wir hätten hungern müssen wie die meisten Leute in der Stadt. Die Fabrik hatte wegen mangelnder Rohstoffe schließen müssen, und so fuhren wir mit Silberlings, einem sehr vornehmen Ehepaar – er ist in Bankgeschäften tätig –, nach Wien, und als wir ankamen, da hatte ich in meinem Weidenkorb noch eine *jimblă*, einen Laib Weißbrot, den mir mein Bekannter aus Murg mit dem Reiseproviant mitgegeben hatte. Wir wurden angewiesen, einen Gasthof aufzusuchen, wo wir zwei Nächte vor der Weiterreise verbringen sollten, und wir freuten uns auf das Frühstück am nächsten Morgen, auf Kaffee und Brötchen, und da wir auf dem Weg von einem Burschen angebettelt wurden, gab ich ihm das Weißbrot, es war ja doch drei Tage alt, wir würden es nicht mehr essen wollen, und morgen gäbe es sowieso frisches Brot im Gasthof …

Und die achtjährige Ruth S., in Pelzmantel und kleinem Muff, verbarg sich hinter ihrer Mama, die den Weidenkorb am Arm trug, sah – müde von der Reise – erschreckt auf diesen gleichaltrigen Knaben, der in zu dünnen Kleidern frierend dastand, sie aus hungrigen Augen anblickte, eine Hand hinstreckte, die Mutter an die Krallen eines toten Vogels erinnerte, und sie fühlte auf eine ihr unbekannte Weise den Wunsch, dem Jungen zu helfen, ihm beizustehen, als Großmama den Deckel des Korbes aufklappte und in der für sie typischen Unbedachtsamkeit alles, was nicht ihren Ansprüchen genügte, wegzugeben, die *jimblă* herausnahm, diesen hellschimmernden, krustigen Brotlaib vor sich hielt und nicht gewahr wurde, wie in die Augen des Burschen ein ungläubiges Staunen kam, zum Erschrecken wurde, als ihm Madame den ganzen Laib von feinstem Weißbrot hinstreckte. Und Ruth S., ihre Fäuste fest im Pelzmuff, begann zu weinen, sah, wie die mageren Finger nach dem Brot griffen, es umklammerten, als könnte es ihm wieder weggenommen werden, und unter Großpapas Lachen losrannte, als ginge es um sein Leben.

– Zum Frühstück gab es einen grauen, harten Klumpen, mit Strohhalmen versetzt. Wie hätten wir auch wissen sollen, dass es in Wien kein Brot mehr gab, in der Reichshauptstadt!

Und niemals ahnte Großmama, während sie die Geschichte wieder und wieder erzählte, dass sich in dem Augenblick, da sie den Brotlaib hingestreckt hatte, bei ihrer Tochter ein nie mehr zu lösendes Schuldgefühl einbrannte, das sie noch erschütterte, als sie im Flur des Pflegeheims saß, durch das Fenster hinaus auf den Strom und die alten Häuser sah und in ihrer brüchig gewordenen, leisen Stimme sagte:

– Wir haben diesem Knaben Unglück gebracht. Niemand wird ihm geglaubt haben. Einen so wunderbaren Brotlaib, den man auch in Rumänien nur an Feiertagen aß. Kein Mensch in der ganzen Donaumonarchie würde den freiwillig hergeben …

Und ihre Lider füllten sich wieder mit Tränen.

Auslöschen einzelner Farbmöglichkeiten, Steigerung der anderen – das Phänomen nennt der Physiker Interferenz, und es ist am Werk, wenn in der Vogelfeder die Farbwirkungen ganz besonders metallisch sind.

Großmama fand in Wien, während eines kurzen Spaziergangs in der Innenstadt, ihren »Traum« von Schuhen, und sie ließ die Stiefeletten, die sie trug, im Geschäft zurück, denn das neue Paar war von so erlesener Eleganz, dass sie dieses sogleich zu tragen wünschte, und Großpapa schätzte sich glücklich, nach der unbefriedigenden Unterkunft in dem Gasthof, dem miserablen Frühstück, eine Entschädigung gefunden zu haben, die seine Frau freute und sie heimlich in den Schaufenstern die gespiegelte Wirkung des glänzigen Leders unter dem schwingenden Mantelsaum bewundern ließ.

– Lassen S' die alten ruhig da, hatte der Verkäufer gesagt und sie unter den Verkaufstisch geräumt, was braucht man sie noch, wenn man was Neues hat.

Und zuerst war es am Fuß nur ein wenig kühl, dann nass und schließlich kalt geworden, und als Großmama im Gasthof die neuen Schuhe auszog, in einer letzten Täuschung über das glänzige Leder fuhr, entdeckte sie je ein Loch in der Sohle … und Madame S. soll in dem Augenblick, was ganz unwahrscheinlich anmutet, gekichert und sich ohne Schwindel und Klage darüber amüsiert haben, dass offenbar »das Neue« überraschende Wendungen nähme, eine Brandsohle nicht mehr unbedingt eine Brandsohle sei, sondern ein Stück Pappkarton, und eine Reise, die in den vergangenen Jahren nach einem Aufenthalt bei Alfred gewöhnlich nach Thalwil führte, wo man im Hotel Bahnhof abstieg, um sich am folgenden Tag ausgeruht und in frischer Kleidung der Luzerner Verwandtschaft zu präsentieren, nun unerwartet in Linz enden sollte: Ihr Bruder sei abgereist, beschied sie ihr Ehemann, das Atelier geschlossen, und befremdet sah sie, wie Großpapa ratlos, so kannte sie ihn nicht, in Papieren kramte, die besagten, dass die Familie S., einreisend aus Rumänien (einem feindlichen Land), ins Internierungslager Linz überstellt werde und sich auf Bahnsteig vier einzufinden habe … Und während Großpapa schimpfte, nicht einmal sein Wort gelte etwas, ausschlaggebend seien allein Papiere, von irgendwelchen Beamten ausgestellt, fühlte Großmama eine Genugtuung: Dieses Cöln, das immer ein wenig stolz über den Luzerner Verhältnissen gestanden hatte, galt wie so vieles seit diesem Krieg nichts mehr. Die Brandsohle war Pappkarton, und die Schuhe hatten ein Loch.

Der Zwangsaufenthalt in Linz war nichts, worüber man sprach, eine splittrige Bruchlinie in der Lebensfayence, sehr sorgfältig geleimt – erst als Mutter im Spital lag und ein nicht vorhandenes Radio durch die Decken- und Zimmerwände enthüllende Mitteilungen über die Familie S. verlas, die Mutter mir flüsternd anvertraute, empört über den heutigen Journalismus, erfuhr ich von der Internierung in der ehemaligen Pension, in deren schäbigem Empfangsraum, vollgestellt mit Koffern und Gepäckstücken, sie die Silberlings wiedergetroffen hatten.

Ich habe in Bibliotheken und Archiven nach Beschreibungen gesucht, die mir von der Internierung einen Eindruck geben sollten, und stieß auf den Bericht einer Engländerin, die offenbar eine Weile das Zimmer mit Rahel Silberling geteilt hatte, während Onkel Mendel mit einem Russen wohnte und die Familie S. in einem Einbettzimmer untergebracht war.

– *We were received by the doctor and a number of officials*, schrieb Maude Parkinson in ihren Erinnerungen von 1921, *einer von ihnen verlangte plötzlich die Schlüssel zu den Koffern. Alles wurde in einen riesigen Ofen gestopft und volle zwanzig Minuten in Dampf erhitzt. Dann wurden wir zu unseren Unterkünften geführt, ein Zimmer, das ich mit einer Frau und ihren Kindern zu teilen hatte. Jeden Morgen kam ein Soldat mit einer Flasche Desinfektionsmittel, besprühte uns und unsere Kleider, sodass noch nach Monaten alles nach dem Mittel roch. Wir wurden auch bewacht. Tatsächlich wurden wir von Soldaten so streng bewacht, dass die Wache das Gewehr auf mich richtete, als ich eines Tages ein paar Schritte über den für uns bezeichneten Bereich hinaus machte. Danach hielt ich Zurückhaltung für die bessere Verhaltensregel und überschritt die Grenze nicht mehr.*

Die Dame, die das Zimmer zu Beginn mit mir geteilt hatte, wurde nach zwei Tagen entlassen, und ihr Platz wurde von einer Jüdin eingenommen, die mit ihrem Gatten von Rumänien gekommen war. Sie waren ein äußerst amüsantes Paar. Sie saß den ganzen Tag auf ihrem Bett und legte Patience. Er stand in der Ecke des Zimmers, ein Handtuch anstelle des Gebetsschals über den Schultern, und sprach die Gebete. Er war in einem angrenzenden Zimmer mit einem Russen zusammen untergebracht, kam jedoch dauernd in unser Zimmer, um seine Frau zu besuchen, manchmal so früh am Morgen, dass ich noch nicht angekleidet war. Er ging zwar zurück in sein eigenes Zimmer, angeblich um etwas zu holen, kam aber geradewegs zurück.

– Gott hat mir nicht viel Zeit gegeben, in der ich sie noch sehen kann, hatte Onkel Mendel zu Großpapa gesagt. Und ich fürchte, unter den Bedingungen wird die Zeit noch viel weniger werden. Ich muss die Stunden nutzen und Gott bitten, mir die Rahele Berkowicz noch ein wenig zu lassen.

Und das Radio meldete, dass damals, im Winter 1917/18, der Ingenieur Ernst S., Direktor der Societatea română pentru Industria de Bumbac, im Internierungslager Linz nachts auf zwei zusammengeschobenen Stühlen geschlafen habe, sich jedoch weigerte, die Unterkunft trotz misslichen Umständen ohne die Silberlings – seinen Gästen, wie er behauptete – zu verlassen, während die beiden Kinder Ruth und Curt Flaschen stibitzten, die im Verschluss eine Glaskugel hatten.

– Wir zerschlugen die Flaschen, flüsterte mir Mutter hinter ihrer wackligen Hand zu, unten am Bach und spielten mit den Murmeln, und abends im Bett zählte ich sie. Sie waren dann dunkel wie Tante Raheles Perlen, und ich zählte und zählte die schwarzen Kugeln, die Tage, die Monate, bis ich einschlief.

Onkel Mendel sprach nie von der Deportation, die zwei Tage vor Sukkot, am 13. Oktober 1941, angeordnet und allen Juden der Südbukovina befohlen worden war, ohne Angabe, wohin sie verschickt werden sollten, doch mit der Weisung, nur mitzunehmen, was man in der Hand tragen könne ...

– Es ist doch gut, hat Rahele davon nichts erlebt.

Und niemand von uns hat jemals nach der Zeit im Bug gefragt, sagte Mutter, aus Respekt vor Onkel Mendel und aus Angst, an etwas zu rühren, das für ihn unerträglich wäre und jegliche Neugier verbot. Deshalb wurde auch nie über Linz gesprochen, weil bei aller Unvergleichbarkeit an das Schreckliche gerührt werden könnte, das sich mit Lager und Internierung verband und doch gegenwärtig war, wenn wir mit Onkel Mendel am Tisch saßen, sein Lächeln einen beschwichtigenden Zug hatte und seine Seele sich in einen Fisch verwandelte, der entschlüpfen konnte: Es war da als eine Verfinsterung, um die wir uns bewegten, wir, die Ahnungslosen, die über Linz auch deshalb schwiegen, um selbst nicht erinnert zu werden.

Doch einmal, es muss nach dem Tode meines Großpapas gewesen sein, hat Onkel Mendel zu mir gesagt:

– Leute, die Nachbarn waren, Bekannte in der Stadt, die man gegrüßt, mit denen man geredet hat, sie waren plötzlich ganz andere Menschen, und sie haben im Haus genommen, was ihnen gefiel, noch bevor wir mit unserem Koffer auf der Straße zum Bahnhof waren ...

Ich war vielleicht vierzehn und Mendel Silberling ein alter Mann.

– Ich träume noch heute davon, sagte er und tastete nach der Westentasche, in der ein goldenes Döschen mit den »neuen Tabletten« steckte, dank denen er – wenigstens ein paar Stunden in der Nacht – schlafen konnte.

XIII

GERICHTE

– Verzeihen Sie, Monsieur, hörte ich im Schlaf eine Stimme, während in meinem Kopf Schritte hallten, ich durch einen Flur hastete, wieder und wieder an Türen klopfte, die niemand öffnete – excusez moi –, und ich kannte dieses Haus nicht, durch das ich lief, das sehr alt, das sehr baufällig sein musste und dessen Türen an den Kanten und um die Klinken abgegriffen waren, speckglänzig im einfallenden Licht einer Dachluke …

– Ich habe nicht gewusst, dass Sie noch schlafen.

Und in die Lidspalten drangen das Vieux-rosé der Überzüge, die Salontür mit den geschliffenen Kristallgläsern, ein wenig Stuck der Decke, und da – umrahmt von diesen Elementen meines Schachterschen Salons – stand Monsieur Uricariu, in einen zerschlissenen Bademantel gehüllt, den Kopf mit den kurzgeschnittenen, nach hinten gekämmten Haaren leicht geneigt, sein Gesicht zeigte den Ausdruck zurückhaltender Erkundigung:

– Sie sind sehr spät nach Hause gekommen?

– Ja, sagte ich, ja – und erinnerte mich, gestern Nacht, als ich den Gartenweg zum rückwärtigen

Eingang meiner Wohnung gegangen war, in einem erleuchteten Kellerfenster Monsieur Uricariu in Unterwäsche an einem Tisch, über Papiere gebeugt, sitzen gesehen zu haben …

– Um wie viel Uhr sind Sie nach Hause gekommen?

– Ich weiß es nicht mehr, ich habe nicht nach der Uhr geschaut. Und ich stellte die Fragen – Kennen Sie die Lăptăria? Waren Sie schon da? –, um einer nächsten Erkundigung zuvorzukommen, stellte sie im selben versteckt fordernden Ton und fühlte eine Genugtuung, als ich sah, wie sie ihn unsicher machten, wie der alte, von dem Bademantel umhüllte Körper kuschte und etwas Unterwürfiges in Monsieurs Gesichtszüge sickerte.

– Im Nationaltheater, nicht wahr – ist sie nicht da? –, ganz oben, in einem Kuppelgang, Monsieur Sorin Manea hat Sie hingeführt, es ist eine Bar, wo die jungen Leute, Studenten unserer Universität …

Moaş'ta pe gheaţă!, hatte Sorin Manea zu dem kalkgrauen, müden Gesicht vor seinem Teller Suppe gesagt – Schleif auf Eis zurück ins Loch, aus dem man dich gezogen hat! –, Mutters unanständigen Fluch, und ich lächelte bei der Erinnerung.

– Sie haben sich gut amüsiert, Sie haben sich mit Manea auch über mich unterhalten?

Ich setzte mich auf, spähte nach meinen Sandalen. Nein, wir hatten uns nicht über Monsieur Uricariu unterhalten, wir hatten überhaupt kaum gesprochen, und ich würde weder Sorin noch diesem misstrauischen Mann, der etwas mir Unbekanntes zu befürchten schien, begreiflich machen können, dass für mich der Abend wie eine Rückkehr in die eigene Jugend gewesen war, in eine Zeit, da mein Bruder und ich uns Jazzplatten kauften und es in der benachbarten Stadt einen ersten Clubkeller gab, mit gezackten rot und gelb bemalten Eisenplatten an den Wänden, zwischen denen wir den Samstagabend an Nierentischen verbrachten, rauchend, trinkend, den Hals unter dem Rollkragen schweißnass, schwarze Wolle, kratzig wie die Frage, ob der Existentialismus ein Humanismus sei …

– Ich gehe duschen, sagte ich, ich will heute in den Süden der Stadt gehen. Zur Strada Morilor.

– Oh, das hat Zeit, Sie können am Nachmittag hingehen, sagte Monsieur Uricariu, meine Frau und ich möchten Sie zum Essen einladen. Sie kocht heute, und meine Frau ist eine wunderbare Köchin. Ist Ihnen ein Uhr recht?

Ich spülte die Kakerlaken, die an der Wand der Badewanne hockten, in den Ausguss, bevor ich mich hineinlegte und chloriges Wasser über meinen Körper rinnen ließ.

Jeder schien mich abhalten zu wollen, in den Süden der Stadt zu gehen, in der Strada Morilor nach Mutters Haus zu suchen, als gäbe es dort etwas, das ich nicht sehen sollte.

Blau, ein kühles und künstliches Blau, begann den Alltag zu durchdringen, ihn aufzuhellen, ihn zunehmend mit einer Reinlichkeit und einem Wohlstand einzufärben: Ein Strukturblau auf dem Dunkel des Zweiten Weltkriegs, das sich verstärkte durch die Zunahme von Kühlschränken und Bügeleisen, von Autos, von Nylon, Orlon und Perlon – Kunstfasern, die alles ersetzen würden, was noch auf Feldern wuchs, zum Beispiel bumbac und pînză.

Im Dorf zwischen den Molassehügeln wurde ein neuer Laden eröffnet, einer, der anders war als alle, die ich bisher kannte: Er hatte ein Drehkreuz beim Eingang, man lieh sich einen Drahtkorb aus, die es dort gestapelt gab, schlenderte dann Gestellen entlang, auf denen Flaschen, Büchsen und bereits abgepackte Waren standen, die man nehmen und in den Korb legen durfte – als könnte man sich im Lager des Krämers bedienen. Nein, man ließ den schnauzbärtigen, untersetzten Herrn Kleinert und seine Kolonialwaren nicht sogleich fallen, doch allgemein hieß es, die Früchte und Gemüse seien »wegen des Umsatzes« einfach frischer, das sei leider nicht zu bestreiten, auch wenn man schwor, noch niemals dort eingekauft zu haben, schließlich schützte man, wie alle anderen, den Mittelstand und benutzte die Hintere Dorfstraße, um zu dem neuen Laden zu gelangen, statt des Einkaufsnetzes eine Sporttasche in der Hand.

Zughetti hatte es bereits gegeben, als die ersten Arbeiter aus Italien in das leer stehende Bauernhaus im Lätt einzogen, und Mutter höhlte die länglichen olivfarbenen Früchte mit einem Messer aus, füllte sie mit Reis und gehacktem Fleisch, kochte sie zusammen mit Tomaten, und wir löffelten Brocken milchigen Joghurts aus Bakelitbechern auf die Stücke – so hat die Köchin Zughetti in Rumänien zubereitet – und aßen sommers den »Tschinggen-Fraß«, wie mein Schulfreund Werner sagte, jeden Donnerstag, eine ihm unvorstellbare Sauerei, Zughetti mit Joghurt, wo man schon von diesen Gemüseschwänzen kotzen musste.

Doch nach Eröffnung des neuen Ladens brachte Mutter Peperoni mit, legte sie auf die Herdplatte, briet sie auf dem aufglühenden Eisen, bis die glänzige Haut schwarz wurde und ein beißender Rauch die Küche füllte, wusch die verbrannte Haut unter dem Wasser ab, legte die schlapp gewordenen und mit einem gelblichen Schimmer überzogenen Früchte in eine Glasschale, goss Öl darüber, salzte und pfefferte sie, und wir schoben Stücke in den Mund, sahen uns durch dicke Tränen an, denn die Peperoni damals waren noch scharf, und manche brannte so höllisch im Mund, dass ich ins Bad rennen musste, um kaltes Wasser in den Mund laufen zu lassen, ein wenig stolz über die feurige Initiation in die tabakgelbe Südlichkeit der Namen Bukarest und Rumänien.

Ardei impluţi, *Vinete* – je mehr Namen und rumänische Gerichte aus der Vergangenheit herauftauchten, desto mehr verschwanden die einheimischen. Vater fand seine geliebte Bohnensorte – die Kellerschnecken – nicht mehr auf dem Markt, es gab nirgends mehr die kleine glasige Frühbirne zu kaufen, mit der allein man das echte »Schnitz-und-Drunder«, eine alte Bauernmahlzeit aus Kartoffelstücken und Birnenschnitzen in einer zuckrigen Soße, zubereiten konnte ... und der Geschmack der verlorenen und wiedergefundenen Speisen ließ mich bewusst werden, dass ich nicht so selbstverständlich zu meinen Schulfreunden gehörte, wie ich mir das zurechtgelegt hatte und auch wünschte: Sie hatten keinen Onkel Mendel, der von seiner Deportation nur gerade den Weg von der Haus- zur Gartentür erzählen konnte, keinen Großpapa, der verstummt und vereinsamt in der Waschküche seine Stillleben bis zur Unkenntlichkeit zermalte, keinen »Tschaigorum« und keine Mutter, die in ihrem weiten Sommerkleid aus einem mit roten Streifen und Blumenbuketts bedruckten Leinenstoff vor dem Beet Lupinen und Phlox in unserem Garten stand und aus einem mir unbekannten Grund einen Satz sagte, der mich in seiner Heftigkeit erschreckte, mich verfolgte, bis ich ihn mir zu eigen gemacht hatte:

– Ich bin eine Emigrantin, ich habe mich in der Schweiz nie anders als eine russische Emigrantin gefühlt, die 1917 ihr Land verlassen musste ...

Es war ein schwüler Nachmittag gewesen, gegenüber auf der ehemaligen Viehweide waren die Stangen für die Wohnsiedlung ausgesteckt – damals, als ich vielleicht vierzehn Jahre alt gewesen bin –, und das Land, das doch auch meines und das meines Vaters und Großvaters war, wurde reich, die Boomjahre machten aus Bauern und Kleinbürgern Leute mit Häusern und Autos, Neureiche eben, wie Mutter verächtlich sagte, die protzten und keine Lebensart hatten, bäurische Rüpel blieben, auch wenn sie am Steuer eines Chevrolet saßen.

– Ich gehöre nicht hierher, nicht zu diesen Grobklötzen.

Und ich erinnere mich, dass ich sprach- und hilflos war. Diesen Moment trug ich viele Jahre wie eine erste Farbaufnahme mit mir herum, so wie man ein Erinnerungsfoto im Portefeuille stecken hat. Ich sehe das bittere Gesicht so deutlich vor mir wie damals und spüre die Ohnmacht, einen Menschen nicht mehr erreichen zu können: Ein Gefühl, das ich heute wieder empfinde, wenn ich Mutter besuche, und sie nicht weiß, wer ich bin.

– Warum hast du damals diesen Satz gesagt?, fragte ich sie, als sie im Pflegeheim am Fenster saß und die großen Beerdigungen am Flussufer beobachtete, die nur sie sehen konnte – Abertausende von schwarzgekleideten Menschen, wo die nur alle herkommen? Und so viele sterben heute – :

– Warum hast du gesagt, du fühltest dich wie eine russische Emigrantin, die 1917 das Land verlassen musste, wo ihr doch in Rumänien wart und dahin zurückgekehrt seid?

– Habe ich so etwas gesagt? Daran kann ich mich nicht erinnern. Davon weiß ich gar nichts.

Dann zeigte sie mit ihrem schmalen, zittrigen Finger zum Fenster hinaus, flüsterte: – Tausende, Tausende, wo so viele nur herkommen, das Ufer ist schwarz von Menschen. Nichts mehr gibt es, nichts – und in einem der Zeitsprünge, die sie übergangslos machte, fuhr sie achtzig Jahre früher in ihrem Satz fort, gar nichts, kein Holz, kein Brot, und wir sind nach Luzern zu meinen Großeltern gefahren, nachdem wir zuvor in Linz, im Lager mit Onkel Mendel gewesen sind, und wir standen mit den Silberlings am Hirschengraben in der hellen, geheizten Wohnung, standen in unseren besten Kleidern unter der Tür zum Speisezimmer – Tante Rahele mit ihren schwarzen Perlen, Mama in einer gestickten rumänischen Bluse, Papa in der zu weit gewordenen Hose – und sahen auf den Tisch, auf den gedeckten Tisch, und meine Großmama trug einen langen schwarzen Rock und eine anthrazitfarbene Seidenbluse mit Spitzenbesatz und Perlknöpfen, sie sagte, die Hand auf den weißen Perlknöpfen, wegen ihres Herzleidens, mit dem sie alle terrorisierte, sie sagte: – Ihr müsst entschuldigen, dass wir so wenig anbieten können, aber es ist Krieg, und wir haben Not… Und da waren Butter, Brot, Wurst, verschiedene Käsesorten, Milch und Kaffee und Honig auf dem Tisch – Köstlichkeiten, die wir seit Wochen nicht mehr gesehen hatten, geschweige denn gekostet. Wir haben alle gegessen, weil wir Hunger hatten, aber ich habe zugleich nicht gegessen, ich habe gegessen und nicht gegessen in diesem Land, und ich bin mit Großpapa über die Brücke zum Corso gegangen und habe die Häuser und Schwäne angeschaut, und ich habe sie nicht gesehen. Nie! Aber du, du siehst doch auch die Tausende von Menschen, die drüben am Ufer stehen, in schwarzen Anzügen. So viele! Jeden Tag sind zwei oder drei Beerdigungen.

Alles war größer geworden: Das Land, die Fabrik, die Villa, in die man 1919 einzog, der Garten mit den Obstbäumen, den Stallungen und der Knechtswohnung. Großpapa behielt zwar seinen Buggy und den Landauer, doch es stand eine schwarze Limousine mit Chauffeur zur Verfügung, mit der Madame jeweils zur Stadt fuhr, um die Einkäufe zu besorgen, während Mutter im »Kütschchen« zur Schule gebracht und auch wieder abgeholt wurde: Man hatte Altrumänien verlassen und war eineinhalb Jahre später nach Großrumänien zurückgekehrt. Großpapa stellte die Staffelei in den Salon, platzierte darauf das Stillleben, das er zuletzt in Luzern vollendet hatte, ein Wasserglas mit Zitrone und Messer – rasierte Kinn und Wangen aus und ließ unter seiner Höckernase ein schmales Schnäuzchen stehen, Reminiszenz vergangener und unselige Vorahnung künftiger Zeiten.

Das Büro im Hauptgebäude wurde aufgesperrt, durch die Decken tönte das vertraute Erzittern, die

Webstühle rasselten, spulten die Fäden ab, klackten das Staccato der Schiffchen, Herr Popescu, der leitende Ingenieur, ging mit Großpapa durch die Säle, die Maschinen hatten beinahe eineinhalb Jahre gestanden, man musste sie warten, überholen, Ersatzteile bestellen, zudem hatte der Herr, der mein Großpapa war, vor der Rückkunft bei Rieter in Winterthur die neuesten Modelle geprüft, man müsste die Färberei erweitern, um die höhere Leistung auch wirklich umsetzen zu können – und in der Eingangshalle der Direktionsvilla nahm Großpapa den Stock, setzte beschwingt seinen Hut auf und begab sich zu einem Rundgang durch den Werkhof, bevor er Kosice anwies, den Landauer vorzufahren, um mit seiner Frau eine Begrüßungsvisite bei den Schachters zu machen.

– Bitte, sagte Mascha Schachter, die ihnen in der Eingangshalle ihres Hauses entgegenkam, als das Mädchen Hut und Stock und das Plaid von Madame abnahm, lassen Sie ihn nicht allzu sehr spüren, wie stark er verändert ist. Sie werden von seiner Krankheit gehört haben. Im Übrigen freut er sich, dass Sie wieder da sind, und ich mich selbstverständlich auch.

Man betrat den Salon, der noch immer so eingerichtet war wie damals, als Großpapa zum ersten Mal zu Besuch kam, Jalousien dunkelten die Fenster ab, sodass auch jetzt ein dämmriges Licht den Raum füllte, allerdings blieb die Flügeltür zur Terrasse geschlossen, die weißen Vorhänge zugezogen, da es noch zu kühl war, doch die übereinandergelegten Teppiche dämpften angenehm die Schritte, die Ottomane und der Rauchtisch, die niederen, ausladenden Sessel erzeugten die orientalische Atmosphäre, die Großpapa mochte und schon bei seinem ersten Besuch geschätzt hatte. Nichts erweckte den Anschein großer Veränderungen, alles erinnerte an damals, einzig die Bücher waren mehr geworden: Madame Schachter hatte ihre Bibliothek um Freud, Marx, Herzl, um Fragen der Völkerverständigung und des Völkerrechts erweitert, las Bände von Dichtern, die sich als Expressionisten oder Futuristen bezeichneten: – Jetzt, wo wir doch wenig ausgehen und sich die Zeit so heftig ändert.

– Nun, das sehen Sie an mir, lieber Herr S., sagte Leo Schachter, der tief in seinem Fauteuil saß, noch immer füllig, doch ohne die hitzige Tatkraft und das Selbstbewusstsein, das Großpapa an jenen Gustav Wilhelm zu Cöln erinnert hatte. Sie verzeihen – und vor allem Madame –, wenn ich mich nicht erhebe, doch setzen Sie sich, setzen Sie sich, nehmen Sie eine Zigarre, Herr S., und Mascha, sag bitte dem Mädchen, sie soll Kaffee und Ţuică bringen und einen *cozonak* für Madame …

Und Leo Schachter lächelte, ein schiefes Lächeln, bei dem der eine Mundwinkel nicht mitmachte, störrisch an der Wange zerrte und das Lid unter dem Auge herunterzog, dass ein tränend blutroter Halbmond unter dem Augapfel hing.

– Wir sind froh, wieder in Bukarest zu sein, sagte

Großpapa, indem er sich in den Kissen der Ottomane einrichtete, nachdem die Damen Platz genommen hatten, obschon meine Frau den Aufenthalt bei ihren Eltern und die Besuche der Verwandtschaft genossen hat, doch wir haben uns auch zurückgesehnt, und eben, als ich die Eingangshalle betreten habe, musste ich an meinen ersten Besuch denken, nach meiner Ankunft an der Gara de Nord, als ich das Vergnügen hatte, hier zu wohnen: Ich freue mich, alles noch ganz so vorzufinden, wie es damals gewesen ist.

– Nun, nun, ich fürchte, wir beide sind die Verlierer, und die kluge Mascha hatte recht: Die Dinge sind nicht geblieben, wie sie waren, und es wird auch nie mehr so werden, wie es früher war. Sogar Rumänien hat sich verändert, stellen Sie sich das vor, es hat sich wirklich verändert – mit Siebenbürgen, Bessarabien und was da sonst noch alles dazukommt. Und wenn die Alliierten jetzt sogar mit vorgehaltener Pistole die Regierung zwingen, weniger antisemitisch in ihrer Gesetzgebung zu sein, so wird man es rasch einfacher finden, die Pistolen auf uns Juden zu richten, als die Gesetze zu ändern.

Herr Leo Schachter fuhr sich mit der Rechten über die welke Gesichtshälfte, während Großpapa seinen Generaldirektor daran zu erinnern versuchte, das *prin noi înşine* – das »Durch uns selbst« – hätte er doch als einen bloßen Wunsch der Rumänen bezeichnet: Die Fremden würden nicht weniger gebraucht, vor allem in der Industrie, und wenn erst einmal der Krieg und seine Folgen überstanden seien, werde wieder Vernunft einkehren.

– Hatten Sie nicht auch Unruhen und Straßenkämpfe in der Schweiz?, fragte Mascha Schachter, während sie sich eine Zigarette anzündete, was Großmama mit Befremden, aber auch Neugier beobachtete, denken Sie an Berlin und Bayern, die Räteregierung in Budapest, den Bürgerkrieg in Russland – all diese Unruhen werden weniger zur Vernunft als zum Nationalismus führen, mächtig befördert von den Siegern eines Krieges, der noch nirgends zu Ende ist …

– Mascha, du übertreibst, sagte Herr Schachter, doch mit sichtlichem Vergnügen an der Leidenschaftlichkeit seiner Frau. Doch was soll man machen, da die Zeiten übertrieben sind? Und er wandte sich an Großpapa: Schauen Sie, da hat Arion, der Minister des Äußeren, im Juli gesagt, die Judenfrage werde später ihre endgültige Lösung finden. Was soll das sein, eine endgültige Lösung? Ach, die Zeiten sind wirklich anders geworden, und mit seinem schiefen Lächeln, als blickte er im eigenen Gesicht um eine Ecke, sagte er:

– Madame, versuchen Sie eine Zigarette. Meine Mascha raucht, und ich muss es aus gesundheitlichen Gründen bleiben lassen.

Und Großmama rauchte im Schachterschen Salon eine erste Zigarette, bevor man zu Tisch ging und Herr Leo Schachter meinem Großpapa bei Fisch seine Pläne erläuterte, eine Arbeitersiedlung neben der Fabrik zu bauen, wo die Leute wohnen und auch eine medizinische Betreuung finden sollten.

War es Mascha Schachters Arbeitszimmer gewesen, ein Schlaf- oder Ankleidezimmer, ich konnte mich für eine Festlegung nicht entschließen, als ich im oberen Stockwerk von Monsieur Uricarius Haus in ein Zimmer geführt wurde, das hoch und geräumig, doch nicht von der Großzügigkeit der Salons war. Einen Moment blieb ich in der Tür stehen, während Monsieur Uricariu in einem verwaschenen Seidenanzug voranging, schiefbeinig und mit der einen Hand winkend, ich solle eintreten, doch der Anblick des ausladenden Tisches, aufs Sorgfältigste gedeckt mit Kristallgläsern, mit einem Service, das wohl aus Familienbesitz stammen musste, mit Silberbesteck, bestickten Servietten, silbernen Bälkchen zum Niederlegen von Gabel und Messer – ein Gegenstand, den ich seit Jahren nicht mehr gesehen hatte –, mit einer Vase aufgeblühter Rosen, dazu Schalen und Schüsseln gefüllt mit Speisen und Salaten, hielt mich fest: Ich stand überrascht auf der Schwelle, überrascht von einer Fülle, die ich nicht erwartet hatte, und musste an die Ankunft der Silberlings und S. in der Wohnung am Hirschengraben im Grippewinter 1918 denken. Wie ich heute, so mussten sie damals unter der Schiebetür zum Esszimmer gestanden haben, in ihren besten Kleidern, die nach den

Desinfektionsmitteln des Internierungslagers rochen, und staunend auf einen Reichtum geblickt haben, den ich hier in Bukarest, einer Stadt wie nach einem Krieg, so wenig erwartet hatte, wie die Silberlings und die S. es in Luzern getan hatten, als sie endlich in der Schweiz angekommen waren.

Monsieur Uricariu bat mich, oben am Tisch Platz zu nehmen, und während ich mich setzte, fiel mein Blick durchs Fenster auf das Nachbarhaus, auf die hohen Fenster und die darüber in enger Folge gedrängten Dienstbotenkammern in dem von Zinkblech verkleideten Dach, und wieder stellte sich ein Gefühl der Vertrautheit ein, wie ich es bei meinen Untersuchungen im Garten vor zwei Tagen verspürt hatte: Ich saß bei Großmama zu Tisch, in Bukarest und zu einer Zeit, da ich noch gar nicht geboren war.

Madame Uricariu und ihre Tochter wurden mir vorgestellt, Madame setzte sich mir gegenüber, Monsieur zur Linken, seine Tochter Michaela zur Rechten, nein, Dienstboten gab es keine, man bediente sich selbst, und ich nahm von der *vinete*, dem Auberginensalat, den Mutter in meiner Jugendzeit zubereitet hatte, ein Mus in Öl aufgerührt, mit Zwiebeln, Salz und Pfeffer gewürzt, das man fingerdick aufs Brot strich.

– Warum wollen Sie dorthin? Wozu?

– Nun, weil meine Mutter dort gelebt hat.

– Aber das ist eine andere Zeit gewesen, das ist

sehr lange her. Wann, sagen Sie, hat sie dort gewohnt?

– An der Strada Morilor – von 1912 bis 1917, nach dem Krieg wohnten sie in der Direktionsvilla der Fabrik, am Spleiul Abatorolui, nach dem Stadtplan zu urteilen, zwei-, dreihundert Meter von der Strada Morilor entfernt.

– Und Sie wollen heute dorthin gehen?

– Ja.

Madame hatte aufmerksam zugehört und versucht, unserem Gespräch zu folgen, obschon sie selbst kaum Französisch sprach, während Michaela, die mich fließend und akzentfrei begrüßt hatte, jetzt wie abwesend wirkte. Sie mochte Mitte dreißig sein und war Werksärztin in einem noch immer staatseigenen Betrieb, doch die vier Stunden täglichen Dienst strengten sie zu sehr an, wie sie später erzählte, sie habe eben um eine Verkürzung ihres Dienstes nachgesucht.

Eine Schüssel mit gefüllten Peperoni – *ardei impluţi* – wurde gereicht, und der Anblick der noch kleinen, gekochten Früchte, ihr Geruch und der Geschmack des ersten Bissens ließen die Erinnerung in mir aufsteigen, gleißend und spiegelnd: Der Blick von der Chaiselongue her durch die Tür ins schattige Dunkel der Küche bei Großmama, die Ölbilder der Cölner Ahnen über dem Kanapee mit der rumänischen Decke, die cremefarbenen, mit kleinen Blumen bemalten Teller, unseren Garten im Dorf, die Beete von Phlox und Lupinen, der Tisch unter dem

Apfelbaum, wo wir sommers zu Mittag aßen, Tschinggenfraß aus einer Fayenceschüssel, für die es nicht zu schade war, im Garten benutzt zu werden.

– *Am fost directoare la ministerul de finanțe*, sagte Madame Uricariu unvermittelt, und ich nickte, ohne zu wissen, zu was. Stolz legte sich um ihre Augen wie eine schimmernde Halbmaske, das Lächeln grub eine herrische Falte um den Mund. – Meine Frau, übersetzte Monsieur Uricariu, ist die Direktorin des Finanzministeriums unter Ceaușescu gewesen – und das unauffällige Gesicht der gealterten Frau wurde zu dem einer Funktionärin, eingerahmt von Fahnen, Spruchbändern und Monumentalbildern des Conducators.

– Er war wahnsinnig, hörte ich Monsieur Uricariu sagen, kein Zweifel, zum Schluss war er wahnsinnig, aber er hat viel Gutes getan, es war nicht alles schlecht. Es ist sehr gut, was er da unten getan hat, Sie werden das sehen, das Haus des Volkes! Sehr imposant! Das größte Gebäude der Welt nach dem Pentagon in Washington.

Und Michaela, die unbeteiligt am Tisch saß, in den Speisen stocherte, während ihr Vater etwas pries und rechtfertigte, das ich nicht kannte, war für mich überraschend nicht mehr, wie ich geglaubt hatte, die kränkliche Tochter, sondern die gekränkte Tochter der Uricarius, der man eine glänzende Zukunft genommen hatte, die seit dem politischen Umsturz statt Chefärztin einer Klinik, in der werkeignen Vorsorge eines zerfallenden Kombinats vor sich hinserbelte, überzeugt, es stünde ihr eine weitaus bessere Stellung zu; doch auch der Bissen, den ich im Mund hatte – mit dessen Geschmack ich mich eben häuslich in der Erinnerung der eigenen Jugend hatte einrichten wollen –, wurde bitter: Nichts scheint, wie es ist, und ich saß unerwartet mit Angehörigen der ehemaligen Nomenklatura zu Tisch, und mich erschreckte, dass, bei aller Verschiedenheit der Gründe, es dennoch etwas gab, das uns verband: Der rückwärtsgewandte Blick, diese Sehnsucht nach Vergangenem.

Und wie Mutter damals in Luzern, am reichgedeckten Tisch ihrer Großeltern, habe auch ich gegessen und nicht gegessen, habe geredet und geschwiegen, höflich gelächelt und mich einen Narren geschimpft.

XIV

SCHNEISE

Federriss. – *Brechen allerdings die Haken, so bleibt ein Spalt, der durch nichts zu schließen ist* –: Unerwartet, auf dem Weg zur Strada Morilor, stand ich auf der Piaţa Unirii, fassungslos über die Monstrosität des Platzes, lachte wohl ziemlich laut, sodass einige der Passanten sich umdrehten, mich mit Gesichtern ansahen, die mein Lachen sofort zum Verstummen brachten, da ich in ihren Mienen den Preis dieses Kahlschlages zu sehen glaubte. Das also hatten die beiläufigen Bemerkungen wie … *die haben dort so vieles zerstört. Beeilen Sie sich nicht* … bedeutet, eine Ungeheurlichkeit, die mir jegliches Empfinden für meinen Körper nahm, vielleicht auch nehmen sollte. Ich hockte mich auf den Rand eines Brunnens inmitten des Platzes, den man nicht Platz nennen konnte, die Dimensionen waren gesprengt, hockte mich an den Rand eines langgestreckten Beckens zwischen den Fahrbahnen, eine Konsole in der Mitte für die Wasserdüsen, doch das Becken war leer, die blauen Mosaiken des Bodens zerbrochen, Abfall hatte sich angesammelt, und ich sah in die Schneise hinein, den Boulevard Unirii, den man nicht Boulevard nennen konnte, eine Flugschneise, gesäumt von löchrigen, wabenartigen Fassaden, kalkgrau – *Philips, CocaCola, L'Oréal de Paris* – auf die Giebelleisten gesetzt wie Fransen eines steinernen Bandes, und mich streifte der Gedanke, in nur einem Jahrhundert sei aus den so charakteristischen Mustern und Farben gewobener Bänder, die Blusen, Decken und Vorhänge säumten, aus den Ornamenten der Klöster und Kirchen, der Zierbänder an den Villen im Mincu-Stil dieses ins Gigantische herauszerstörte Band am Körper der Stadt geworden, überfrachtet von gewalttätig aufgetriebenen Verzierungen, die keine Ornamente und Muster mehr waren, sondern lediglich die Zitate von Ornamenten, die Nachahmung von Mustern, die prahlerische Behauptung traditioneller Formen, die ausgehöhlt und gezielt zerstört worden waren: Die konsequente Umwandlung von Kultur in Folklore.

Erst entlang der Dîmboviţa, dann durch die Strada Văcăreşti fuhr Mutter 1919 im Kütschchen zur Schule.

– Ruth S., sprichst du Rumänisch?

– Nein, Frau Caspar.

– Dann lass mich künftig im Unterricht in Ruhe.

Die Schule war in der Nähe der Synagoge, wo heute die Schneise ist.

– Frau Caspar, Ruth S. spielt mit dem Radiergummi.

Die Schülerinnen saßen mit auf dem Rücken verschränkten Armen in ihren Holzbänken, die Schultern zurückgebeugt, den Kopf gerade.

Frau Caspar pflanzte sich zwischen den Bankreihen vor Mutter auf, breitbeinig in ihrem weiten Rock und der hochgeschlossenen Bluse, das Meerrohr in den Händen vor ihrem Schoß.

– Aufstehen! Hände vor!

Die Deutsche prügelte los.

– Und merk dir. Du bist hier nicht mehr im Altreich, du bist jetzt in Großrumänien!

Und Mutter merkte sich dieses Gesicht, suchte künftig seinen Ausdruck hinter allen Gesichtern, und um nicht mehr von der Willkür ihrer Mitmenschen überrascht zu werden, war es nötig, Distanz zu bewahren: Das war die Lektion, die sie gelernt hatte, an der Schule bei der Synagoge, wo heute die Schneise ist.

Pepene! Pepene!

Großmama entstieg der Limousine am Bibescu-Voda-Platz, die geflochtene Einkaufstasche am Arm, wies in ihrem weißen Baumwollkleid, den Strohhut schräg aufgesetzt, dessen Krempe ihr scharfes Profil beschattete, den Chauffeur an zu warten, um sich, in Begleitung ihrer Tochter, vom Strom der Leute ins Geviert des Marktes treiben zu lassen, zwischen gedeckte Pferdekarren, Bretterstände und Pyramiden von Wassermelonen, erregt von der widerstreitenden Empfindung, tief in das fremde Treiben von

Frauen in bestickten Blusen und von Männern in Hemden, die rockartig über die Beinkleider bis zu den Waden fielen, vorzudringen und gleichzeitig das Gefühl zu genießen, bevorzugt und herausgehoben zu sein, wie es Großpapa bei seiner Ankunft in der Gara de Nord verspürt hatte, als er oben auf dem Trittbrett gestanden und auf die Menschen auf dem Bahnsteig hinuntergeschaut hatte.

Melonen! Melonen!, so riefen die Händler am Markt, wo heute die Schneise ist.

Und Mutter blieb stehen, sah zu, wenn ein Bauer den smaragdenen Laib einer Wassermelone an sein Ohr hielt, auf das Knacken hörte, um dann sein Messer aus dem Gurt zu ziehen, mit raschen Stichen ein Dreieck in die Frucht zu stoßen. Er spießte es mit der Klinge an und zog es heraus: rotes, glänzendes Fruchtfleisch, das er dem unentschlossenen Käufer anbot, um es – während der Kunde ein Stück versuchte – wieder in die Höhlung zu schieben, bedächtig und vorsichtig, den Genuss den Augen entziehend, der sich süß und wässrig im Mund entfaltete.

Die Stadt ist so ausgedehnt, dass man nicht täglich die Einkäufe besorgen kann, schrieb Mutter 1929 in einem Aufsatz an der Freien Handelsschule in Lausanne, dessen Entwurf ich während der Hausräumung gefunden hatte. *So fährt man einmal die Woche mit dem Automobil zum Markt (und es sind in der Regel die Messieurs, die die Einkäufe machen), um so viel zu kaufen, dass es für eine Woche reicht. Gegenüber dem Spitalul*

Brîncovenesc betritt man durch ein hohes Bogentor den Platz, der zwei riesige Flächen zwischen Markthallen umschließt, die eine für den Detail-, die andere für den Engroshandel, doch auf beiden sind die Berge von Früchten und Gemüsen, die auf dem Boden aufgeschichtet sind, unvorstellbar hoch, und oftmals spielt man mit den Händlern Verstecken, da sie hinter ihren Waren unauffindbar sind und nur spitze Schreie sie verraten, wenn irgendjemand den geforderten Preis nicht zahlen will …

Fünf Bani! Fünf Bani für eine Melone. Das ist nichts! Das ist geschenkt!, so schrien die Händler am Markt auf der Piaţa Bibescu-Voda, wo heute die Schneise ist.

Und Großpapa fand, die Verhältnisse seien »luftiger« geworden, auch die eigenen, alles sei ein wenig zu groß ausgelegt, besäße kein wirkliches Fundament, das Solide wäre einem raschen Anschein gewichen, schriller würden die Forderungen, und die Toleranz nähme spürbar ab. Der Direktion war kürzlich mitgeteilt worden, man sei in Großrumänien nicht mehr geneigt, Firmen zu dulden, in deren Leitung keine Rumänen säßen.

Großpapa nahm nach Büroschluss Hut und Stock, spazierte unter den Linden des Spleiul Maior Giurescu der Dîmboviţa entlang, zur Strada Văcăreşti: Einzig in den Gassen des jüdischen Quartiers war alles beim Alten geblieben, und Großpapa, der schon früher gerne durch die engen Straßen kutschiert war, begann erst gelegentlich, dann häufiger und schließlich gewohnheitsmäßig durch dieses Viertel zu spazieren. Großmama war besorgt darüber, sie wisse nicht, was ihn umtreibe, es würde stets später gegessen und die Ausfahrten nach Herestrău kämen dabei auch zu kurz.

Ich sehe Großpapa in hohem Hut, steifem Kragen und schwarzem Anzug, den Stock in der Hand, wie er durch ein Stück Gasse geht. Ich sehe einen Ausschnitt von Holzhäusern und von einer rötlichen Steinfassade mit hohen Fenstern, einem Erker, und die Gasse ist grob gepflästert, durch die »Mutter zur Schule fuhr« – und ich wüsste nicht zu sagen, woher ich diese Ansicht habe, die auftaucht, sobald ich mir das jüdische Quartier von Bukarest vorstelle. Tatsächlich weiß ich nur, dass Großpapa in der Ärmlichkeit der Leute, dem wenigen Handel und Handwerk, das die Regierung den Juden zugestand, das Klempnern, Schustern und Schneidern, etwas von seiner Zeit gewahrt fand: So schnell würde sich im jüdischen Quartier nichts ändern, das es einstmals wirklich gegeben hat, da, wo jetzt die Schneise ist.

Ich hatte die Piaţa Unirii überquert, betrat eine schmale Straße, die wie ein Schnitt in die gleichförmige Fassade entlang des Boulevards war, kam auf die Hinterseite der monumentalen Kulisse und fand mich in einer Umgebung wieder, die mich an die eröffnete Brust einer Taube erinnerte, als wir

Studenten sie sezierten: Die Brustmuskulatur war mit Nadeln nach außen gezogen und im Wachs festgesteckt, unter der spiegelnden Wasserfläche lag vor mir, weißlich auf blutigem Untergrund, die Speiseröhre, der Magen, das Geschlinge des Darmes, durch die Haut schimmerte körnig grünlicher Dreck. Der Gestank war schlimmer als bei den Ratten, ein faulig verwesender Geruch, obschon das Tier noch vor einer Stunde gelebt hatte: Hier also eine letzte Phase der Entwicklung, Ergebnis einer fünftausendjährigen Kulturfolge von der Felstaube (Columba livia) – die unvorsichtigerweise ihr Nest in Pyramidenwände und auf Tempelarchitrave baute – zur ordinären Stadttaube, deren Nachkommen sich in den Verkehrsschluchten aufhalten, von Wanzen, Milben und Zecken befallen sind, mit Haarwürmern und Flöhen im zerfetzten Gefieder, von Dauerdurchfall gequält, von Mineralstoff- und Vitaminmangel geschwächt, pervertiert durch Dichtestress, »gefiederte Ratten«, die sich gegenseitig und vor allem die Jungen fertigmachen: Da, unter eingetrübtem Wasser, das heutige Exemplar vollendeten Anpassungsdruckes, ein durch Gene gesteuerter Abfall, zusammengepappt aus Resten, schon verfaulend, während der Federdreck noch lebt und gurrt und fliegt.

Und ich irrte hinter den Wohnblockbauten, welche die Schneise wie einen Damm begrenzten, durch die Straßen, auf der Rückseite der Monstrosität eben, wo Menschen und Tauben lebten, der Raum angefüllt war mit den beiseitegedrängten Kirchen, Wohnhäusern, Gärten – und zwischen die kranken Fassaden und Zäune wehte die Luft aus den Pappeln leuchtend gelbe Blätter, die den Gehsteig bedeckten, mitten im Sommer.

– Ich habe mich verirrt, sagte ich zu Sorin Manea, als ich ihn abends traf, ich bin durch Straßen gelaufen, die ich auf meinem Stadtplan nicht fand, und bin wieder und wieder auf die Piaţa Unirii gelangt, ohne wirklich weiter nach Süden voranzukommen.

Und ich war erschöpft gewesen, meine Beine schmerzten, ich hatte Hunger und setzte mich vor ein Pub an der Schneise, unter die schützende, vertraute Plastikmarkise der Tuborg-Werbung, wo Geschäftsleute ihre Handys auf den Tisch legten, ehe sie sich setzten, und die Serviererinnen Hütchen in den Farben des königlich dänischen Biers trugen. Ich schob meine Kamera voll frischer Aufnahmen von Schlamm, weggeworfenem Hausrat, Fensterhöhlen, balgenden Kindern, Kadavern und einem sturzbetrunkenen Alten, der sich an ein Abflussrohr klammerte, in die Tasche zu Mutters Album, bestellte eine Suppe und bekam einen Topf voll Gemüse in einer säuerlichen Brühe, ein noch ganz gebliebenes Stück Kultur, überraschend an diesem Ort, der inmitten der Zerstörung eine neue Konsumwelt signalisierte. Aus dem Geschmack des frischgeschnittenen Liebstöckels, das üppig in die Ciorba eingestreut war, tauchte zittrig, wie von einer Filmkamera aus der Hand gefilmt, Großpapa auf. Eine erste eigene Erinnerung an ihn, lange vergessen. Ich saß überrascht vor meinem Topf Suppe, ein wenig verstört auch, dieses Filmchen durch alle Eindrücke des Nachmittags hindurch in wackligen Bildern hinter meiner Stirn flimmern zu sehen, 1945 an der Eulerstraße in Basel aufgenommen, schwarzweiß, aus kindlicher Optik: Die Tür zum Speisezimmer öffnet sich, und Großpapa tritt unter den Rahmen, in seinem dunklen Anzug, zögert, betritt dann das Zimmer, kommt in energischen Schritten zum Tisch, wo er sich setzt, ohne jemanden anzusehen, zieht die Serviette aus dem Silberring, bekommt seine Suppe vorgesetzt, Restesuppe, während wir anderen – Großmama, Curt, seine Frau Trude, die Kinder, Mama und ich – ein Menü essen, legt den Löffel ab, tupft sich die Lippen und den Schnurrbart, erhebt sich und schiebt sehr sorgfältig den Stuhl zum Tisch, verschwindet in sein Kämmerchen, erscheint wenig später erneut auf der Schwelle, nun in Hut und mit Stock, um sich auf einen Spaziergang zu begeben.

– Und dieses Filmchen endet mit dem Verschwinden Großpapas im Flur, ein letzter Schatten noch, ehe kurz das Viereck leer übrigbleibt.

Er ist durch die Straßen gelaufen, wie ich heute Nachmittag, durch die Straßen Basels, einer Rheinstadt wie Köln, und das muss kurz nach dem Krieg gewesen sein, als ich mit Mutter zu Besuch bei den

Großeltern weilte – und Mutter weinte stets, noch Jahrzehnte nach Großpapas Tod, wenn sie von dem Herrn sprach, der in einer Kammer der eigenen Wohnung geduldet wohnte und seine Suppe bekam, während wir anderen Braten aßen.

Erst durch das Radio in Mutters Zimmer auf der Pflegeabteilung, das durch Wand und Decke flüsternd Mitteilungen über die Familie S. sendete und dem Mutter abwesend und gespannt lauschte, um mir in hektisch abgerissenen Sätzen ein Resümee zu geben, durch dieses »Radio« also, das nur sie hörte, bekam ich Kenntnis von der Leibrente, die Onkel Mendel für Großpapa ausgesetzt hatte, monatlich von einem Londoner Konto zu überweisen.

– Was soll ich dir sagen, hatte Onkel Mendel mir vor vielen Jahren gesagt, und die Bemerkung bekam jetzt einen düsteren Hintergrund, dein Großpapa ist der anständigste Mensch gewesen, den ich in meinem Leben getroffen habe.

Und dieser anständigste Mensch saß ein wenig vergessen und steif in seiner Kammer auf dem Stuhl neben dem Bett. Er bemühte sich, mit uns Kindern zu spielen, kramte auf langes Drängen hin den Totschläger seines Vaters und den Staubmantel hervor und mischte sich mit einem »Sakerment!« in die Balgerei, wenn wir im Begriff waren, uns mit der Bleikeule die Schädel einzuschlagen. Ich sehe ihn in der Waschküche sitzen, in die er uns manchmal einließ und wo er in Anzug, die Krawatte von einer Brillantnadel gehalten, vor der Staffelei saß, Filzpantoffeln gegen die Kälte des nackten Betonbodens an den Füßen, mit buntfarbigen Lippen den Pinsel zuspitzte und verloren an dem Bild zu stricheln begann, die leicht vorstehenden Augen hinter der randlosen Brille nahe vor der Leinwand, malte und malte, bis alles verdorben und verschmiert war, ein endloser Kampf, den er Mal für Mal auf den Kartons und Leinwänden ausfocht und verlor: Auch in seinen Bildern wurde die Welt anders, als er sie sich vorgestellt hatte, und er kam mit beiden, den Bildern und der Welt, immer weniger zurecht.

Nach seiner Rückkehr in die Schweiz, so meldete das Radio, das durch die Wände in Mutters Zimmer sendete, habe ein gewisser Ernst S. seine Ersparnisse in eine Weberei in Lostorf gesteckt, ungeachtet der Tatsache, dass die Textilindustrie keine Zukunft hatte und die Weltwirtschaftskrise im Anzug gewesen sei, und nachdem Ende 1929 nichts von der Fabrik und dem Kapital mehr vorhanden gewesen sei, hätte er sich im Frühjahr 1930 einem Bekannten anvertraut, der, angeblich im Auftrag verschiedener Schweizer Geschäftsleute, rumänische Wertpapiere eingesammelt habe, um sie in Bukarest gegen eine anteilmäßige Provision zu veräußern, und der Großpapas Aktien der *»Sc. română p. Industria de Bumbac«* in ein schmales Ledermäppchen gesteckt habe und für immer verschwunden sei.

– Ein Versager, sagte die einflüsternde Radiostimme, mittellos, zu alt für eine Anstellung, ein unfähiger Geschäftsmann und gutgläubiger Waschlappen, der noch immer glaubt, etwas Besonderes zu sein, ohne die Härte, Disziplin und das forsche Auftreten zu kennen, das eine neue, sich abzeichnende Zukunft verlangt: Männer, die entschlossen zum Wohle von Volk und Vaterland handeln.

Und die Fahnen gingen hoch, die Reihen wurden geschlossen.

Es habe keine Degenerierten mehr gebraucht, die »mölele« und »Helgen« machten, die aus Schwäche an die Mitmenschen, ihren Anstand und ihre Ehrlichkeit glaubten, wo nur der Stärkste ein Anrecht habe zu überleben – so habe es im Radiobericht geheißen, den Mutter mir unter vorgehaltener wackliger Hand wiederholte, empört über den Ton, die Anschuldigungen und dass man all das wieder hervorzerre und auch noch veröffentliche:

– Heute interessieren diese Dinge doch niemanden mehr, warum muss man davon reden. So war eben die Zeit damals.

Und meine Mutter weinte, weinte und sagte:

– Mama hat ihm den Abstieg nie verziehen. Sie verachtete ihn, und er zog sich zurück, ist mehr und mehr verschwunden, und wir haben ihn kaum noch bemerkt.

Ich hatte vom Pub aus Sorin Manea angerufen, ihm erzählt, dass ich inmitten dieser Verwüstung meine erste Erinnerung an Großpapa wiedergefunden hätte, aufbewahrt im Geschmack einer Suppe, den ich eigentlich nicht kennen würde und der mir dennoch vertraut sei:

– Ich fürchte, Sorin, mein wissenschaftliches Weltbild, solid und gut versichert wie eine Schweizer Liegenschaft, bekommt Sprünge und Risse. Irgendwie geht hier alles in Trümmer.

Und er lachte und sagte, er käme mich abends an der Strada Salcîmilor, in meinem Apartment, abholen, wir könnten zusammen in ein Restaurant gehen, das Nicoreşti, es läge in der Nähe meiner Wohnung oder besser: Ich solle doch direkt ein Taxi nehmen und zu ihm fahren, ich könne mich ausruhen, seine Mama werde etwas kochen, und auch er werde mir ein Filmchen zeigen.

Als der Taxifahrer nach der vierten Abbiegung in die dritte Verzweigung abbog, nahm ich den labyrinthischen Zufahrtsweg schon nicht mehr als die Unterweltsvision wahr, wie bei meinem ersten Besuch. Das Gewuchere idiotisch gewordener Sträucher, die Hunde im Schattendunkel, die Haufen Abfälle und verrostender Autowracks gehörten schon zum gewohnten und bereits vertrauten Anblick, der alle Schrecken verloren hat: Es ist vielleicht wirklich nicht so schlecht, dachte ich, hier draußen zu wohnen.

Sorin stand an ein Auto gelehnt, rauchte in sich gekehrt, die Mütze in die Stirn gezogen und den Blick gesenkt, bevor er, durch das Motorengeräusch aufgeschreckt, die Arme hochriss, winkte. Er lief auf mich zu, umarmte mich und sagte, als hätte zwischen dem Telefonanruf und jetzt nicht eine Fahrt durch eine Verwüstung gelegen:

– Nun verstehst du, weshalb ich Gedichte und keine Abhandlungen mehr schreibe: Ich bin keine Schweizer Bank, die teuer restaurieren kann. Mir bleiben nur die Risse und Bruchstellen, Lücken zum Durchsehen.

Und während wir das Treppenhaus hochstiegen, ergänzte er, ohne dass mir dadurch etwas klarer wurde:

– Das ist der Unterschied, wir beide sind Naturwissenschaftler, doch dein Weltbild, wenn es zerbröselt, wird immer wieder neu verputzt, meines ist beseitigt worden, mit einer kleinen, wie zufällig erscheinenden Handbewegung, nichts ist davon übriggeblieben.

Mariana, die blonde Juristin, die ich an meinem ersten Abend kennengelernt hatte, kniete am Boden in Sorins Zimmer, sie hatte einen tragbaren Fernseher mit eingebautem Videogerät hergebracht und war im Begriff, den Apparat anzuschließen. Sie erhob sich und fragte, ob ich mich noch immer vor Hunden fürchte, sie seien noch das Harmloseste an Bukarest, wie ich inzwischen wohl gemerkt hätte, und Sorin spottete, als die ersten Bilder auf dem Monitor flimmerten:

– Keine Angst, mon ami, wir werden dich nicht mit Ferienerinnerungen vom Schwarzen Meer langweilen. Und da war auch schon der Titel zu sehen: Baukunst und Macht. Mariana drückte auf den Schnelllauf, die Bilder bekamen Streifen, rutschten, purzelten, überschlugen sich und waren plötzlich von einem zähen Fluss, als Mariana den Knopf auf der Fernbedienung losließ und die Bilder zu einer nur scheinbaren Normalität zurückfanden: Inmitten einer Gruppe von Funktionären stand aus Karton und Holz ein zimmergroßes Modell der Schneise, und darum herum zappelte ein Männchen, eine Art Degen in der Hand, mit dem es plötzlich und mit unerwarteter Heftigkeit in eine der Straßen stach, während die Funktionäre darum herum einen stummen Spiegel der Bewunderung spielten, und wieder machte das Männchen einen hüpfenden Ausfall, stach mit selbstverliebter Theatralik und einer triebhaften Lust zu /*Schnitt*/ Und da füllte das Männchen eine Schaufel Beton in das Bohrloch, in das es zuvor ein Rohr mit Dokumenten hatte fallen lassen, blickte dem grauen, tropfenden Dreck hinterher, mit schiefem Kopf und einfältigem Lächeln, ein mutwilliger Junge im Sandkasten, nur dass der Sandkasten eine Stadt war /*Schnitt*/ Und das Männchen stand im Mantel dort, wo einstmals der Markt gewesen war, unterhalb der Dalea Metropoliei und ihrer Auffahrt, umgeben von einer Leere der Unnahbarkeit, ein Zwerg in Mütze, der die Hand hob in gerader

Richtung, und dieser Hand folgten die Blicke der ihn im gehörigen Abstand umgebenden Menschen, die Fingerspitzen wedelten zur Seite, was im Film nicht zu sehen war, doch jedermann wusste: Häuser, Kirchen, Straßen, Läden, winkte sie zur Seite, als wären sie ein Nichts, eine Kulisse aus Leinwand und Holz, und jenseits der Leere von Unnahbarkeit standen die Leute, Passanten, Anwohner: Figuren tiefster menschlicher Angst, die gelähmt, apathisch und doch im Innersten zitternd auf diese Hand starrten, ihrer Richtung folgten, wo ihre Häuser, Wohnungen und Gärten noch lagen, und diese Hand winkte inmitten von Erstarrung, Schrecken und unterdrückter Flucht ... Und ich spürte den Nachhall dieser Angst, als Sorin sagte, ohne Lachen, ohne Dämon, nur traurig:

– Vielleicht hast du jetzt eben die Bewegung gesehen, die das Haus deiner Mutter beseitigt hat.

– Papa hat angerufen, sagte meine Mutter im Pflegeheim, als ich sie besuchte: Sie strahlte und schien glücklich. Ich habe ja seit Jahren nichts mehr von ihm gehört, er hat angerufen und gesagt: Ruth! Ruth! Nichts weiter. Ich glaube, er hat endlich Onkel Mendel gefunden, im Bug, wohin man ihn verschickt hat. Er hat ihn endlich gefunden. Sie fahren mit dem Schiff auf der Donau, fahren von Giurgiu nach Wien. Sie werden mich besuchen, und dann bleiben wir wieder beisammen.

XV

NACHTSTÜCK

– Ja, es schwankt, sagte am Schiffssteg der Herr in dem schattendunklen Anzug, den Hut steif auf das schmale Gesicht gesetzt, das mit der Spitze des Kinns auf den Flügeln eines Vatermörders balancierte. – Ja, es schwankt, sagte der Herr, der mein Großpapa werden würde, bei der Abfahrt in Giurgiu, doch das wird sich geben. Und er sagte es leise, wie es seine Art war, ohne die weichen, sinnlichen Lippen, die ein blonder Schnauzbart vermännlichte, allzu sehr zu bewegen, doch in einem Ton, der einen ersten Faden Resignation mitspann. Er neigte sich vor, fasste den Griff seines Koffers, der aus einem dicken Rindsleder genäht war und zwei Messingschlösser besaß, ein breiter, aber nicht allzu großer Koffer. *Die vorangegangene Nacht war gewitterhaft gewesen und das Wasser noch immer aufgewühlt*, so hatte Mutter in ihrem Aufsatz in Lausanne geschrieben, doch jetzt, als Großpapa sich vorbeugte und den Griff des Lederkoffers anfasste, das Gepäckstück aufhob, in dieser ergebenen und entschlossenen Art, und einen Augenblick den Bahnsteig entlangsah, auf dem sich kaum noch Leute aufhielten, sich dann mit einem Ruck in Bewegung setzte, eine schwarzgekleidete, schon leicht gebeugte Gestalt, da lag Giurgiu, der Hafen an der Donau, weit zurück in der Vergangenheit, die Wellen hatten sich verlaufen, nichts schwankte mehr, im Gegenteil, das Dasein hatte die Verfestigung des Unveränderlichen angenommen. Und während ich in Bukarest, im Schachterschen Haus, auf dem vieux-rosé Überzug des Bettes schlaflos lag, zum Plafond mit seinem Stuck und den geschliffenen Gläsern der Salontür blickte, trat in meinem Erinnern Großpapa aus dem Bahnhof in P., ging mit seinem Koffer den Häusern und Geschäften der Kleinstadt entlang zur Alten Promenade, wo wir in den vierziger Jahren gewohnt hatten, und es war ein nebliger, kalter Tag gewesen, durch den Großpapa seinen Koffer schleppte. Ich sah seine gebeugte Gestalt vom Fenster meines Kinderzimmers aus, er blickte nicht nach rechts zu den Blumenbeeten der Gärtnerei, nicht nach links zum Feuerschein der Schmiede, er lief nur einfach geradeaus, als käme er aus einer endlosen Ferne. Wir hörten ihn schweratmend auf der Stiege, es klingelte, er trat ein, nachdem Mutter geöffnet und zur Seite getreten war, um ihn einzulassen. Und Großpapa hob im Esszimmer den Koffer auf den ovalen Tisch aus Cöln, der in Bukarest im Speisezimmer gestanden und den Mutter zur Aussteuer erhalten hatte, stellte dieses Gepäckstück so sorgfältig auf das honiggelbe Holz, an dem die Vorfahren einstmals getafelt hatten, an dem er selbst noch die damastene Serviette in den Silberring geschoben hatte, klaubte ein Schlüsselchen aus der Westentasche, öffnete damit die Verschlüsse, ließ sie hochschnappen: Der Deckel öffnete sich über lachsfarbenen Miederwaren.

– Vielleicht kannst du mir etwas abkaufen, sagte er zu Mutter, zog ein Mieder, verstärkt mit Fischstäbchen, hervor, mit Bändeln kreuzweis durch Ösen gezogen, ein mir unverständliches Kleidungsstück.

– Tür um Tür, hörte ich ihn sagen, und niemand öffnet, und ich sah in meiner Fantasie einen langen Flur wie in Hotels, wie in Spitälern …

Und Mutter steht da, und ich begreife nur, dass sie hilflos ist, dass sie mit verschränkten Armen schaut und offenbar dieses Kleidungsstück auch nicht versteht, sehe, wie ihre Hilflosigkeit wächst und wächst, während Großpapa sich auf den Stuhl setzt, seine feingliedrigen Hände vors Gesicht schlägt, nach einer endlosen Zeit der Erstarrung, da niemand sich regt, ich nur immer den Ring mit dem Familienwappen im blauen Stein ansehen muss, das weiße Taschentuch aus der Rocktasche zieht, sich über die Augen fährt, um dann gefasst und mit mechanischer Präzision den Koffer zu schließen, ihn vom Tisch zu heben.

Vom Fenster meines Zimmers aus sehe ich Großpapa durch die Alte Promenade davongehen, im dunklen Anzug, den Koffer in der Hand, und er war nur einer der vielen Menschen in jener Zeit, die in ihrem noch besten Anzug mit einem Koffer durch die Welt liefen.

Die Dämmerung war schon weit fortgeschritten. Sorin hatte mich im Taxi nach Hause gebracht, ich vermutete, er würde noch zur Lăptăria gehen, meistens verbrachte er die Nacht in der Stadt. Ich schloss die Gartenpforte auf, wir gingen den Weg am Haupteingang vorbei, um zur rückwärtigen Tür meiner Wohnung zu gelangen. Hinter der mit Reben überwucherten Hausecke stand Monsieur Uricariu in seinem Seidenanzug, ein heller Umriss im dämmrigen Licht, vor einem Stock Rosen und pisste auf die Blüten. Er erschrak, als er uns kommen sah, stopfte sein Glied in die Hose, ließ den Reißverschluss offen stehen, hatte sich uns bereits zugewandt, im blassen Licht waren die dunkel eingesogenen Parabeln auf den Hosenbeinen noch zu erkennen, und fragte, die Hände hinter dem Rücken versteckt:

– Sie waren in der Stadt? Sie haben den Palast des Volkes gesehen?

Er entdeckte Sorin, den er nicht zu kennen vorgab, ihn vielleicht auch wirklich nicht wiedererkannte, und ich stellte die beiden einander vor. Sie schüttelten sich die Hände, dieser schiefköpfige alte Mann und Sorin, der dunkel umränderte Augen hatte. Sie redeten Rumänisch, schlossen mich fast augenblicklich aus, ohne mir auch nur die geringste Anteilnahme an ihrem Gespräch zuzugestehen, und Monsieur Uricariu in seinem verblichenen Seidenanzug gab sich jovial, und Sorin in Hemd und Krawatte lächelte. Er benahm sich zuvorkommend, und Monsieur Uricariu war korrekt. Doch Sorin trug einen Panzer, und Monsieur Uricariu umsprang ihn winselnd, und beide verschwiegen sie etwas, hatten sich wortlos geeinigt, dass es nicht existiere.

– Er war kein wirkliches Schwein, sagte Sorin Manea, nachdem wir uns von meinem Gastgeber verabschiedet hatten und Sorin in meinem Salon auf dem mit einem Schonbezug bedeckten Stuhl saß. Er war erschöpft, ich ging in die Küche und kochte Kaffee, trank gegen meine Gewohnheit eine Tasse mit. Sorin rauchte und blickte in eine Ferne, die durch Tapeten und Wände in die Vergangenheit zurückreichte.

– Ich bin sicher, dass er sich an mich erinnert hat, an meine Geschichte damals, als ich noch an der Fakultät war. Sie hatten alle diese kleine Handbewegung, mit der man beseitigte, mal Häuser, mal Menschen. Er war nur ein bisschen ein Schwein, einer, der mitmachte: die verbreitetste Spezies Mensch in diesem Jahrhundert.

Mehr sagte Sorin nicht, und als ich fragte, schüttelte er den Kopf, und ich sah ängstigende Bilder in seinen Augen. Er gab sich einen mächtigen Ruck, als müsse er in seinem Inneren ein unendlich hohes Hindernis überwinden.

– Komm, gehen wir in die Stadt, es gibt auch Leben in Bukarest, ich will es dir zeigen, allons-y …

Wir bestellten ein Taxi, fuhren zum Zentrum, hielten in einer Straße, wo zwischen Blöcken noch ein paar alte Häuser standen, und Sorin stieß einen Bretterverschlag zu einem vernachlässigten Garten auf, Musik dröhnte, und durch den seitlichen Eingang betraten wir ein saalähnliches Atelier voll Menschen, Rauch und Lärm, auf einer Art Bühne standen angefangene Arbeiten und Gipsbüsten, an den Wänden hingen Entwürfe, Fotos, Ausrisse, in der Mitte auf einem Sockel befand sich eine Schale voll Brei, von der man sich bedienen konnte, Flaschen und Gläser, übervolle Aschenbecher standen herum, und die Menschen, meist noch sehr jung, saßen auf Kisten und Kübeln, hockten am Boden, lagen auf Kissen, es wurde getanzt, geredet, geschrien, geküsst, geknutscht, der Riemenboden vibrierte von stampfenden Füßen, vom Plafond rieselte Gips aus Weltkarten von Wasserflecken, und einer der Gäste begann mit dem Hammer auf einen Blecheimer einzuschlagen, er verstärkte den Rhythmus der Musik, die jedoch im anwachsenden Getöse allmählich unterging, denn immer mehr Gäste stampften und schlugen den Rhythmus, heulten, kreischten, trommelten gegen Türen und Fenster, sprangen an den Wänden hoch, hieben auf Tische und Stühle ein, zerscherbten Flaschen, ein Strudel aus Leibern in Trance drehte sich um die Schale, die wie ein Opfergerät erschien, und in diesen drehenden Tumult außer sich geratener Menschen wurde mit einem Schlauch Wasser gespritzt, eine Taufe zur rückhaltlosen Entgrenzung, und die entlud sich in Schreien, während die Kleider zerfetzten, Nacktheit vom innersten Strudel nach außen drang, die Körper mit hitziger Haut tapezierte, die sich an Haut reiben wollte, ein Knoten aus Leibern …

Und Sorin saß in einem Stuhl, rauchend, sah zu, sein Mund lächelte:

– Die Saturnalien, sagte er, die Saturnalien.

Und er berauschte sich am Rausch der andern:

– Für mich nicht mehr, nein, nicht mehr, und ich sah, was er sah, dass hinter dem Taumel eine Verzweiflung hockte, und als wüssten es letztlich alle in dem Raum, war der Tumult, so wie er begonnen hatte, auch plötzlich vorbei. Mit ein paar Hammerschlägen.

– Das ist die andere Seite der Exzesse, sagte Sorin, während wir im Taxi nach Hause fuhren. Ich weiß, du hast so etwas noch nie gesehen. Du hast auch das andere nicht gesehen.

An der Gartenpforte zu Monsieur Uricarius Haus gab er mir die Hand:

– Er war kein wirkliches Schwein. Doch geh ihnen ans Hemd, und sie werden feige und machen alles, um es vermeintlich zu retten: So ist das, und als die Securitate ins Institut kam, da wird er zu ihren Anschuldigungen gegen mich genickt haben, mehr nicht, nur eben genickt, weil er glaubte, sein Hemd retten zu müssen, und dafür haben sie mir meines über den Kopf gezogen und verknotet, und sie hatten einen Rücken für blutige Streifen.

Mehr habe ich darüber nie erfahren.

Noch immer heulten die Hunde, und im Fenster hockte ein fahler Morgen. Farblos und in weichen Schatten ließ sein Licht die Einrichtung wie ein unfertig entwickeltes Bild erscheinen. Ich lag auf dem zugedeckten Bett, die Arme hinter dem Kopf verschränkt, starrte zur Decke mit der Stuckverzierung, wie einstmals Großpapa auch, doch seit seiner Ankunft waren bereits zwölf Jahre vergangen, man schrieb das Jahr 1924, und Großpapa klingelte an der Tür, trat einen Schritt zurück, wartete: Er trug einen Stresemann, im Knopf der Krawatte steckte eine Goldnadel mit schwarzer Perle, ein Erinnerungsstück an Rahele Silberling, und er reichte Stock, Hut und Handschuhe dem Mädchen, nachdem ihm geöffnet worden war, und die Lautlosigkeit der Eingangshalle umfing ihn. Das Mädchen bat mit gehauchtem »Bitte!« in den Salon, und Großpapa blieb einen Moment auf der Schwelle stehen, neigte den Kopf mit dem seitlichen Scheitel, ging dann geradewegs auf Mascha Schachter zu, während er den Zwicker von seiner Höckernase zog und die Geste nutzte, um beiläufig eine Träne wegzuwischen, beugte sich tief über Madames Hand, murmelte »Mein tiefstes Beileid«, scheute sich aufzublicken, tat es doch und war erstaunt, in ein jugendlich lächelndes Gesicht zu sehen.

– Danke Ihnen, bitte setzen Sie sich, Herr S., und wenn Sie gestatten, lasse ich einen Kaffee und einen Ţuică für Sie bringen, wie es mein Gatte getan hätte – und nehmen Sie von den Zigarren, wenn Sie mögen.

Und Großpapa begrüßte Bekannte, nickte anderen Kondolenzgästen zu, setzte sich ein wenig steif auf die Ottomane, hörte den gedämpften Gesprächen zu und gewahrte, dass mit Herrn Leo Schachter wohl auch dessen Zeit aufgebahrt im angrenzenden Zimmer lag, dass ein Abschnitt der Societatea română pentru Industria de Bumbac zu Ende war, damit auch ein Teil seines eigenen Lebens, und der Herr, der mein Großpapa werden würde, schlückelte an seinem Kaffee, schmeckte den Ţuică auf der Zunge und schlug sein Inneres in Tücher ein, gewoben auf den Automaten der Firma Rieter in Winterthur, Leinwand für Stillleben, erinnerte sich der Ausfahrten in der Limousine, der ländlichen Picknicks mit Herrn Schachter, die sie an Sonntagen in die umliegende Gegend gemacht hatten, chauffiert von Kosice, der auch die Weidenkörbe mit dem Proviant, den Bechern, Tellern, Besteck und Servietten trug, Ausflüge in die walachische Ebene, bei denen man bei einer Gruppe weißflirrender Pappeln halten ließ und sich nach dem Mahl im lichten Schatten auf der Decke ausstreckte, ein wenig schwer vom Wein, die Arme unter den Kopf geschoben, und in die Kronen der Bäume sah, in den Himmel, hinauf zu den ziehenden Wolken hinter dem Geäst …

– Verstehen Sie mich nicht falsch, sagte Mascha Schachter, es ist auch eine Erlösung. Für ihn, für mich. Die Jahre seit seinem Schlaganfall im Winter 1917 waren schwer, Leo litt doch sehr unter seiner Lähmung: Ich schleppe einen halben Toten mit, hat er gesagt, einen halben Toten aus dem Weltkrieg.

Mascha Schachter trug ein Hemdkleid, selbstverständlich schwarz, sehr schlicht und knielang, wie es Mode war, keinen Schmuck, nur einen Schleier hatte sie über das kurzgeschnittene, in der Mitte gescheitelte Haar gelegt, und als sie einen Augenblick allein waren, nachdem die übrigen Gäste sich verabschiedet hatten, sagte sie:

– Ich werde Bukarest verlassen.

Es war eine Stille im Salon, und Mascha Schachter saß sehr aufrecht auf der Kante des Stuhls, den Kopf gerade, sie blickte in die Ferne, die Hände im Schoß übereinandergelegt, blickte nach dem Ort aus, den Großpapa nie sehen würde, den Ort in der Zukunft, den niemand noch betreten hatte:

– Ich werde in Ihr Heimatland gehen, Herr S., nach Genf. Sie wissen, ich habe Verbindungen zum Völkerbund geknüpft, und ich hoffe bei der Völkerbundtagung nächstes Jahr dabei zu sein. Es ist vorbei mit meiner Rolle der Hausdame. Wir leben in einer Zeit der Umwälzungen, die Gesellschaft ändert sich, neue Staaten sind geschaffen worden. Das bringt Spannungen mit sich und führt zu Gegensätzen, die gelöst und überwunden werden müssen. Dafür möchte ich arbeiten.

So würde sie immer sein: vorwärtsdrängend ins

Künftige, auch wenn dieses dunkel sein sollte, unerschrocken und von dieser meinem Großpapa unerklärlichen Vornehmheit, die sie auch dann wahrte, wenn sie unbesehen der anwesenden Herrschaften zwar nie Fisch mit Messer, doch hie und da die Zeitumstände mit dem Skalpell zerlegte, präzise, rücksichtslos und bezaubernd lächelnd.

– Man hat Ende Juli die kommunistische Partei verboten, doch man kann nicht die Veränderungen verbieten. Sogar die orthodoxe Kirche hat dieser Tage den neuen Kalender in Kraft gesetzt. Von ihr kann man lernen, sie hat wie ihre Schwester in Rom Übung im rechtzeitigen sich Anpassen. Fasces und Sichel, sie wird beide segnen und beide überleben. Doch ob wir es auch tun werden –?

Vielleicht bewunderte Großpapa Mascha Schachter deshalb so sehr, weil er nur zurückblicken konnte, zu dem Ort, der schon verlassen war und nicht einmal mit der Gegenwart Schritt hielt: Wie konnte sich irgendjemand für den Kommunismus oder den Faschismus begeistern, da deren Anführer wie Kosice aussahen und genauso herumbrüllten wie dieser, wenn er glaubte, im Stall mit den Pferden allein zu sein.

– Mascha, ich bedauere, dass Sie uns verlassen, wenn ich auch verstehe, dass Sie nichts mehr hält. Herr Schachter und ich haben uns sehr gut verstanden, über das Geschäftliche hinaus, vielleicht weil wir uns in einigem ähnlich waren: Er hat Sie bewundert – und dafür geliebt, dass Sie mit unvergleichlichem Charme uns jeweils die Ignoranz im Festhalten an Vergangenem bewusst gemacht haben. Das wird, fürchte ich, niemand mehr tun.

Und Großpapa stockte, erstickt an dem eigenen prophetischen Satz, empfand Selbstmitleid, auch Trauer über den unversehens doppelten Verlust, und da die Situation es erlaubte, leistete er sich eine Träne und hielt, während er sich verabschiedete, eine Spur zu lange Madame Schachters Hand.

Salcîmilor/Salcâmilor. Nachdem das Taxi gehalten und ich mich von Sorin verabschiedet hatte, verspürte ich das Bedürfnis, nach dem Trubel des Atelierfestes noch ein paar Schritte zu tun: Der Morgen begann eben zu dämmern, die Stadt war noch ruhig – bis auf die Hunde –, dunkel blickten die Fenster, farblos waren Mauern und Gehsteige, und die Bäume sickerten wie wässrige Tusche über den filzigen Himmel. Doch in meinem Kopf hämmerte die Musik, rasten die nackten Körper, hockte eine Ausdünstung von Schweiß und Parfum in den Riechlappen: Aus der Zirbeldrüse des Gehirns schwemmte ein animalisches Wittern ins Blut, tropfte wie aus einem undichten Wasserhahn, trieb meine Beine an, ließ mich durch die leeren Straßen laufen, und die Hunde zeigten mir mit ihren Schnauzen den Weg. Ich hatte von ihnen nichts mehr zu befürchten, ich gehörte zum Rudel, war einer von ihnen. Ich streunte wie all die hungrigen Geister auch, und dieses Streunen ist im Gleichklang mit allem Getriebenen, Ausgestoßenen, Unerfüllten, und mich umgab ein wütender Mangel, die Abwesenheit von Nähe. Vor einem ausgeschlachteten Haus, auf einem Schuttberg, lag ein weggeworfenes Bündel von Klaviernoten, Hefte mit Liedern, Schlagern, Tangos, Walzerstücken, gartenlaubenverzierte Deckblätter, jugendstilige Damen, jugendselige Herren, beblumte Ranken. Ich setzte mich hin, wühlte in dem Stoß, klopfte Staub weg, sammelte dieses zerfledderte Panorama stummer Musik zusammen und entdeckte unter dem Mauersand die Ecke einer Fotografie. Ich zögerte, zupfte am Glanzpapier, schob ein wenig Sand zur Seite, zog dann das Bild hervor, schwarzweiß, zernarbt von Steinen: Ich sah auf ein Mädchen in langem Abendkleid, die Taille hochgesetzt, ärmellos, doch die Achselstücke gepufft, wie es in den dreißiger Jahren Mode geworden war, das gescheitelte Haar lief, gehalten von einem Reif, in zwei kleine Zöpfe aus, die Hand hielt es damenhaft auf den Ausschnitt seines noch kaum gewachsenen Busens gelegt, lächelte, ein wunderbares, sehr unschuldiges Lächeln, die Augen von einer heiteren Sanftheit – *Das letzte Foto vor unserer Flucht aus Budapest* – stand auf der Rückseite, darunter der Stempel eines Pariser Fotoateliers, das den Abzug einmal im Format 18 x 24 (den ich in Händen hielt) und viermal im Format 13 x 18 hergestellt hatte, wie mit Bleistift vermerkt war, und hier im Schutt eines Hauses in Bukarest fand ich das Foto gegen Ende des Jahrhunderts wieder, ein letztes Bild vor der Flucht, und das Mädchen hatte eine zertrümmerte Schulter, ein Loch im Bauch, einen Einschuss im Ellenbogen, einzig das Gesicht war von den Schuttsteinen unversehrt geblieben, lächelte aus Staub und zerschossenem Salon, und ich wischte mit dem Ärmel darüber, lächelte zurück und war angesichts des Unmenschlichen wieder ein Mensch, steckte das Foto ein, war plötzlich ruhig, ein wenig traurig auch, und die Hunde knurrten leise, als ich an ihnen vorbei nach Hause ging.

XVI

SIE SIEHT MICH NICHT …

– Mascha Schachter hatte recht, sagte ich zu meinem Professor, sie hat nicht nur meinen Großpapa auf charmante Art belehrt, sondern auch seinen Enkel: Offenbar können wir wirklich nicht anders, um in Madames Bild zu reden, als die schon farbigen Federn nochmals zu färben.

Wir saßen in der Untergrundbahn, es roch nach Eisenstaub und Ruß, die Räder schrallten von der Tunnelwand, gleichmäßig warfen Leuchtstoffröhren ein bleiches Licht durch die scheppernden Fenster ins Wageninnere, wo mein alter Professor auf der Bank mir gegenübersaß, sehr gerade, die Beine übereinandergeschlagen. Er trug seinen weißen Labormantel, doch seine Wangen waren eingefallen, wie ich es nie an ihm gesehen hatte, sein Blick war abwesend, doch von großer Ernsthaftigkeit. Er hatte keine Schuhe an den Füßen.

– Onkel Alfred hat nur offensichtlich und mit kunsthandwerklichem Geschick getan, was wir versteckt mit unseren Erinnerungen tun, schönfärben und an den Hut stecken.

– Sie möchten die Feder hinter der Feder sehen,

sagte der Professor kurz, und sein eingefallenes Gesicht nahm eine plötzliche Heiterkeit an, als amüsierte er sich über einen besonders gelungenen Scherz. Sie haben nichts begriffen. Das Diplom kann ich Ihnen nicht zugestehen.

Ich betrachtete die Menschen, die in dem flackernden Licht des Wagens standen, vor sich hinstarrten, abgetragene und aus der Mode gekommene Kleider trugen, als stünden sie seit den siebziger Jahren da, führen scheinbar durch einen Tunnel, in dem dieselbe Leuchtstoffröhre an immer dem gleichen Stück Tunnelwand blinkte, und ich fragte mich, ob es nicht eine große Unvorsichtigkeit gewesen sei, an der Piaţa Romană in den Schacht hinunterzusteigen, um unter der Monstrosität der Schneise hindurch nach Tinuretului zu fahren.

Ebene. Eine große Weite. Großpapa war mit seinem Schwager Alfred in den zwanziger Jahren nach der Bukovina, wahrscheinlich nach Cernowitz, gereist, um Onkel Mendel zu besuchen und sich das Land anzusehen: Es war seine einzige größere Reise in Rumänien gewesen, und Großmama, die das Reisen hasste und schon beim Gedanken daran ihre »Schwindel« bekam, war mit den Kindern in Bukarest geblieben. Sie hatte für Onkel Mendel einen Kuchen mitgegeben, den die beiden Reisenden unterwegs aufaßen mit dem Hinweis, in der Hitze würde er doch nur trocken: *Es wäre genierlich, unse-*

rem Freund einen »Sandsturm« mitzubringen – und Onkel Mendel, der davon erfuhr, frotzelte, da wären zwei Talmudisten unterwegs gewesen, die es verstanden hätten, aus ihrer Naschsucht eine Rücksichtnahme zu machen, und er zwinkerte mit seinen Augen, die ich nie ruhig gesehen habe, wie sie einstmals gewesen sein sollen, und er habe, laut Überlieferung meiner Mutter, gesagt: Gerade die trockenen Kuchen liebe er über alles, denn einerseits sei man bei diesen die Sorge los, dass sie trocken würden, weil sie schon trocken sind, und andererseits ließen sich nur trockene Kuchen wunderbar in Tee stippen, eine Schlussfolgerung, die Großmama ihrerseits wieder zur Bemerkung veranlasste, die beiden Talmudisten hätten wohl einen Talmudisten besucht –: Und sie backte ihm noch viele Jahre ihre herrlich duftenden »Gleichschwer«, die so fein auf der Zunge zergingen und sich dadurch auszeichneten, dass sie kaum einmal trocken wurden.

Die Dörfer sind der Straße entlang gebaut, die Dächer schauen schmalseitig über die Lattenzäune, die einen Streifen Wiese zur Straße hin freilassen: ein Grasband von Dorfplatz, eine Allmende, wo die Leute auf Bänken neben dem Tor sitzen, eine Kuh, ein Pferd weidet, die Ziegen angepflockt sind und die Pflaumenbäume für den Ţuică wachsen.

Und ich erinnerte mich an die Postkarte, die Großpapa von seiner Reise geschickt hatte, als ich aus der Untergrundstation hinaufgestiegen war, mich einem schnurgeraden Boulevard gegenübersah, flankiert von Plattenbauten, vor denen sich ebenjener mit Büschen und Bäumen bepflanzte Grasstreifen wiederfand. Er trennte den Fußweg von der Fahrbahn ab und zog sich den Blocks entlang, in deren Erdgeschoss kleine Läden – Bäckereien, Elektrogeschäfte – eingerichtet waren: Und ich hockte mich auf eine Treppe, zog mein Notizbuch hervor, notierte, als wäre ich Großpapa eine Antwort schuldig:

Dimitrie Cantemir. Am Rande der Stadt finde ich den Streifen wieder, doch jetzt ist er aus dem Märchen des tapferen Schneiderleins, an den er mich in Deiner dörflichen Beschreibung erinnert hat, in einen Rest Arbeiterkultur verwandelt, selbst schon mythologisierte Vergangenheit heute. Noch immer ist die verbaute Sehnsucht in diesen Blocks der späten sechziger Jahre zu spüren, die Hoffnung auf eine gesicherte, ordentliche Existenz mit Feierabendnachbarschaft und Sportklub, ein wenig Schweißgeruch und Seife, der Vorplatz gewischt: Man hat nicht viel, aber genügend, einen kräftigen Körper für ein sauberes Hemd, die Lohntüte im Buffet für Frau und Kinder und ein Bier nach dem sonntäglichen Spaziergang.

Und während ich weitertrottete, entlang dieses Boulevards, der einen Ton in mir anklingen ließ, ein besonderes Grau, das es einmal in meiner Jugend auch bei uns gegeben hatte, in Vorstadtquartieren, bevor sich die Buntheit über die Städte ausgegossen hatte, stieß ich auf eine Kreuzung, bog nach rechts ab – allerdings eine Querstraße zu spät, wie ich merkte – und gelangte zur Dîmboviţa, die kanalisiert worden war. Ich stand am Geländer, sah zum gegenüberliegenden Ufer, wo unfertig, am Rand eines Schuttfeldes, ein Komplex von Bauten errichtet wurde.

Und während die Monstrosität der Piaţa Unirii ein verdünnter Raum gewesen war, der einen aufsog und verschwinden ließ, sah ich hier auf eine Konzentration gebauter Zerstörung, aufgetürmte Kammern aus Stahlbeton, in denen die Menschen nicht wohnen, sondern eingesperrt sein sollten, und dieser Zweck, aus Hunderten von Fensterlöchern herausgeschrien, machte die Überbauung zum Lager, in Blöcke abgeteilt durch ungepflasterte Straßen.

Eine davon würde wohl Strada Morilor heißen.

Als Mutter nach dem Spitalaufenthalt ins Pflegeheim verbracht worden war, besuchte ich sie eines Tages, wahrscheinlich Anfang Herbst, die Ausgrabungen waren abgeschlossen, und wie gewöhnlich saß Mutter am Ende des Flurs am Fenster, von wo der Blick auf die Uferpromenade und den Fluss geht und die Altstadthäuser über den versengten Kronen der Kastanienbäume ihre wohlabgestimmten Farben aufreihen. Als ich sie begrüßte, blickte Mutter auf, lachte freudig, küsste mich, dass ich ein wenig verwundert ob der Begrüßung am Tisch Platz nahm und nachfragte, wie es ihr gehe.

– Ganz gut, sagte sie aufgeräumt, in meinem Alter

hat man eben das eine oder andere Gebrechen. Doch es ist nicht der Rede wert.

Sie lächelte, sah mich mit warmer Verbindlichkeit an, und ihr Ton erinnerte mich an vergangene Tage, wenn sie Besuch empfing, auf dem Tablett die Teekanne aus Cöln aufgetragen hatte, in der Schale runde Plätzchen reichte und ihre heimliche Messe der Ahnenverehrung feierte, während der Besuch sich von der gepflegten und freundlichen Aufnahme durchaus gezwungen sah, »sich des Zuckers mit der Silberzange zu bedienen«.

– Erzähle mir, wie es dir geht, sagte sie. Und was deine Töchter machen?

Ich stutzte, vermutete, sie würde mir wieder Kinder zudenken, wie sie es schon einmal getan hatte, und sagte ebenso beiläufig und im Ton ihrer Konversation, dass ich keine Kinder hätte, worauf sie schelmisch lächelnd entgegnete, dass sie ja meine beiden Töchter bestens kenne, die ihrerseits schon wieder Kinder hätten, ihre Urenkel eben, wenn sie sich der Namen auch nicht mehr entsinnen könne, und mir wurde klar, dass sie mich mit meinem Bruder, der seit vielen Jahren mit seiner Familie in Kanada lebt, verwechselte.

– Du bist nicht mein älterer Sohn? Nein? Seltsam.

Doch schon im nächsten Satz hatte sie es vergessen, und als Mutter auch nach einer zweiten Korrektur dabei blieb, dass ich mein Bruder sei, der aus Kanada hergereist wäre, um sie zu besuchen, beließ ich es dabei, nicht ahnend, dass ich auch künftig mehr und mehr hinter meinem Bruder verschwinden würde, ihr abhandenkäme, wie ein verlegter Gegenstand: Mutter würde mich nicht mehr erkennen, ich wäre ein anderer, und da ich das akzeptieren musste, fühlte ich mich auch berechtigt, sie nach meinem Ergehen zu erkundigen.

– Es geht ihm sehr gut, sagte sie von mir. Er hat wie immer viel Arbeit. Er arbeitet im Gastgewerbe, in einem Hotel oder in einer Bar, und ich weiß gar nicht, ob ich dir erzählt habe, dass er in Rumänien gewesen ist. Er ist nach Bukarest gefahren.

Und meine Mutter erzählte mir meine Geschichte: dass ich in einem großen Haus gewohnt hätte, wie das in Rumänien üblich sei, mit einem Garten, in dem ich das Frühstück hätte einnehmen können, und ich sei mit dem Rösslitram von Lemaître aus zur Strada Lipscani gefahren, hätte eine *birjă*, eine Mietskutsche, genommen und sei die Calea Victoriei hinauf- und hinunterkutschiert …

– Den Corso, weißt du, zusammen mit einem Freund, ich glaube, er hieß Schachter – und er hat mir gesagt, dass es ihm ausgezeichnet gefallen habe. Er ist ganz begeistert von Bukarest und unserem Haus an der Strada Morilor.

– Aber es hat sich doch bestimmt vieles verändert, sagte ich. Hat er denn nichts erzählt von dem, wie es heute dort aussieht?

– Doch, aber es ist eigentlich noch alles so, wie es

schon damals gewesen ist. Oh natürlich – und innerlich schenkte sie mir einen »Tschaigorum« ein, den oval gefeilten und mit einem durchsichtigen Lack bedeckten Fingernagel, der jetzt gelblich und spröde war, auf der Knospe der Teekanne –, oh natürlich gibt es Veränderungen, aber zum Besseren, die Häuser sind alle sehr schön zurechtgemacht und die Gärten offen, ohne Bretterverschläge, voll Blumenbouquets in ovalen Beeten. Nur die Dîmboviţa ist nicht mehr so, wie sie gewesen ist. Die Ufer waren damals steile Böschungen gewesen, jetzt ist sie ein Kanal, gefüllt mit klarem Wasser, und weiße Schiffe fahren mitten durch die Stadt.

– Habe ich dir von der Segnung des Wassers erzählt, wenn an Epiphania, dem Drei-Königs-Tag, ein Pavillon an der Dîmboviţa errichtet wurde, um den sich viele Leute in Sonntagskleidern versammelten, und die Fanfaren die Ankunft des Königs ankündeten, wir aus dem Pavillon das Singen des Chores hörten, und nachdem der Metropolit die Wasser Rumäniens gesegnet hatte, warf er ein Kreuz in den Fluss: Der Augenblick, in dem Buben und junge Männer ins eisige Wasser sprangen, um nach dem Kreuz zu tauchen, und wer es erwischte, es über die vereiste Böschung heraufbrachte, bekam vom König hundert Franken, und die Leute jubelten, wenn man einen Juden in der Nähe oder unter den Neugierigen fand, den man »taufen« konnte und ins Wasser drückte, bis er sich nicht mehr wehrte, hab ich dir erzählt, wie sie jubelten?

Ich klammerte mich ans Ufergeländer, an den rostig porösen Lauf zwischen den gusseisernen Pfosten, betrachtete die Dîmboviţa, versuchte sie vom zerstörten Hintergrund abzulösen, setzte ihre spiegelnde Wasserfläche in ein Verhältnis zu dem Geländer und den Bäumen am anderen Ufer, holte ganz selbstverständlich, ohne den geringsten Skrupel, ein Bearbeitungsprogramm auf die Großhirnrinde, zog die Farben aus meinen Blicken und begann in meinem Kopf nach dem Schwarzweißfoto in Mutters Album zu retuschieren: Ja, das Geländer, mit den sich wiederholenden Zierstäben, konnte als alt durchgehen, obschon das ursprüngliche aus zwei horizontalen Stangen bestanden hatte, die Dîmboviţa lief noch immer gerade in dieses Nichts hinter dem Schlachthaus, dem Abator, ein geometrisches Band, und wenn es auch keine Grasböschung mehr gab, keinen Treidelpfad und das Wasser gefasst war in eine Betonschale, um das Flüßchen schiffbar zu machen, ein weiteres unsinniges Projekt des Conducators, so hatten einzelne Bäume außerhalb des Geländers doch Stämme und Kronen, die ein Jahrhundert des Wachstums gebraucht hatten: An ihnen war Großpapa vorbeigegangen, zum Beispiel an jenem Mittag 1917, als die Webstühle in den Sälen abgestellt worden waren, er sorgfältig die Bürotür für den Rest des Krieges zusperrte und in seinen Gamaschen von der Fabrik durch den Schneematsch nach Hause schritt, entlang den Alleebäumen, den Stock trotzig aufsetzend.

Und ich trottete am Ufer entlang, an dem stadtauswärts die Fabrik gestanden haben musste, die *Societatea română pentru Industria de Bumbac*, auf der Seite des Flusses, wo nicht alles abgerissen worden war, ein paar alte Häuser und Fabriken standen, es Bretterverschläge und schmale Gärten gab, eine Werkstätte, und die Gehsteige asphaltiert und nicht nur staubige Lagerwege waren. Und ich wollte dieses langgestreckte, zweigeschossige Gebäude finden, dessen Stirnfront mich durch seinen Giebelaufsatz an ein Buffet erinnert hatte. Ich fotografierte eine leer stehende Fabrik, ein wenig zurückversetzt von der Uferstraße, die in nichts dem Bild in Mutters Album entsprach und ein geradezu lächerlich kleines Gebäude im Vergleich zu den Werkhallen der Bumbac vorstellte, aber wenigstens einen Giebelaufsatz besaß, zwar ohne den barocken Schwung der ehemaligen Weberei, doch immerhin mit einem Aufsatz, in den das Relief eines Stiers auf blauem Grund eingelassen war: So könnte es doch gewesen sein, auch wenn es nie so gewesen ist.

Ich suchte entlang der Dîmboviţa, die Kamera am Hals, spähte nach Häusern und Gebäuden, die so aussahen wie auf den Bildern des Albums, suchte nach Ähnlichkeiten, gab mich bereits mit Ungefährem zufrieden und hatte gleichzeitig das Gefühl, ich sei in der Nähe von Straße, Haus, Garten meines Großpapas, im mythologisierten Revier. Was, wenn es dennoch existierte? Ich zögerte, sah mich um, angekratzt vom Verdacht, meine Genügsamkeit, ein Fabriklein mit Giebel schon für die Bumbac zu nehmen, könne ein Schutz sein, um Mutters Vorhang mit bestickten Mustern, den sie nach der Abreise 1926 aufgehängt hatte, um dahinter in ihrer Erinnerung zu leben, nicht wirklich lüften zu müssen, und ich war geradezu erleichtert, als ich eine breite, verkehrsreiche Straße erreichte, die mit lärmender Gegenwart in die Häuser schnitt.

Eine Brücke führte über den Kanal, mündete auf einen öden Platz, an dem linker Hand die Lagerblocks endeten. Im Hintergrund standen Hochhäuser, und rechts, stadtauswärts, schloss sich ein Industriekomplex an, dessen Werk- und Fabrikationshallen einen blauen Anstrich hatten, auf dem weiße Lettern »Timpuri Noi«, die »Neuen Zeiten«, verkündeten. Doch die Farbe war verwittert, das Werk stillgelegt, und noch während ich über die Brücke ging, veränderte sich das Aussehen des Platzes. Auf einem sanft ansteigenden Hügel mit Bäumen stand eine Basilika mit zwei Türmen, die ich sah und wiedererkannte, sie war die Kirche, die zum Quartier gehörte und mir das Gefühl gab, angekommen und bald zu Hause zu sein. Ich blickte verwirrt zu den beiden Türmen, an die ich glaubte, mich erinnern zu können, obschon es keine mir bekannte Abbildung gab.

Und schon sanken die Hochhäuser in sich zusammen, verschwanden vom Horizont, der Industriekomplex verkleinerte sich, die Werkhallen wurden bescheidener – Lemaître, schrie es in mir, Lemaître, das ist doch Lemaître –, und da war auch schon die Haltestelle des »Rösslitrams«, ja, an der leicht ansteigenden Straße, wo Mutter jeweils gewartet hatte, um nach Sfîntu Gheorghe, dem *Centralpunkt*, zu fahren. Und ich rannte von der Brücke mitten auf den Platz. Dann gab es die Strada Morilor vielleicht doch noch, sie musste weiter stadtauswärts, im rechten Winkel zur Dîmboviţa liegen, am Ende von Lemaître – so hatte es Mutter gesagt –, am Ende jetzt der »Neuen Zeiten«, und diese kehrten in mein Bewusstsein mit bremsenden, hupenden Autos zurück, durch die ich mich hinüber zum Gehsteig rettete. Doch bestimmt war während all der Jahrzehnte der Werkkomplex erweitert worden, hatte sich, wie die Industriebauten bei uns auch, Straßenzug um Straßenzug weitergefressen (doch die Bäume, die Bäume waren alt!), und ich suchte der blechernen Abschrankung und der Mauer entlang das Ende des Fabrikgeländes auszumachen, trabte los: Dort unten, hinter den Zweigen eines Busches, schauten Stuck und Giebel hervor, und ich rannte auf der Straße, um unbehindert von den Uferbäumen bessere Sicht zu haben, und fiel auch schon wieder in einen zögerlichen Schritt: Das Haus am Ende der Fabrik, die eben nicht Lemaître, sondern Timpuri Noi hieß, war ein biederer Bau der fünfziger Jahre, und ihm gegenüber, wo einstmals diese portalgeschmückte Villa platzgreifend gestanden hatte, klebte ein Haus an Schutt- und Abfallhaufen, die Rollläden geschlossen, selbst dem Zerfall preisgegeben. Tu ne te désillusioneras jamais, höhnte es in meinem Kopf, du gibst die Illusionen niemals auf. Warum auch sollte es noch irgendetwas von einer Zeit geben, in der noch der König regierte, auf Großpapas Nase ein Zwicker saß und von einem Mädchen nur gerade noch die Haarschleife hinter dem damals noch jungen Stämmchen hervorsah?

Ich kam zur Einmündung der Straße, sah auf Trümmer und Schutt, hingekippten Abfall, blickte in die Straße, die gegen Ende leicht anstieg, und ein schwarzer Hund trottete langsam und mit hängender Zunge über die Strada Morilor.

XVII

AM ENDE DER NEUEN ZEITEN

Das Album offen in der Hand, wieder stockend, vergleichend, ein paar Schritte weitergehend, beobachtet von einer Gruppe Zigeuner, die am Boden hockte, bewegte ich mich in die Straße hinein, die ein staubig trockenes Schlammbett war und doch gleichzeitig eine Fotografie vor mir auf der Hand: Doch dieser weit sich öffnende Keil hellen Himmels auf Großpapas Bild, begrenzt von den Häusern, die sich verkleinernd in einen fernen Fluchtpunkt zusammenzogen, war jetzt verdeckt von Baumkronen, die einen dunklen Tunnel bildeten und auch die Häuser verbargen, bis auf den Vordergrund, einen Trümmerplatz, dem gegenüber verwahrloste Häuser hinter Mauern und Verschlägen standen. Ein kräftiger Bursche stieß mich an, der von der Gruppe Zigeuner losgeschickt worden war, um zu erkunden, was der Fremde hier wolle, er rempelte, und ich blickte von dem misstrauisch feindlichen Gesicht auf das Foto, von da zum dritten Haus und tippte auf das Album, deutete dann mit ausgestrecktem Arm zum Haus: My mother's house!, schrie ich. My mother's house! Und er blickte auf das Foto, rief dem Alten, der auf der Schwelle hockte, etwas zu, schlenderte davon, und ich war von einer schreienden, halbnackten Kinderschar umringt, während ich auf das Haus, Strada Morilor Nummer 7 sah.

Einen Moment lang war es, als hätte ich die Fotografie, die Großpapa im Oktober 1912 so umständlich aufgenommen hatte, betreten, wäre in unsere Familienikone hineingeschlüpft und stünde verblüfft, dass es irgendetwas davon wirklich gab, an dem Ort, den ich als Kind wieder und wieder im Album betrachtet hatte: Ich war in Mutters heimlich gelebter Welt angekommen, von der ich bisher ein paar Gerüche, Gerichte und Gegenstände gekannt hatte, stand vor diesem Haus, das für sie eine Lebensart repräsentiert hatte und das es wirklich gab! Das Erfundene hatte sich da vor mir mit dem Gefundenen vereint, und ich ging über die verdreckten Pflastersteine, über die hinweg die Räder der Kutsche gerollt waren, auf das Haus zu, das hinter dem Gitterzaun stand, den Großpapa im Winter 1917, nachdem der Holzverschlag gestohlen worden war, hatte errichten lassen, entdeckte in der Fassade die Steinfigur, die in ihrer Nische neben dem Salon noch immer den Arm erhoben hatte, diese Botin, die in den Molassehügeln den einstigen Reichtum verkündet hatte – und ich war endlich, wenn auch spät, am Ende ihres Lebens und eines Jahrhunderts, hinter diesen Vorhang gekommen, durch den Mutter sich so oft zurückgezogen und mich mit Vermutungen allein zurückgelassen hatte: Jetzt schaute ich selber, wovon sie erzählt hatte, machte Schritte auf der Pflasterung, die bis dahin nur Abbild gewesen war, berührte die rostigen Stäbe, und die Kinder umdrängten mich noch immer, lachend und schreiend, als wäre ich mit einer ganzen Schar endlich angelangt.

Das Gelb in den Resten von Verputz, dieses eingetrocknete Gemisch aus Kaffee- und Zigarettenduft, vom Messinggeruch in der Handfläche und dem stumpf gewordenen Glanz der lamettierten Medaillons im Dosendeckel, mein Gelb: Da war es an der Wand neben der Gittertür zum Garten, und ich berührte es in dem nie erneuerten Verputz, fuhr mit den Fingerspitzen darüber, und es war wächsern wie eine schon leblose Haut.

Die Platten des Gehwegs, Klinkersteine, wie ich jetzt durch die Stäbe der Gittertür sah, vierteilig, mit Rillen, die aufeinander zu liefen, Kreuzchen wie Kreuzstiche, gefüllt mit weißem Sand, zerbrochen, überwachsen von Gras, uneben geworden wie ein eingelaufener Saum entlang des Hauses, der Gehweg ging in kleedurchwuchertes Gras über, auf dem ein paar Kübel standen und ein Stamm vermorschte, zwei schwache Radspuren zu einer Garage führten, die über dem Tor eine Betonbalustrade wie eine plumpe Krone trug, zu der eine eiserne Stiege hinaufführte. An der Wäscheleine hingen zwei Klammern.

Mutters Fenster, von dem aus sie die Händler beobachtet hatte, als sie sich Richtung Dîmboviţa entfernten, Gestalten in pludrigen Hosen, überfallenden Hemden, den Korb auf dem Kopf. Und die Rufe verebbten: Aaardeiradicidelunăcartofi –, und neben der Laibung brachen Ziegelsteine aus dem Mörtelweiß, ein großes Stück des Verputzes war weggerissen wie der Fetzen Fell des Hundes, den die Köter an der Strada Salcîmilor gejagt hatten, und unter dem wappengeschmückten Sturz hing im hohen Kreuz des Fensters eine zu drei viertel geschlossene Jalousie, eine Bahn brüchiges Tuch wie ein müdes Lid.

– Habe ich dir erzählt, dass dein Bruder in Bukarest gewesen ist, er hat unser Haus an der Strada Morilor besucht, ein Arzt wohnt jetzt dort, und er hat geklingelt, am Messingknopf, der so hoch in der Mauer angebracht ist, dass die Kinder nicht hinauflangen konnten, auch Curt und ich kamen nicht bis dort hinauf, doch wir sind ja nie unbegleitet ausgegangen. Auch jetzt soll es noch viele Kinder dort geben, sie spielen auf der Straße, es war immer schon eine ruhige Straße, und das Haus ist wunderbar zurechtgemacht, er hat mir Fotos gezeigt, es ist ganz wunderbar renoviert, neu verputzt und gestrichen, nur das Gitter zur Straße hin ist noch dasselbe, das Papa anfertigen ließ, es gab ja damals im Krieg nichts mehr, kein Holz, um zu heizen, und auch der Pavillon, in dem wir zu Mittag gegessen oder Besuche zum Tee empfangen haben, steht nicht mehr, dort soll jetzt eine Garage sein, überhaupt hat sich der Garten verändert, bis auf den *dud*, der steht noch, mein Maulbeerbaum, aber sonst ist der Garten verändert, ich habe Fotos gesehen: Alles ist sehr schön und gepflegt, es ist noch immer eine vornehme Wohngegend.

– Nu, was soll ich Ihnen sagen, ich bin in dem Haus geboren, ich habe immer hier gelebt, und ich werde hier sterben.

Wir saßen in Campingstühlen im Gras, einen wackligen Tisch zwischen uns, Madame Filip, eine füllige Frau um die fünfzig, hatte einen Teller mit Schinken- und Käsestücken aufgestellt, dazu ein Glas Saft, und ihr Mann, älter als sie und von einem Herzinfarkt, wie er erzählte, noch immer nicht ganz genesen, hatte mit müden Augen das Album durchblättert, genickt und gemurmelt »so war das, so war das«, und eine Strähne seines schütteren Haares wippte wie eine Feder.

– Mein Vater hat das Haus 1927 gekauft, er war Arzt, wie ich es auch geworden bin, und er hat dann dieses Häuschen anstelle des Pavillons gebaut, das heute die Garage ist und noch ein Fotolabor enthält und das ihm als Ordinationszimmer gedient hat. Später hat er noch einen Anbau errichten lassen, dahinten, wo ein Hof für die Gänse gewesen ist, sonst mochte er nichts verändern oder erneuern, und als man es hätte tun sollen – nu, was soll ich Ihnen sagen –, da war es zu spät, es fehlte das Geld, und die Zeit war so, dass man nicht wusste, was werden würde: Viele Juden in der Straße sind fortgegangen, so sie noch Wege fanden, die Häuser haben leer gestanden, man hat sie ihnen weggenommen und nach dem Krieg den Zigeunern gegeben. Von uns blieben nur wenige, Herr Wechsler, er ist heute neunzig Jahre alt, mit ihm spiele ich bisweilen noch Schach, Frau Megiesch, unsere Nachbarin, die bis 1957 gelebt hat, mit ihrem Bruder, der im Krieg aus der Wehrmacht desertiert ist, sie war eine Deutsche, doch die Wienert, die Hechts und wie sie alle hießen, sie waren weg, und man wusste nicht, was geschehen würde. Durch Jahre hindurch bin ich schikaniert worden, man wollte mir das Haus nehmen, vielleicht für die Zigeuner, vielleicht für eine Neuüberbauung, wer konnte das schon sagen. Doch ich habe mich geweigert: Nur sehen Sie, was daraus geworden ist. Was soll ich tun? Schauen Sie, da wo Ihre Mutter auf der Stiege zum Salon gesessen hat, sind jetzt Ziegelsteine aufgeschichtet, die Fenster sind kaputt und innen, nun davon muss man schweigen. Doch auch mein Herz ist alt, und ich weiß nicht, wie viel Zeit mir noch bleibt.

Er führte mich zum Kücheneingang, und ich betrat über die Stufen den Windfang vor dem Flur, von dem aus meine Mutter die Zigeunerkinder beobachtet hatte, wie diese sich an ihre Mütter und Geschwister drückten, um den Preis der Läuse, und es war dieselbe Schwelle, auf der meine Mutter gestanden hatte, dieselbe Tür, durch die sie gegangen war, und scheu berührte ich die Klinke aus Messing. Ich blickte in das dämmrige Dunkel, das sich erst allmählich lichtete, und folgte Herrn Filip zum Ende des Flurs, von dem aus im rechten Winkel ein schmaler, kahler und sehr hoher Gang durch die Länge des Hauses führte, blass erhellt vom Lichthaus auf dem Dach: ein Gang, durch den die kleine Ruth hatte rennen müssen, so unheimlich war er und auch so eng, dass man kaum aneinander vorbeikam: Noch immer polterten die Schrittchen, es roch nach Schnee, obschon es Sommer war, und der bläuliche Schimmer auf der Tapete war kalt, und auf dem Boden lagen Späne von Feuerholz.

– Der Dienstbotengang, sagte Herr Filip und suchte in seiner Leinenhose nach dem Schlüssel. Salon, Speisezimmer, die Bibliothek sind untereinander verbunden, doch für die Bediensteten oder wenn man nicht stören wollte, benutzte man diesen Gang, zu dem jedes Zimmer eine eigene Tür hat. Doch die Räume sind schon seit vielen Jahren nicht mehr bewohnt. Sie sind zu groß, sie müssten hergerichtet werden, und dazu fehlt das Geld.

Herr Filip presste den Schlüssel ins Schloss, drehte hin und her, während er die Türfalle wiederholt drückte, murmelte: – Da sehen Sie, ich werd es flicken müssen, stöhnte erleichtert auf, als der Riegel doch nachgab, stieß mit der Schulter ein sich verbreiterndes Viereck von nussbraunem Licht auf.

Und ich betrat einen großzügigen Raum, der als Salon gedient hatte, mit dem Bogenfenster und dem seitlichen Ausgang zum Garten hin, einem hohen Kamin und der Schiebetür zum Speisezimmer, und ich dachte, dass hier Großpapa abends geraucht und gelesen, Großmama ihre Handarbeiten auf den Knien ausgebreitet hatte, die Schachters zum winterlichen Besuch weilten, während die kleine Ruth durch den Türspalt spähte: Noch dieselbe Stukkatur, die gleiche Tapete. Doch der Raum war vollgestellt von Hausrat, Möbeln und Geräten, von Kleidern, Stoffen und Tüchern, von Schachteln und Kisten, Blechdosen mit Schrauben, Töpfen voll Münzen, Schlüsseln, Medaillen und Stecknadeln, und Stapeln von Tellern, alten Lampen, Leuchtern und Kerzenstöcken, Bildern, Skulpturen … eine Brockenstube, die sich im Speisezimmer fortsetzte, verstaubt und modrig, die Luft ein glasiger Körper, durchdrungen von einem durch vergilbte Jalousien verfärbten Licht.

– Da sehen Sie selbst, was soll man dazu sagen.

Und ich stand da und hatte eine Antwort, allerdings eine nur für mich, die ein Glücksgefühl nach sich zog. Ich hatte da, im Innern des Hauses, meine Mutter gefunden, endlich sah ich sie, ja mehr als das: Ich hatte die Empfindung, in ihre innerste Welt getreten zu sein, in ihr altes brüchiges Gehirn, alles war dort wie früher, der Plafond, die Wände und Tapeten, nur gealtert und jetzt vollgestellt mit Stücken, die sich angesammelt hatten, die man nicht weggeben oder aufgeben wollte und die nun gestapelt hier lagen, mit der Zeit immer mehr in Unordnung geraten. Und ich stand nur einfach da, in dieser verfallenden Welt, sah und hatte gefunden und war selbst wie erlöst.

– Ich weiß nicht genau, weshalb meine Familie in die Schweiz zurückgekehrt ist, sagte ich, als wir wieder in den Campingstühlen Platz genommen hatten und Herr Filip eine Flasche Ţuică hervorgekramt hatte, von dem er selbst nicht trank, wegen des Herzens, wie er versicherte, mir dafür umso reichlicher einschenkte: Ein echter Ţuică, wie er sagte, selbstgebrannt, von Verwandten auf dem Dorf.

– Großpapa hätte sich hier eine neue Stellung suchen können, die Veränderungen brachten es zwar mit sich, dass nur noch eine beschränkte Zahl von Ausländern in der Direktion sitzen durfte, und Weißmans Sohn rückte nach – aber dennoch waren Ausländer geduldet. Außerdem hätte er auch einfach von seinem Vermögen leben können, er war über fünfzig Jahre alt, die Kinder erwachsen. Was drängte sie, nach so langen Jahren in Rumänien, nach einem feudalen, altmodischen Leben, das ihnen behagte, das sie genossen hatten, zur Rückkehr? Großmama schrieb auf einer Postkarte, die sie, kurz bevor sie

Rumänien verließen, an ihre Verwandten schickte: *Die Abreise wird wahrscheinlich erst am 17. oder 18. Mai erfolgen. Gerne gehen wir nicht fort von hier.* Warum aber gingen sie dann, dazu noch in die Schweiz, in dieses nüchterne Land? Das werde ich wohl nicht mehr erfahren. Tatsache ist, dass sie sich nicht mehr zurechtfanden, mein Großpapa sein Vermögen verlor, in seinem Kämmerchen vergessen wurde und die Familie S., die sich einstmals so stolz in diesem Garten vor der Kamera präsentiert hatte, sich selbst und dem Leben abhandenkam, das sie hier so herrschaftlich geführt hatte.

Ich bat um die Erlaubnis, auf den Dachbalkon der Garage, dem früheren Ordinationszimmer, steigen zu dürfen, und nachdem Herr Filip eingewilligt hatte, allerdings bedauerte, mich nicht begleiten zu können, die Treppe sei zu steil, er fühle sich heute nicht sicher genug, kletterte ich die Stufen alleine hoch, froh, einen Augenblick ungestört zu sein. Ich betrat das Geviert, das an eine Wanne oder ein Bassin erinnerte und in das hinein die Äste des Maulbeerbaumes hingen, Zweige mit krautig glänzenden Blättern, über die ich mit den Händen fuhr, als könnte ich durch die Blätter und Zweige hindurch die Vergangenheit mit den Fingern berühren. Aus dem Saft seiner Früchte hatte die ungarische Köchin die Schlehwürfel gekocht, die Großmama zum Kaffee servierte, weiß gepudert von Staubzucker.

Der Garten, von hier oben betrachtet, war ein Bauplatz, auf dem nicht gebaut wurde, seit Jahren nicht mehr, und ich blickte darüber hin zur Straße, zu den ausgeschlachteten Autowracks unter zerfetzten Planen, sah über dem aus Blechen gefertigten Verhau das charakteristische Vordach am Eingangsportal, von dem allerdings nur noch der rostige Fächer der Glasfassung übrig geblieben war: Dort hatte Madame Megiesch gewohnt, zu der meine Mutter so oft gelaufen war, wenn Großmama mit Schwindel im abgedunkelten Zimmer gelegen hatte, die ihr die Blumen im Garten gezeigt hatte und dann im Pavillon Schokolade auftragen ließ, Geschichten erzählte und einen schmalbrüstigen Mann zum Gatten hatte, der an Asthma litt und Direktor des Schlachthauses war. Eine Deutsche, wie ich eben erfahren hatte, eine wirkliche Dame, wie Mutter behauptete, deren Porträt im Album klebte. Und ich fragte mich, während ich nach dem Türmchen ihres Pavillons spähte, das es hinter Schrott und Trümmern tatsächlich noch gab, ob mein Traum von der Schokoladenhexe, den ich als Dreijähriger geträumt hatte, die mich gejagt und verfolgt hatte, etwas mit dieser Madame Megiesch, der Schokoladenmama meiner Mutter, zu tun haben könnte?

Die Antwort war nicht mehr wichtig. Ich würde jetzt abreisen, diese vergangene Welt hinter mir lassen, ich wollte jetzt meine Mutter sehen.

XVIII

DAS TEEGLAS

– Du bist wiederauferstanden, sagte Mutter, und es war Winter, das Fenster am Ende des Flurs füllte ein nebliges Licht, zersprungen vom Geäst der Uferbäume, sie sah mich an, freudestrahlend, der ich in Mantel und Hut vor ihr stand, erst warst du tot, sagte sie, gestorben vor zwei Tagen, und die Betreuerin erzählte mir, sie hätte gestern nur immer geweint: – Jetzt also bist du wiederauferstanden. Es ist ein Wunder!

Ich nickte. Auf dem Tisch stand ein Glas Tee, ein Zylinder mit rötlicher Flüssigkeit, von leuchtender Klarheit wie Kristall.

Ganz plötzlich, vor ein paar Wochen, war das Radio verstummt, das durch Decken und Wände Nachrichten über die Familie S. gesendet hatte. Nichts, gar nichts mehr konnte Mutter von ihrer Familie hören. Ich weiß nicht, wo Papa ist, sagte sie, und von Mama habe ich auch nichts mehr gehört. Nie rufen sie an. Papa hat noch einmal telefoniert, aber auch das ist schon lange her.

Und mit dem Erlöschen der Stimmen verschwanden die Jahre in der Schweiz, die auch die Jahre unseres gemeinsamen Lebens gewesen waren. Sie brachen weg wie eine riesige Eisscholle, die sich löst, in die Tiefe stürzt und abgetrieben wird: Nichts mehr blieb von meiner Kindheit und Jugend, nichts von unserer Familie, den wechselnden Wohnorten, den Reisen, nichts von den Aufschwüngen und Zusammenbrüchen, die mein Vater in schöner Regelmäßigkeit in unseren Alltag eingestreut hatte, bis er mit achtundsechzig Jahren starb.

Schon während der Radiosendungen hatte sie ihren Mann, meinen Vater, weggeschickt, der angeblich während eines Besuches im Pflegeheim gelärmt und sich in einer zwielichtigen Gesellschaft anderer Toter ungebührlich aufgeführt hatte. Er war weggeschickt und zu einer flüchtigen Bekanntschaft degradiert worden, von der zu reden es sich künftig nicht mehr lohnte. Neben ihm wollte sie dereinst nicht begraben sein, es wäre doch lächerlich, neben einer belanglosen Affäre, die weit zurückliege, bestattet zu sein: Sie hatte den Namen meines Vaters vergessen, fragte mich, ob sie je verheiratet gewesen sei und ob sie auch Kinder gehabt hätte, und war in ihre eigene Kindheit und Jugend zurückgekehrt, die jetzt noch aus meinen Erzählungen bestand.

– Im Salon vorne links, neben dem Kamin, ist die Tür zu deinem Zimmer, einem länglichen, hohen Raum mit zwei Fenstern, eines zur Straße hin, eines zum Garten, die Jalousien sind aus gestreiftem Leinenstoff gegen die Sonne, und innen hängen bestickte

Vorhänge aus Baumwollstoff. Gleich rechts, neben der Tür, steht der Ofen …

– Hatte er nicht rote Kacheln?

– Ein Vieux-rosé.

– Rosen! Vier außen, eine innen. Rosen waren auf den Kacheln. Sie sind vertrocknet von der Wärme.

Und ich versuchte ihr das Muster der Tapete zu beschreiben, diese gold, rot und grün gemusterte Tapete, ein barockisierter Jugendstil, und sie hörte zu, sagte, wie genau du das noch weißt, es sind Geschmeide für Madame Megiesch gewesen, Ohrgehänge und Colliers und ein Bauchschmuck, goldene Fächer, erinnerst du dich nicht, doch im Sommer, wenn Mama Essigwickel um meine Beine legte, waren es Krieger und Hexen. Doktor Schlesinger hat sie auch gesehen.

– Ich habe sogar versucht, sagte ich, den Fettfleck zu finden, den das Gewehr auf der Tapete gemacht haben muss, als die Deutschen das Haus besetzten.

Doch davon wusste sie nichts.

– Trinken Sie, trinken Sie. Sie müssen mehr trinken, sagte die Pflegerin, die beim Vorbeigehen einen Blick auf das Glas geworfen hatte, drei Viertel gefüllt mit einer rötlich kristallenen Flüssigkeit. Sie trinken zu wenig. Es geht Ihnen viel besser, wenn Sie trinken.

Madame nickte, lächelte verständnislos und sagte nachsichtig wie zur Beruhigung von jemandem, der in die Verhältnisse nicht eingeweiht war:

– Es gab keine Gewehre in unserem Haus, Papa

hätte das nicht geduldet. In der Fabrik schon, wegen der Ratten, die vom Abator her kamen, und Kosice hat einmal Curt das Gewehr gegeben, um auf die Ratten zu schießen, doch zu Hause gibt es keine Gewehre: Papa würde das nicht dulden. Niemals.

Und mit der flattrigen Hand stieß sie das Teeglas leicht zur Seite.

– Dass du weißt, wo ich bin, sagte sie bei einem nächsten Besuch, wieso weißt du, dass ich hier bin?

Sie saß am Ende des Flurs allein am Tisch, vor sich das Teeglas, drei Viertel gefüllt, eine rötlich gleißende Flüssigkeit.

– Ich bin eben hierher zurückgekommen, sagte sie, noch vor keiner Stunde. Du arbeitest immer noch als Kellner? Ich bin nicht gern auf Bahnhöfen, es gibt da allerlei verschiedene Leute, doch was soll ich tun? Ich habe Onkel Mendel besucht. In London. Er ist alt geworden.

Ich hatte längst aufgegeben, ihr zu erklären, was meine Wirklichkeit war, nämlich dass sie im Pflegeheim saß und nicht auf einem Bahnhof, ich auch nicht als Kellner arbeitete und dass Onkel Mendel anfangs der sechziger Jahre gestorben war. Wir sind damals zur Beerdigung gefahren, die ganze Familie, und fanden uns überrascht von den bescheidenen Verhältnissen, in denen er gelebt hatte, vor allem aber begriff ich, dass auch er in der Vergangenheit lebte, in einer, die am Gartentor zwei Tage vor Sukkot 1941 begonnen hatte und jede Nacht wiederkam, jede Nacht – und den Tag zu einem Traum machte, der ihm ein wenig Erholung brachte, bis er abends wieder dorthin zurückkehren musste, wo sich die Angst in der Anzahl Schachteln von Medikamenten ausdrückte, die auf seinem Nachttisch gestapelt lagen, zum Schluss ein gebrechlicher Mann, der kaum mehr gehen konnte. Nur die Augen wollten noch immer der goldgefassten Brille entlaufen und konnten aus dem umzäunten Areal nicht entfliehen, bis zuletzt nicht.

– Und was hat Onkel Mendel gesagt?

– Er war in Bukarest. Er war an der Strada Morilor. Ein Arzt wohnt jetzt dort, ein Doktor Schlesinger. Er war auch im Innern des Hauses, im Salon und im Speisezimmer. Er hat gesagt, die Tür zu meinem Zimmer sei neben dem Kamin und der Ofen sei rosa, so wie der Tee hier, den ich trinken soll und der fad ist und nach nichts schmeckt.

Und sie zeigte auf das Glas, zu drei Viertel gefüllt von dieser leuchtenden Flüssigkeit.

– Ich weiß nichts mehr, sagte sie.

Sie weinte.

– Ich weiß nicht, ob ich überhaupt noch da bin.

Sie wischte zittrig, unendlich langsam über die sich rötenden Lider.

– Vielleicht bin ich jemand anderer geworden, der jetzt so aussieht wie ich selber.

Eine Träne sickerte in eine Falte ihrer blassen Wange.

– Ich bin ein Mensch ohne Kopf.

Sie faltete das Taschentuch mit den flattrig zitternden Fingern zusammen, ein Knäuel, das in ihrer Hand, in den Schoß gelegt, wieder größer wurde.

– Ich erinnere mich, dass ich Erinnerungen hatte! Schöne Erinnerungen.

Sie blickte auf das Glas Tee, zu drei Viertel gefüllt, fuhr sich mit dem Taschentuch über die rissigen Lippen.

– Ich erinnere mich nur noch an Dinge, die weit zurückliegen. Sie streckte die Hand nach dem Glas aus. So weit zurückliegen, dass ich mich nicht mehr an sie erinnern kann.

Sie fasste das Glas, das sie nicht heben konnte, schon seit ein paar Tagen nicht mehr heben konnte, und es klapperte auf der Kunststoffplatte, die Flüssigkeit schwappte, zerbrach das Leuchten, quirlte, war einfach nur Tee, der verschüttete, und Mutter lachte, als erinnerte sie sich an etwas, sie lachte und sagte:

– Es schwankt.

Christian Haller

Flussabwärts gegen den Strom

244 Seiten, Luchterhand 87602

**Wie man seine Bestimmung findet:
der neue autobiographische Roman von Christian Haller.**

Die Risse im Fundament seines Hauses führen Christian Haller zu der Frage, wie der Untergrund seines Lebens beschaffen ist. Und wie er den Weg gefunden hat, den es nicht gab und den er dennoch gehen wollte: den Weg eines Schriftstellers.

Mit feinem Gespür für die verborgenen Strömungen spannt Christian Haller den Bogen durch ein wechselhaftes Jahrhundert. Es ist der Roman über die dichterische Kraft der Erinnerung – und darüber, wie die Zeit in jedes Leben hineinragt.

»Christian Hallers Romane verbinden atmosphärische Präzision und gedankliche Klarheit auf beglückende Weise.«
Alexander Kissler, Cicero

Christian Haller

Das unaufhaltsame Fließen

Roman

256 Seiten, btb 71829

Der Damm ist gebrochen, der Fluss des Lebens trägt ihn höchste gesellschaftliche Kreise: Der Erzähler von Christian Hallers autobiographischem Roman ist Anfang zwanzig, kommt eher zufällig an das Gottlieb Duttweiler-Institut bei Zürich und macht Karriere. Doch mit dem Einblick in die Machenschaften von Politik und Wirtschaft muss er erkennen: Auch dies kann – trotz Aufstieg und Erfolg – nicht sein Weg sein.

»Christian Haller erzählt die exemplarische Geschichte des jungen Mannes, der er einmal war, aber heute nicht mehr ist. Entstanden ist eine Education mentale und ein Sittenbild der Schweiz.«

Felix Schneider, SRF 2 Kultur

btb

Christian Haller

Die verborgenen Ufer

Roman

256 Seiten, btb 71583

Der erste Teil der autobiographischen Trilogie von Christian Haller.

Christian Haller erzählt in diesem autobiographischen Roman die Geschichte eines jungen Mannes, der immer nur ausgewichen ist, sich weggeduckt hat vor den großen Erwartungen – in den Freundschaften wie in der Liebe. Der jedoch gerade darin eine Kraft gefunden hat, die ihn weiter tragen wird, als selbst die ihm nahestehendsten Menschen für möglich gehalten hätten.

»Christian Haller zählt heute zu den großen Stilisten der Schweizer Literatur, die das Glück feiner Nerven haben.«

Paul Jandl, Literarische Welt